U0139803

李劍國輯校古小說

王仁裕小說三種輯證

〔五代〕王仁裕 撰
李劍國 輯證

蜀石
王氏見聞集
玉堂閑話

上海古籍出版社

圖書在版編目(CIP)數據

王仁裕小説三種輯證 /（五代）王仁裕撰；李劍國輯證. —上海：上海古籍出版社，2024. 1
ISBN 978-7-5732-0990-0

Ⅰ. ①王… Ⅱ. ①王… ②李… Ⅲ. ①古典小説—小説集—中國—五代(907-960) Ⅳ. ①I242

中國國家版本館 CIP 數據核字(2023)第 236215 號

王仁裕小説三種輯證

〔五代〕王仁裕　撰

李劍國　輯證

上海古籍出版社出版發行

（上海市閔行區號景路 159 弄 1-5 號 A 座 5F　郵政編碼 201101）

（1）網址：www. guji. com. cn

（2）E-mail：guji1@guji. com. cn

（3）易文網網址：www. ewen. co

上海展强印刷有限公司印刷

開本 850×1168　1/32　印張 11. 125　插頁 5　字數 228,000

2024 年 1 月第 1 版　2024 年 1 月第 1 次印刷

印數：1—1,500

ISBN 978-7-5732-0990-0

I·3786　定價：68. 00 元

如有質量問題，請與承印公司聯繫

電話：021-66366565

前言

一、王仁裕生平及著述

唐人小説进入五代十國，呈衰敗之勢。然此期亦有許多小説家致力于小説寫作，最著名者即前蜀道士杜光庭與歷仕諸朝的王仁裕。

王仁裕，《舊五代史》卷一二八、《新五代史》卷五七及《十國春秋》卷四四有傳，事跡又散見於《舊五代史》之《晉書》、《漢書》、《周書》，《五代史補》卷四，《廣卓異記》卷六，《册府元龜》，《續世説》卷二《文學》，《石林詩話》，《郡齋讀書志》，《直齋書録解題》，《説郛》卷三四《談淵》等。宋初李昉撰有《周故通議大夫、守太子少保、上柱國、太原縣開國伯、食邑七百户、賜紫金魚袋、贈太子少師王公墓誌銘并序》及《周故通議大夫、守太子少保、上柱國、食邑七百户、賜紫金魚袋、贈太子少師王公神道碑銘并序》〔一〕。仁裕所著《王氏見聞集》、《玉堂閑話》等，亦多自述經歷，足爲史傳補證。今以《墓誌》、《神道碑》、《新五代史》本傳爲本，參稽諸書及其自述，叙其仕履。

王仁裕（八八〇—九五六），字德輦。祖籍太原（今屬山西）〔二〕。秦州長道縣白石鎮（今甘肅隴南市西和縣）人〔三〕。童年喪父母，由兄嫂撫養成人。二十五歲始學，受經於季父，歲餘著賦二十餘首，以文辭知名秦隴間。梁開平元年（九〇七），岐王李茂貞之姪李繼崇爲天雄軍節度使、秦州刺史，約在乾化四年（九一四），仁裕受辟爲判官，時約三十五歲。貞明元年（九一五）隨繼崇降蜀〔四〕。王衍乾德三年（九二一），仕蜀爲興元節度使王宗儔判官（《廣記》卷三九七引《玉堂閑話·斗山觀》及卷二六二引《玉堂閑話·道流》）。五年入成都事王衍（《斗山觀》、《廣記》卷四〇七引《玉堂閑話·辨白檀樹》），歷任尚書比部郎中、中書舍人、翰林學士〔五〕。唐莊宗同光三年（九二五）十一月蜀亡，隨蜀百官入洛陽（《郡齋讀書志》卷六雜史類《入洛記》、《册府元龜》卷七二九）。明宗天成元年（九二六）還秦州（《玉堂閑話·隗囂宫詩》）。三年，王思同爲雄武軍（秦州）節度使〔六〕，辟仁裕爲節度判官。職罷，歸漢陽別墅，有終焉之志，著《歸山集》五百首。長興二年（九三一）思同移鎮興元，復從之。次年思同任京兆尹兼西京留守，仍以爲判官，參贊留務。唐閔帝應順元年（九三四），鳳翔節度使、潞王（廢帝、末帝）李從珂起兵鳳翔，思同敗死，潞王聞仁裕名，留置軍中。潞王即帝位後，爲近臣排斥，出爲魏博支使。清泰二年（九三五）范延光鎮汴州，辟爲觀察判官（《册府元龜》卷五五〇、《廣記》卷二〇四引《玉堂閑話·王仁裕》〔七〕）。延光言其不可滯於賓佐，數月末帝召爲司封員外郎、知制誥，充翰林學士（《册府元龜》卷五五〇、《廣記》卷二〇三引《玉堂閑話・王仁裕》及卷三一四引同書《僕射陂》〔八〕。晉高祖入立，出院歸班。天福二年（九三七）改都官郎中（《舊五代史・晉高祖紀》），後又轉司封、左司郎中（《太平廣記詳節》卷一〇《耶孤兒》〔九〕、《新五代史》本傳、《册府元龜》卷一五七）。少帝（出帝）天福八年（九四三）爲右諫議大夫，開運元年（九四四）遷給事中，明年除左散騎常侍（《舊五氏史・晉少帝紀》）。天福十二年（九四七）漢高祖劉知遠代立，擢爲户部侍郎，充翰林學士承旨（《舊五代史・漢高祖紀》）。乾祐元年（九四八）知貢舉，放王溥、李昉等二百一十四人及第（《五代史補》、《廣卓異記》、《石林詩話》、《十國春秋》）〔一〇〕。是年四月，爲户部尚書（《舊五代史・漢隱帝紀》），承旨如故。明年以疾解職，三年守兵部尚書（《舊五代史・漢隱帝紀》）。周廣順元年（九五一），太祖郭威以爲太子少保（《舊五代史・周太祖紀》）〔一一〕。顯德三年（九五六）七月卒，享年七十七，贈太子少師〔一二〕。權窆開封縣持中村，宋開寶七年（九七四），歸葬秦州長道縣漢陽里先塋。

仁裕自前唐至周，凡歷六朝，除未仕唐、梁外，凡仕四朝一國〔一三〕，經歷既廣，著述亦豐。有詩萬餘首，勒成百卷，號《西江集》。蜀人呼爲「詩窖子」（《十國春秋》本傳）。《宋史・藝文志》別集類著録《乘輅集》（《通志・藝文略》作《乘軺集》）五卷、《紫閣集》五卷（《崇文總目》、《通志略》作十一卷）、《紫泥集》十二卷、《紫泥後集》四十卷、《詩集》十卷，總共七十八卷，不足百數〔一四〕。今則俱亡，只《全唐詩》卷七三六輯入一卷十五首。仁裕尚撰有《開元天寶遺事》二卷（《直齋書録解題》傳記類，《郡齋讀書志》傳記類作四卷，《通志略》雜史類作六卷，《中興館閣書目》及《宋志》故事類作一卷），《入洛記》十卷〔一五〕（《崇文總目》傳記類、《通志略》地理類行役屬，《讀書志》雜史類、《書録解題》傳記類、《宋志》傳記類作一卷），《南行記》三卷（《讀書志》地理類，《崇文總目》傳記類、《通志略》地理類行役屬，《宋志》傳記類作一卷）及《王氏見聞集》三卷、《玉堂閑話》十卷。

據《讀書志》，《入洛記》撰於蜀亡入唐時，「仁裕隨王衍降，入洛陽，記往返途中事，並其所著詩賦」。《南行記》撰於晉天福三年（九三八），時被命使荆南高從誨（按：《讀書志》云高季興，高季興卒於乾貞二年，當後唐天成三年，誤）。《開元天寶遺事》，晁氏稱「漢王仁裕撰……蜀亡仁裕至鎬京，採摭民言，得《開元天寶遺事》一百五十九條」〔一六〕。鎬京指長安。後唐長興三年至應順元年仁裕爲西京留守王思同判官，此書必作於此間，《讀書志》云漢王仁裕，誤。《玉堂閑話》撰於後周時（詳後）。《王氏見聞集》約撰於晉天福六年（詳後）。上五書只《開元天寶遺事》今存，餘皆散佚。《崇文總目》總集類又著録王仁裕編《國風總類》五十卷，亦佚。《神道碑》云：「平生所著《秦亭編》、《錦江集》、《入洛集》、《歸山集》、《南行記》、《東南行》〔一七〕、《紫泥集》、《華夷百題》、《西江集》，共六百八十五卷。又撰《周易説卦驗》三卷、《轉輪回紋金鑑銘》、《二十二樣

詩賦圖》〔一八〕，并行於世。著述之多，流傳之廣，近代以來，樂天而已。」〔一九〕

二、王仁裕小説三種論敘

王仁裕所撰小説三種，即傳奇文《蜀石》及志怪雜事小説集《王氏見聞集》與《玉堂閑話》。《蜀石》載於《説郛》卷三四《豪異祕纂》（注：又名《傳記雜編》，一卷，載五事），收傳奇及傳記五篇：張説《扶餘國主》、鄭文寶《歷代帝王傳國璽》、從孫無釋《祖伯》、羅隱《仙種稻》、王仁裕《蜀石》。《扶餘國主》、《蜀石》録全文。據張宗祥《説郛校勘記》，休寧汪季清家藏明抄殘本《説郛》題作《蜀后》，「王仁裕」前冠「後唐」二字。后、石形近，必有一譌。此文又載於後蜀何光遠《鑑誡録》卷五，易題《徐后事》（按：《鑑誡録》皆三字標目）。然則似以《蜀后》爲是，所記爲王蜀徐太后、徐太妃之事。而作《蜀石》似亦有解，本文所記二徐詩十六首，隨處皆刊於玉石，《蜀石》者蓋就此未言。要之二名孰是，未可遽定，今仍以《蜀石》爲題。對勘二本，《鑑誡録》本優於《説郛》本，後者脱譌舛誤極夥。又前本之原注，後本或脱，存者亦概入正文，致文氣不暢。

傳文記翊聖太妃、順聖太后巡遊賦詩事。二人爲徐耕女，王建納之，各有子，長曰翊聖太妃，生彭王，次曰順聖太后，生後主王衍。乾德中徐氏姊妹巡遊蜀地勝處，每至皆有篇章，刊於玉石。議者以爲「徐氏逞乎妖志，餌自佞臣，假以風騷，麗其遊倖。取女史一時之美，爲遊人曠代之嗤。及唐朝興弔伐之師，遇蜀國有荒淫之主，三軍不戰，束手而降，良由子母盤遊，君臣陵替之所致」。末録王承旨《詠後主出降詩》及蜀僧遠公《傷廢國詩》。《新五代史》卷六三《前蜀世家·王建傳》載：「建晚年多内寵，賢妃徐氏與妹淑妃，皆以色進，專房用事，交結宦者唐文扆等干與外政。」《王衍傳》載：王建十一子，鄭王衍最幼，衍母徐賢妃。「徐妃專寵，建老昏耄，妃與宦者唐文扆教相者上言衍相最貴，又諷宰相張格贊成之，衍由是得爲太子。」又云：建卒，「衍因尊其母徐氏爲皇太后，后妹淑妃爲皇太妃。太后、太妃以教令賣官，自刺史以下，每一官闕，必數人並争，而入錢多者得之。」又云：「（衍）嘗與太后、太妃遊青城山，宫人衣服皆畫雲霞，飄然望之若仙。」《資治通鑑》卷二七三載：同光三年（當王蜀咸康元年，九二五）九月，「蜀主與太后、太妃遊青城山，歷丈人觀、上清宫，遂至彭州陽平化、漢州三學山而還」。是月唐軍伐蜀，十一月蜀主請降。明年唐莊宗詔送王衍及其宗族百官數千人詣洛陽。《新五代史·王衍傳》載：「莊宗召衍入洛……同光四年四月（按：《通鑑》作三月，《九國志》亦云四月），行至秦川驛，莊宗用伶人景進計，遣宦者向延嗣誅其族。」北宋路振《九國志》卷六《前蜀·王宗壽》云：「衍至秦川驛，母妻及子弟遇害者十八人，並藁葬道左。」

順聖太后即徐賢妃，翊聖太妃即徐淑妃，順聖、翊聖者乃其尊號。史書皆稱賢妃姊而淑妃妹，而仁裕稱長曰翊聖，次曰順聖，行第相反，似以仁裕所言爲是。本文所載即咸康元年九月王衍與太后、太妃遊歷事（按：《鑑誡録》云「頃者姊妹以巡遊聖境爲名」，《説郛》本乃云「乾德中娣妹以巡禮至境爲名」，證以《通鑑》，乃咸康元年九月事，作乾德中誤）。王衍昏庸，怠忘國政，二徐用事，賣官鬻爵，溺惑神仙，恣情逸遊，故蜀之亡，不唯亡於王，亦亡於徐也。仁裕仕蜀，蒙亡國之恥，幾身家不保，共毁於國難，是故痛心疾首，直刺王衍及二徐。至首引《左傳》子靈之妻殺三夫一君一子，以爲「甚美必有甚惡」，雖承古人婦人亡國之論，然以之加於二徐，猶不爲過。仁裕蜀亡隨前蜀百官被召入洛，後遂仕於唐，此作當作於後唐。明抄殘本《説郛》署後唐王仁裕，甚是。

《蜀石》多用駢句，與仁裕《王氏見聞集》、《玉堂閑話》頗異。而又多録詩章，計太后、太妃各八首，王承旨一首，遠公一首，凡十八首（太后、太妃詩收入《全唐詩》卷九，僧遠公詩收入《全唐詩補逸》卷一八，王承旨詩收入《全唐詩續補遺》卷一七），此與《王氏見聞集・王承休》相類似。

《王氏見聞集》，三卷，始著録於《崇文總目》傳記類。《通志・藝文略》雜史類作《王氏聞見集》，卷數同，注：「晉王仁裕撰，記前蜀事。」南宋高似孫《史略》卷五雜史類同。《祕書省續編到四庫闕書目》、《宋史・藝文志》小説類作《見聞録》。晁氏《讀書志》，陳氏《解題》均不載，《紺珠集》、《類説》不見摘引，知南宋已罕傳。《太平廣記》引佚文三十一條，書名作《王氏見聞録》、《王氏聞見録》、《王氏見聞》等。又，《廣記》卷一二六引《李龜禎》、《陳潔》二條，闕出處，亦當出本書。朝鮮成任編《太平廣記詳節》卷二二引《王氏見聞·陳延美》一條，爲今本《廣記》無。加此凡三十四條。

王仁裕自岐入蜀，後唐同光三年滅蜀入洛陽，作《入洛記》。唐亡仕晉。本書《温造》（《廣記》卷一九〇）記唐京兆尹温造平南梁（興元）兵亂事，末云：「余二十年前職於斯，故老尚歷歷而記之矣。」仁裕於王蜀乾德三年（九二一）爲興元節度判官，二十年後乃後晉天福六年（九四一）。本書各事當隨時而記，全書之成蓋在天福六年後。仁裕天福五年官司封郎中，後又任左司郎中、右諫議大夫、給事中、左散騎常侍，書成時官職不詳。

仁裕仕蜀五年，此集乃述蜀中聞見。中《王承休》記宦官王承休誘勸王衍幸秦州，秦州節度判官蒲禹卿上表諫，後主不從。洎至利州，唐軍已近，狼狽而歸成都。魏王李繼岌繼踵而入，少主樹降。王承休握鋭兵於天水，兵刃不舉逃歸，存者百餘人，魏王盡斬之。文長三千五百多字，中録蒲禹卿上表即近一千九百字，又録少主詩三首，王仁裕四首，韓昭二首，李浩弼一首。此文雖純紀實，然文本頗見傳奇體段。其餘記王蜀史實人物者，大抵言之鑿鑿，良可傳信，足補史闕。集中又多述道人術士，如金州道人斷金統水而黄巢平，妖僧功德山欲謀反遭誅，青城山道士行幻術被殺。言報應徵應者尤多，兼及神鬼妖怪，亦常關乎軍國臣僚之事。其中言蜀亡徵應者，有《僞蜀主舅》、《興聖觀》、《駱駝杖》，《興聖觀》云：「國之興替，運數前定，其可以苟延哉！」。《陷河神》是關於梓潼神張惡子的傳説，古來流傳頗盛，詳見本書條末按語。《野賓》記猿，形像生動，叙事細緻，組入詩歌，亦爲傳奇體。餘者多爲戲謔嘲諷之談，若《馮涓》、《封舜卿》、《長鬚僧》等等，近於《世説新語》之《排調》、《輕詆》。

《王氏見聞集》其書寫實性較强，以小説繩之，頗乏幻設之趣，不及《玉堂閑話》。

《玉堂閑話》，十卷，著録於《崇文總目》傳記類，《通志略》雜史類同，注漢王仁裕撰。《宋志》收入小説類，作三卷，卷帙頗殊，疑爲殘本。《遂初堂書目》亦載，無撰人及卷數。《崇文目》、《通志略》、《宋志》皆稱王仁裕撰，初無異辭；《資治通鑑考異》卷二八、《古今事文類聚》後集卷三五亦引王仁裕《玉堂閑話》。然南宋吴曾《能改齋漫録》卷一四《類對·訴失蔬圃》云「國初范質《玉堂閑話》」；《説郛》卷九四李元綱《厚德録》引兖州賀氏條，注出范質《玉堂閑話》（按：《百川學海》本《厚德録》卷二譌作范資）。范質（九一一—九六四），《宋史》卷二四九有傳。質字文素，大名人。後唐長興四年（九三三）進士，爲忠武節度推官，遷封丘令。晉天福中爲監察御史，歷主客員外郎、直史館、翰林學士。漢初爲中書舍人、户部侍郎。周廣順初拜中書侍郎、平章事、集賢殿大學士，參知樞密院事，進左僕射、兼門下侍郎，復加司徒、弘文館大學士、開府儀同三司，封蕭國公。入宋加兼侍中，封魯國公。乾德二年（九六四）正月罷爲太子太傅，九月卒，年五十四。

今驗諸本書，其出王仁裕證據鑿鑿。《王仁裕》條（《廣記》卷二〇三）云丙申年（九三六）春翰林學士王仁裕夜直，另《王仁裕》條（同上卷二〇四）云後唐清泰之初王仁裕從事梁苑，《僕射陂》條（同上卷三一四）云乙未歲（九三五）翰林學士王仁裕奉使馮翊，《麥積山》條（同上卷三九七）云辛未年（九一一）王仁裕登麥積山天堂題詩，《斗山觀》條（同上）云漢乾祐中翰林學士王仁裕，《大竹路》條（同上）云王仁裕嘗佐褒梁師王思同，《辨白檀樹》條（同上卷四〇七）云王仁裕癸未歲（九二三）入蜀。作者自呼姓名，其實是《廣記》所改。南宋何汶《竹莊詩話》卷二一引《玉堂閑話》秦川隗囂宮題詩事，中云「余嘗待月納涼」，「爾後入蜀，蜀有道士謂余曰」，此之余者，乃王仁裕無疑，由「丙戌歲（九二六）蜀破還秦」云云可知。然則《閑話》原用第一人稱，《廣記》改作第三人稱，其以余改王仁裕者，乃固知書出仁裕也。《廣記》所引《閑話》諸條，核之《王仁裕神道碑》、《王仁裕墓誌銘》及《新五代史》本傳一一皆合。又本書所載秦（秦州）、梁（興元）、蜀事尤多，約二三十條，多非親歷不能道者。

然言范質，亦自有故。《趙聖人》（《廣記》卷八〇）、《高輦》（同上卷一八四）、《范質》（同上卷四六一）、《駒隨母》（《紺珠集》本）諸條皆稱范質云，人或不察，遂誤謂范撰。其實仁裕記事常述事之所出，若考功員外趙洙、襄州從事陸憲等等，皆一時交遊者。范質乃仁裕門生及同朝之臣，上述諸條蓋聞於范質，出其名以示不掠人美。唐五代稗集，此例俯拾皆是。

是書之作在漢、周之時。《王仁裕》（《廣記》卷二〇三）條云自丙申年（後唐清泰三年，九三六）迄今十三年，時爲後漢乾祐元年（九四八）；《麥積山》條稱自辛未年（後梁乾化元年，九一一）于今三十九載，乃乾祐二年。《斗山觀》條云「漢乾祐中翰林學士王仁裕云」；《胡王》云「天方啓漢」，皆表明仁裕撰書時在後漢。《説郛》卷九《該聞録》引驢馬駒隨母條稱「范丞相質言」，范任丞相，在後周廣順初（九五一）。又《趙聖人》事在周太祖廣順初，《劉皡》（《廣記》卷三一四）事在廣順二年。而《玄宗聖容》（同上卷三七四）稱高祖，《崔練師》（同上卷三一四）稱周高祖，按稱高祖不似《廣記》編者所改，周字則《廣記》所加。周高祖即周太祖郭威，卒於顯德元年（九五四）正月，則顯德元年亦著書之時。仁裕顯德三年卒，是則本書作於漢、周時，隨時而記，成書約在顯德二三年間。而《通志略》注稱「漢王仁裕撰」，考《祕書省續編到四庫闕書目》及《通志略》小説類著録王仁裕《續玉堂閑話》一卷，此書爲《玉堂閑話》續書，然《閑話》之成已在後周顯德二三年間，而仁裕顯德三年七月卒，豈能再作續書？《閑話》始作於後漢，入周續成其書，頗疑仁裕原稿分前續，前書作於後漢，最終則合爲一書。《續玉堂閑話》一卷，可能即原稿之續書流於世者。因所記作於周者不多，故只編爲一卷。要之，本書主要撰於後漢，入周後又續成之。仁裕漢時官翰林學士承旨，學士院唐稱玉堂，南宋葉夢得《石林燕語》卷七云：「學士院正廳曰玉堂，蓋道家之名。初，李肇《翰林志》末言：『居翰苑者，皆謂凌玉清，溯紫霄，豈止於登瀛洲哉，亦曰登玉堂焉。』自是遂以玉堂爲學士院之稱，而不爲榜。」書名「玉堂」，緣乎此也。

本書卷帙較多，所存佚文亦夥，多達一百八十一條。其題材相當廣泛，就《太平廣記》所收門類來看，凡有神仙、方士、異僧、釋證、報應、徵應、定數、感應、氣義、精察、器量、貢舉、將帥、譎智、驍勇、博物、高逸、樂、畫、醫、相、器玩、詭詐、詼諧、嘲誚、嗤鄙、輕薄、酷暴、婦人、賢婦、妬婦、妓女、夢休徵、夢鬼神、妖妄、神、鬼、妖怪、人妖、精怪、靈異、悟前生、銘記、雷、山、水、金、草木、龍、虎、畜獸、狐、蛇、禽鳥、水族、昆蟲、蠻夷等，歷來志怪雜事題材，頗爲齊備。而志怪之體，約佔十之七八。

在神仙門中，《顔真卿》寫顔真卿遭難後顯形，出真金十兩付僕救家。李德裕《明皇十七事》亦載顔真卿死爲地仙事。真卿乃書法大家，又爲唐代忠臣。德宗時李希烈叛，真卿往宣慰，被扣不屈，興元元年（七八四）被殺。《舊唐書》卷一二八本傳史臣稱其「富於學，守其正，全其節，是文之傑也」，《新唐書》卷一五三本傳贊云：「晚節偃蹇，爲姦臣所擠，見殞賊手，毅然之氣，折而不沮，可謂忠矣。」古來凡忠臣烈士，或謂死後成仙，實際表達出世人敬仰之情。《伊用昌》記伊用昌事跡詩詠，行爲顛狂，人呼伊風子，其詩或有嘲諷之意，或有出世之情。伊用昌亦實有其人，《詩話總龜》前集卷四四《神仙上》引《雅言雜載》亦載伊用昌散誕放逸及吟詩事，於此不同。

「釋氏因果，時有報應。」報應故事頗多，皆爲惡報。如男子在佛寺刲一羊而生贅肉（《贅肉》），貧民鑿西明寺鐘陷身鐘内而乾枯（《西明寺》），貧民刮佛像金而死（《明相寺》），皆事涉佛寺，顯然旨在弘佛。《李彦光》、《侯温》、《馬全節婢》、《劉自然》等皆爲冤報故事，古來極多，隋顔之推曾有《冤魂記》一書。劉鑰匙則爲富不仁，放高利貸，死後化爲債家犢，鞭箠使役。作者云：「報應之道，其不誣矣。」

仁裕作爲人臣，仕於唐晉漢周及岐蜀，自然關注君臣興亡存廢，故多記休咎徵應之事，而以神秘氣數觀念予以表達。如晉高祖夢入洛京天子舊第，而有鼎革之事（《晉高祖》），梁將毛璋劍吼而後帥滄海（《毛璋》），此皆爲所謂休徵。秦城芭蕉忽開忽謝，後岐隴爲蜀人據有（《秦城芭蕉》），桑維翰夢亡馬而及難（《桑維翰》），此則爲咎徵。蓋當亂世，君王臣下命運多變，不可捉摸，遂尋其徵兆，加以解釋。

《貧婦》引諺云：「一飲一啄，繫之於分。」定數或曰前定、命定、定命，即以天命觀、宿命論解釋人事。唐人小説多言命定，如鍾輅作有《前定録》。本書命定故事，有《房知温》、《竇夢徵》等。這類故事又以入冥母題出現，《許生》、《陰君文字》即是。《許生》稱「顯晦之事，不差毫釐」，甚或人之飲食已定於冥中食料簿。最佳故事乃《灌園嬰女》，講述婚姻前定，所謂「伉儷之道，亦繫宿緣」。此類故事唐代頗多，著名者如《續玄怪録·定婚店》、《前定録·武殷》、《續定命録·李行脩》等。唐代士人婚姻關涉仕途，故唐人頗重門第。《灌園嬰女》中秀才「自以門第才望，方求華族」，便是典型反映。而灌園孤女後爲廉使收爲養女，嫁於秀才，結局仍還是一場門第婚姻。叙事較曲折細緻，是本書少有的傳奇體作品。

精察門之《劉崇龜》、《殺妻者》乃是公案故事，皆憑智慧察獄，《疑獄集》、《棠陰比事》等書採入其事。器量類之《葛周》，寫「山東一條葛，無事莫撩撥」的梁大將葛周（即葛從周）贈愛姬於有戰功者，馮夢龍《古今小説》卷六《葛令公生遣弄珠兒》即據此改編。博物類之《江陵息壤》是關於江陵息壤的一段傳聞，唐人《溟洪録》已有記，宋以降流傳很廣。高逸類之《陳琡》，評論陳鴻傳《長恨詞》（即《長恨歌傳》）「文格極高，蓋良史也」，並記其子琡、璉之事，是珍貴資料。

畫門之《厲歸真》，寫唐末江南道士於三官殿畫鷂而雀鴿無復栖止，稱其「筆跡奇絶」。北宋郭若虚《圖畫見聞誌》卷二、闕名《宣和畫譜》卷一四亦載有厲歸真事跡，中採入此事。五代王松年《仙苑編珠》卷下《歸真畫鶻》引《靈驗傳》所畫爲鶻。人傳歸真於羅浮山上昇，《靈驗傳》作中條山，傳聞異辭。樂門之《索索之兆》、《折柳亭》（《廣記》原皆題《王仁裕》）皆記樂聲之兆，所謂「樂音先知」，「信而有徵」。《左傳》、《瑣語》載春秋晉國樂師師曠辨歌聲、鳥聲，瑟音預知吉凶，此亦其餘緒。醫門之《高駢》、《田令孜》、《申光遜》、《于遘》、《顔燧》、《田承肇》諸條皆記醫治異疾，南宋周守忠《歷代名醫蒙求》皆有採。古來巫醫並稱，醫術常含巫術，本書所記尚較平實。

器玩門之《真陽觀》寫新淦縣真陽觀香爐，造作奇妙，「非人工所及」，使人想到牛肅《紀聞·馬待封》中的鏡臺、欹器、酒山、撲滿等機關巧運之物。《陴湖漁者》寫鐵鏡神異，自唐初王度《古鏡記》以來鏡故事甚多，此其餘緒。

詭詐、詼諧、嘲誚、嗤鄙、輕薄、酷暴等門，皆爲人事，作者叙事大多持嘲諷否定態度。如安重進爲人凶殘，終被鞭殺。婦人門《鄰僕妻》寫婦之智，《歌者婦》、《河池婦人》寫婦之貞，《賀氏》寫婦之賢。班昭《女誡》云女有四行，曰婦德、婦言、婦容、婦功。「清閑貞静，守節整齊，行己有恥，動静有法，是謂婦德。」又稱「婦德不必才明絶異也」，故世有「女子無才便是德」之語。《李季蘭》所寫則是有才而無德者。季蘭是女道士，《廣記》附於妓女小類，不當。《唐才子傳》卷八記其事跡，本書所記亦採入。《秦騎將》寫妬婦。古以不妬爲婦德，《隋書·經籍志》雜傳類有虞通之《妬記》二卷。然秦騎將因婦妬而兩次殺之未果，可謂婦妬夫惡。

銘記門《李福》記洛京北邙太清觀鐘樓黑漆板以隱文預言未來之事，亦傳統題材，故事不勝枚舉。《廣記》收兩卷二十一事，李吉甫《梁大同古銘記》便是其中著名者。銘記大多在塚墓，或在廟宇、宅第、山岩、地下等處。此類事富有神秘感，且常有解隱文之情節，頗有文字之趣。

記神鬼精怪者雖頗多，但情味遠不及唐人。《狄仁傑祠》記魏州狄仁傑生祠堂，《葛氏婦》記兖州天齊王祠，可以見出當地俗信。天齊王子三郎君占有葛周子婦，屬古來小説中常見之人神遇合題材，但此作實平平乏味。只有《崇聖寺》稍見唐人風味，寒食日朱衣、紫衣二人入漢州崇聖寺，各題一絶句于壁。朱衣詩曰：「禁煙佳節同遊此，正值酴醿夾岸香。緬想十年前往事，强吟風景亂愁腸。」紫衣詩曰：「策馬暫尋原上路，落花芳草尚依然。家亡國破一場夢，惆悵又逢寒食天。」十年前家亡國破皆無交待，故事顯得撲朔迷離。明人梅鼎祚《才鬼記》卷七《朱衣紫衣人》引入此條《玉堂閑話》，二鬼詩輯入南宋洪邁《萬首唐人絶句》卷六六及《全唐詩》卷八六六。《南中行者》記僧院九子母塑像爲怪惑行者，其事雖不足稱道，但此爲來歷頗久之九子母崇拜，説詳本書該條按語。

本書還記載山水、草木、鳥獸、昆蟲、水族，古來多有地理風土之記，此亦其儕。山如廬山上霄峰、麥積山、興元斗山、大竹路，水如兖州漏陂、宜春宜春江，所記涉及形勢、建築、古迹、傳説等。行文簡約，皆能突出要點，書其奇勝之處。山者大抵爲王仁裕所經歷，皆有題詩，以增勝概。《石從義家犬》記犬子竊肉飼母。古往小説常有義犬故事，此則堪稱孝犬。《安甲》記母羊將屠，其羔下跪流淚求釋，並銜刀卧其上，則爲孝羊也。有意味的是，屠户主人於是頓悟，將母羊并羔送寺内乞長生，自身亦捨妻孥爲僧。此事顯然表現佛家放生觀念，有濃重的弘佛色彩。《狨》叙狨（即金絲猴）之生活習性及獵師採取過程頗細，中云雌狨中箭，其子抱其母身，去離不獲而母子俱斃。仁裕議曰：「若使仁人觀之，則不忍寢其皮，食其肉。若無惻惻之心者，其肝是鐵石，其人爲禽獸。昔鄧芝射猿，其子拔其矢，以木葉塞瘡。芝曰：『吾違物性，必將死焉。』於是擲弓矢于水中。山民無識，安知鄧芝之爲心乎？」見出仁裕作爲傳統文人，以仁愛爲懷，推人及物之心。《選仙場》、《狗仙山》、《朱漢賓》、《牛存節》、《徐坦》、《張氏》、《顔遂》、《瞿塘峽》八條皆寫蛇，數量最多。《選仙場》寫道衆以蛇穴爲神仙窟宅，年年送死。《湖海新聞夷堅續志》後集卷二精怪門《蟒精爲妖》，即此事之演化。《狗仙山》類似，皆含諷刺道士愚昧，惑溺神仙之説。《徐坦》寫樵夫妻因遘沈痾而化蟒，《張氏》寫杜判官妻因不敬夫而化蛇，後者含有諷意。《燕雛》記燕母死而繼母以蒺藜子害死小燕，《黄鸎雛》寫雌雄鸎因不得哺籠中小鸎而雙雙斷腸而死，禽鳥皆具人性。《崔棁》寫夢十九鼈化人形求放生，與後蜀周珽《儆戒録》所記夢鼈乞命類似。或又記岱嶽觀形如五升茶鼎之老蛛，徐州東界盤車溝可大如五石甕，目如碗之水蛙，皆逞怪之説。

蠻夷門之《新羅大人》，記身長五六丈的新羅大人。《山海經》已記有大人國，《海外東經》云大人國「爲人大」，《大荒東經》云東海之外有大人之國，有大人之市，大人之堂。《淮南子・墬形訓》亦云「自東南至東北方有大人國」。《括地圖》（《太平御覽》卷三六〇、卷三七七引）及西晉張華《博物志》卷二《外國》載：「大人國，其人孕三十六年，生白頭，其兒則長大，能乘雲而不能走，蓋龍類。去會稽四萬六千里。」新羅在東海外，故傳有大人或曰長人。《廣記》卷四八一《新羅》引《紀聞》二則，皆記新羅東長人國。牛肅《紀聞》云「長人身三丈，鋸牙鈎爪，不火食，逐禽獸而食之，時亦食人」，本書云新羅大人獲人後「皆有歡喜之容，如獲異物。遂掘一坑而寘之，亦來看守之」，分明當作食用獵物。

見於《太平廣記詳節》的三篇，《蕃中六畜》、《耶孤兒》、《胡王》，皆在徵應門。《蕃中六畜》寫蕃中騙馬牛羊皆頭南而卧，乃是西蕃大飢，南下丐食於秦隴之兆。《耶孤兒》寫後晉高祖石敬瑭父事戎王，契丹獻異獸耶孤兒，王仁裕以爲不祥之物，因著歌行一篇。《胡王》寫胡王（即遼太宗耶律德光）滅晉後北歸，廬帳中有雷起於地下，大星墜於穹廬，嬰疾熱作置冰於體，最終病死於欒城殺胡林。仁裕作長論，以爲「詳其殷雷之怪，藏冰之兆，殺胡之讖，星墜之妖，則胡王之死也，豈偶然哉」。又云「天方啓漢，真人掘起」，殊不知劉知遠所立後漢二世而亡，才僅四年。此事撰於漢，四年後入周，若載回觀此條，不知仁裕感想若何。

王仁裕時擅文名，久爲詞臣。所著《開元天寶遺事》、《王氏見聞集》、《玉堂閑話》三書，皆拾綴遺聞逸事，得之耳聞口傳，難盡徵實。虚誕不根之言始自《遺事》，《見聞》已多，洎《閑話》尤多。其餘之事，亦多爲可笑可訝可歎者。宦中奇聞，委巷野語，廣收博取。唐末小説高彦休《闕史》、康軿《劇談録》、劉山甫《金溪閑談》、嚴子休《桂苑叢談》、佚名《聞奇録》、皇甫枚《三水小牘》等，皆集志怪、傳奇、雜事於一書。此等作品大都以資談笑及補史闕爲旨，「作意好奇」之意識大爲淡薄，顯出小説由文章向談資與史料之一定蜕化。王仁裕「見聞」、「閑話」二書，步武《闕史》

等，雜記軼事奇聞，殊乏唐人風采。然就五代小説集而言，《玉堂閑話》雖行文大抵簡率，未能盡委曲之韻，但題材廣泛，内容豐富，亦堪稱五代優秀稗作。

三、本書輯校説明

《王氏見聞集》，據《太平廣記》及《太平廣記詳節》輯録佚文凡三十四條，依原書卷帙編爲上中下三卷。今人有幾種輯本：陳見微輯本輯三十二條，見《輯本〈王氏見聞録序〉》（東北師範大學古籍整理研究所主辦《古籍整理研究學刊》，一九八六年第一期），具體條目不詳。陳尚君輯《王氏聞見録》三十一條，載《五代史書彙編》第拾册丙編（杭州出版社，二〇〇四）。

《廣記》卷一二六引《陳峴》，無出處，乃閩王王審知事。《太平廣記鈔》卷一八注出《王氏見聞》，疑爲妄加。《永樂大典》卷一九六三七引《王氏聞見録》之《道人醫目》條，乃南宋淳熙三年（一一七六）事；又卷一〇八一三引《見聞録》之《遇虎食母》條，乃南宋紹興中事。《三洞群仙録》卷二引《王氏見聞録》宋鄂州道士事，出北宋王鞏《甲申雜記》，又卷一八引《見聞録》黄鶴樓仙人洞事，出王鞏《聞見近録》，皆非本書。

《玉堂閑話》，《紺珠集》卷一二摘三條（明天順刊本不著撰人，《四庫全書》本題王仁裕），《類説》卷五四摘二十四條（明天啓刊本不著撰人，明嘉靖伯玉翁舊鈔本卷四六題王仁裕撰）。而《廣記》徵引極衆，大較猶可覩。《重編説郛》卷四八自《廣記》輯《生贅肉》、《西明寺》、《馬全節婢》、《晉少主》、《郡牧》、《張咸光》、《市馬》、《上霄峰》、《振武角抵人》九條，署唐撰人闕。清王仁俊據《廣記》輯《玉堂閑話佚文》三條，載《經籍佚文》。《舊小説》丙集（五代）輯四十五則，署范資，蓋沿《厚德録》等書之誤。《五代史書彙編》乙編（杭州出版社，二〇〇四）收有陳尚君輯校本，輯一百八十二條，編爲五卷，有漏輯者。又蒲向明《玉堂閑話評注》（北京：中國社會出版社，二〇〇七）輯六輯一百八十六條，亦有誤輯、重輯及漏輯者。

佚文考得百八十一條，今依原書卷帙編爲十卷。《廣記》所引或有非出本書者。卷二二〇《蛇毒》條云：「趙延禧云：遭惡蛇虺所螫處，帖之艾炷，當上灸之，立差，不然即死。凡蛇齧，即當齧處灸之，引去毒氣即止。」原闕出處，中華書局版汪紹楹校本云：「今見《玉堂閑話》。」北宋唐慎微《重修政和證類本草》卷二二、南宋周守忠《歷代名醫蒙求》卷上、明焦竑《焦氏筆乘》卷五、江瓘《名醫類案》卷七皆引作《太平廣記》。按：《舊唐書》卷五一《后妃傳上》載：景龍二年，兵部尚書宗楚客又諷補闕趙延禧表陳符命，帝擢延禧爲諫議大夫（卷九二《韋安石傳》亦載）。延禧爲中宗時人，仁裕不當記其言。該條下二條又此前有二條皆出《朝野僉載》，故必出張鷟書。今本《朝野僉載》卷一輯入此條。汪校云「今見《玉堂閑話》」者，疑乃誤書。

輯録主要據《太平廣記》。《廣記》版本甚多。明談愷嘉靖四十五年丙寅（一五六六）刻本最爲常見（簡稱談本），其餘尚有明沈與文野竹齋鈔本（簡稱明鈔本，藏國家圖書館），隆慶萬曆間活字本（藏臺北故宫博物院圖書館），許自昌刻本（簡稱許本），清黄晟乾隆二十年（一七五五）校刊巾箱本（簡稱黄校本），《四庫全書》本（簡稱《四庫》本，所據爲談本，以黄本校，然文字多有擅改），民國《筆記小説大觀》石印本（底本爲黄本，文字有所校改，蓋據《四庫》本等）。又清康熙間孫潛以鈔宋本校談本（簡稱孫校本，藏臺灣大學研究圖書館），陳鱣以宋刻校許本（簡稱陳校本，藏國圖），與明鈔本均係珍本。朝鮮成任編《太平廣記詳節》五十卷（今殘存二十六卷），所據亦爲宋本，且爲早出者。中華書局版汪紹楹校點《太平廣記》，以談本後印本爲底本及參校另兩種印本，用明鈔本、陳校本校勘，參酌許本、黄本。張國風《太平廣記會校》（北京燕山出版社，二〇一一）取校版本主要爲沈、孫、陳三本，視汪校本爲備。因汪校本流傳既久，雖頗有疏誤，難稱精校完善之本，然其校改較爲謹慎規範，故本書以《廣記》輯録者，均取汪校本爲底本，或亦參核談本原刻，改其誤字。汪校本校改無誤者徑從之。張氏《會校》亦多所取資。臺灣嚴一萍《太平廣記校勘記》，主要據孫校本，又據汪校本轉録明鈔、陳校，亦用作參考。

〔一〕《王仁裕墓誌銘》及《神道碑》，一九八三年五月出土於甘肅禮縣石橋鄉站龍村。見蒲向明《玉堂閑話評注・附録》(北京：中國社會出版社，二〇〇七)，書前附有拓片。《全宋文》卷四八亦收《王仁裕神道碑》，所據爲《隴右金石録》宋上。

〔二〕《墓誌》、《神道碑》均云「其先太原人」。王陶《談淵》(《説郛》卷三四)亦稱「太原王仁裕」。

〔三〕《墓誌》、《神道碑》均云「後世徙家秦隴，今爲天水人也」。天水，郡名，即秦州。秦州治成紀縣(今甘肅天水市秦安縣西北)。《册府元龜》卷八九七云：「周王仁裕生於泰(秦)州白石鎮。」白石鎮晚唐五代宋初屬秦州長道縣(北宋熙寧七年改屬岷州)，治今甘肅禮縣及西和縣東北。《太平寰宇記》卷一五〇《秦州・長道縣》：「隋開皇十八年，改天水爲漢陽郡，又改漢陽縣爲長道縣，屬成州。……以吐蕃侵擾，百姓流移，並廢爲鎮。唐咸通十三年，以成州奏人户歸復，土田漸潤，却置長道縣。今屬秦州。」《元豐九域志》卷三《秦鳳路・岷州》：「長道，長道、故城、白石、鹽官、骨谷、崖石、平泉、馬務八鎮。」《甘肅通志》卷二一《古蹟・西和縣》：「白石鎮，在今縣西北三里。」西和縣今屬甘肅隴南市。蒲向明《王仁裕年譜稿》(《玉堂閑話評注・附録》)，據《王仁裕神道碑》實物，確定其籍貫應爲唐秦州長道縣漢陽里(今甘肅禮縣石橋鎮站龍村)。禮縣今屬隴南市，在西和縣西北。馬建營《王仁裕故里辨析》(蘭州《隴右文博》，二〇〇九年第二期)，亦持是説(馬文作斬龍村)，皆主要以王仁裕墓地所在地爲據。馬文且引民國《禮縣志》卷二《山水》：「三十里曰碑樓川，爲唐王仁裕、明門克新故里。」「縣西三十里曰碑樓川，有唐王仁裕神道碑，後裔聚居王家大莊。」王家大莊又名贊龍村，今名斬龍。《墓誌》云：「以大宋開寶七年閏十月十七日，歸葬於秦州長道縣漢陽里。」馬氏以爲漢陽里即今禮縣石橋鎮斬龍村。按：《神道碑》云：「職罷，歸漢陽別墅，有終焉之志。」漢陽里乃其別業所在，似非故里。《册府元龜》云生於白石鎮，所據爲原始史料，宜從。其葬於漢陽里者，蓋其父祖自白石鎮徙家於漢陽里，漢陽遂爲故里，後裔居焉。禮縣與西和縣緊鄰，今同屬隴南市，相距僅數十里。

〔四〕《神道碑》：「秦帥隴西公繼崇聞之，以書幣之禮辟爲從事。尋屬王氏僭竊，奄有兩川，隴右封疆，遂成睽隔。公因兹入蜀，連佐大藩。」按：據朱玉龍《五代十國方鎮年表·秦州》，李繼崇後梁開平元年爲天雄軍節度使、秦州刺史，貞明元年（九一五）繼崇降蜀。仁裕入秦州幕，當在貞明元年前不久，約在乾化四年。

〔五〕《墓誌》作樞密直學士，《神道碑》作翰林學士，《新五代史》本傳同。

〔六〕《新五代史》本傳：「仁裕事唐，復爲秦州節度判官。王思同鎮興元，辟爲從事。」《册府元龜》卷七二九：「蜀亡入雒，復爲秦州戎判，秩滿歸舊里。時王思同鎮興元，聞仁裕名，奏辟爲幕僚。」皆不云秦州節度爲誰。考之《舊五代史·王思同傳》及《唐明宗紀》，明宗即位後，以王思同爲雄武軍節度使，長興元年（九三〇）九月，遷左武衛上將軍。則知鎮秦者亦即王思同。據《五代十國方鎮年表》，思同鎮秦在天成三年。

〔七〕《玉堂閑話》：「後唐清泰之初，王仁裕從事梁苑，時范公延光師之。」按：《舊五代史·唐末帝紀》：清泰二年二月，「以樞密使、天雄軍節度使范延光爲檢校太師、兼中書令，充汴州節度使」。

〔八〕《神道碑》：「數月，徵拜尚書都官郎中，召入翰林，充學士，旌前勞也。」作都官郎中。《新五代史》本傳亦云：「久之，以都官郎中充翰林學士。」《舊五代史·晉高祖紀》：天福二年六月，「翰林學士、司封員外郎、知制誥王仁裕改都官郎中。」然則拜都官郎中乃入晉後事。《僕射陂》：「乙未歲，契丹據河朔，晉師拒于澶淵，天下騷然，疲於戰伐。翰林學士王仁裕奉使馮翊。」《玉堂閑話·王仁裕》：「丙申年春，翰林學士王仁裕夜直。」乙未歲爲清泰二年，丙申年爲清泰三年。清泰三年閏十一月後唐亡，丙申年春猶爲後唐翰林學士。

〔九〕據《耶孤兒》，天福五年王仁裕官司封郎中。

〔一〇〕所放二百十四人，含諸科在内，進士科止二十三人。《舊五代史》卷一二八《王仁裕傳》之《舊五代史考異》引《輿地紀勝》云：「王仁裕知貢舉時，所取進士三十三人。」徐松《登科記考》以爲三十三是二十三之譌。

〔一一〕仁裕爲太子少保直至下世，《册府元龜》卷八九七明謂「終爲太子少保」，又卷九七載顯德二年四月太子少保王仁裕進《回文金鏡銘》。《舊史·周世宗紀》乃云太子太保王仁裕卒，疑太保是少保之誤。

〔一二〕按：考證王仁裕生平者有數文。上海《中華文史論叢》一九八〇年第三輯載胡文楷《薛史〈王仁裕傳〉輯補》，胡氏未見《王仁裕神道碑》。湯開建《〈薛史王仁裕傳輯補〉之補》（暨南大學中國文化史籍研究所編《歷史文獻與傳統文化》第四集，一九九四），據《甘肅通志稿》之《王仁裕神道碑》加以補正。蒲向明《王仁裕年譜稿》、《王仁裕生平著作考》（《玉堂閑話評注·附録》）利用《神道碑》及《墓誌》考證較詳。諸考與本人考證不盡相同。

〔一三〕仁裕初仕於岐王李茂貞天雄軍節度使判官。李茂貞開岐王府，用昭宗天復年號。若亦算一國，則可稱二國。

〔一四〕按：新舊《五代史》本傳、《續世説》皆云平生所作詩萬餘首，爲百卷，號《西江集》，蓋《西江集》乃總名，《宋志》所著《乘軺集》等乃分集。《舊五代史考異》引《輿地紀勝》乃云「仁裕所著有《紫泥集》、《西江集》、《入洛集》共百卷」，《十國春秋》亦以《紫閣集》、《乘軺集》、《西江集》等並列，不確。

〔一五〕南宋王明清《揮麈後録》卷五云：「頃見王仁裕《洛城漫録》云：張全義爲西京留守，識黄巢於群僧中。」《洛城漫録》疑即《入洛記》。

〔一六〕《開元天寶遺事》之日本寬永十六年（一六三九）刊本，前有王仁裕自序。日本京都大學藏有文化三年（一八〇六）鈔本，亦有此序。曾貽芬點校《開元天寶遺事》（以明建業張氏銅活字重印南宋紹定本爲底本，北京中華書局，二〇一二）據日刻本補序。序云：「仁裕破蜀之年，入見於明天子。假途秦地，振轡鎬都，有唐之遺風，明皇之故迹，盡舉目而可觀也。因得詢求事實，採摭民言。開元天寶之中，影響如數百餘件，去凡削鄙，集異編奇，總成一卷，凡一百五十九條，皆前書之所不載也，目之曰《開元天寶遺事》。雖不助於風教，亦可資於談柄。通識之士，諒無誚焉。」

〔一七〕《崇文總目》傳記類著録《王氏東南行記》一卷，《通志略》地理類行役屬著録《王氏東南行》一卷，均不著撰人，即此書。仁裕當曾出使東南某國。

〔一八〕《册府元龜》卷九七：「周世宗顯德二年……四月，太子少保王仁裕進《回文金鏡銘》，上善之，賜帛百疋。九月，仁裕又以自製詩賦寫圖上進，賜銀器五十兩，衣著五十疋。」此即《轉輪回紋金鑑銘》、《二十二樣詩賦圖》。

〔一九〕《宋志》小説類著録王仁裕《唐末見聞録》八卷。按：此書又見《崇文總目》傳記類、《祕書省續編到四庫闕書目》小説類、《通志略》雜史類，皆不著撰人。《通志略》無録字，注：「紀僖、昭兩朝事。」按：仁裕生於僖宗廣明元年（八八〇），青少年時「但以畋獵爲事，二十有五，略未知書」（《神道碑》）。二十五歲已至唐昭宗天祐元年（九〇四），疑《宋志》誤。

目録

卷二 十八則……一二〇

卷三 十四則……一四二

卷四 十六則……一六四

卷七 二十則

卷八 十六則……二五三

卷九 十九則 …… 二七四

卷十 二十四則 …… 二九八

蜀石

蜀石

《左傳》昭公二十八年：叔向之母曰：「子靈之妻殺三夫〔一〕，陳御叔、楚襄老、申公子靈，是三大夫〔二〕。一君一子，君靈公也，一子徵舒。而〔三〕亡一國兩卿矣。孔寧、儀行父〔四〕。可無懲乎？吾聞之，甚美必有甚惡。」此《春秋》爲深誡矣。前蜀徐公耕有二女〔五〕，美而奇豔。初，王〔六〕太祖搜求國色，亦不知徐公有美女焉。徐寫其二女真〔七〕，以惑太祖，太祖遂納之〔八〕，各有子焉。長曰翊聖太妃，生彭王。次曰順聖太后，生後主〔九〕。

後主〔一〇〕性多狂率，不守宗祧〔一一〕，頻歲省方，政歸國母。多行殺〔一二〕令，亟戮〔一三〕重臣。頃者，姊妹以巡禮至境爲名〔一四〕，恣風月烟花之性〔一五〕，駕輜軿于緑野，擁金翠于青山，倍〔一六〕役生靈，頗銷〔一七〕經費。凡經過之所，宴寢之宫，皆有篇章，刊于玉石。自秦漢已來，妃后省方，未有富貴如斯之盛也。

順聖太后《題青城西山丈人觀》詩曰：「早與元妃慕至玄〔一八〕，同躋靈嶽訪真仙。當時聞有壺中景〔一九〕，今〔二〇〕日親來洞裏天。儀仗影交〔二一〕寥廓外，金絲聲揭翠微巔。

惟慚未致華胥理，徒卜昇平萬萬年〔二二〕。」翊聖太妃繼曰：「獲陪翠輦喜殊常，同陟仙壇〔二三〕豈厭長。不羨乘鸞入烟霧，此中便是五雲鄉。」

順聖太后又題《謁丈人觀先帝聖容》云：「舜帝歸梧野〔二四〕，躬來謁聖顔。旋登三境〔二五〕路，似陟九疑山。日照堆嵐迫〔二六〕，雲横積翠閑〔二七〕。期修封禪禮，方候〔二八〕再躋攀。」翊聖太妃繼曰：「共謁御容儀，還同在禁闈。笙歌喧寶殿〔二九〕，彩服耀金徽〔三〇〕。清淚沾羅袂，紅霞拂繡衣。九疑山水遠，無路繼湘妃。」

順聖又題玄都觀〔三一〕云：「千尋緑嶂夾流溪〔三二〕，登眺因知海〔三三〕岳低。瀑布迸春青石碎，輪囷〔三四〕横剪翠峰齊。步粘苔蘚龍橋滑〔三五〕，目掩烟蘿鳥徑迷〔三六〕。莫道穹天無路到〔三七〕，此山便是碧雲梯。」翊聖太妃繼曰：「登尋〔三八〕丹壑到玄都，接日紅霞照座隅。即向週迴巖上看〔三九〕，似看〔四〇〕曾進畫圖無。」

順聖又題金華宫曰：「再到金華頂，玄都訪道回。雲披分景像，霧鎖〔四一〕顯樓臺。雨滌前山浄〔四二〕，風吹去路開。翠屏夾流水，何必羨蓬萊！」翊聖太妃繼曰：「碧烟紅霧撲人衣〔四三〕，宿露花〔四四〕苔石徑危。風巧解吹松上曲〔四五〕，蝶〔四六〕嬌頻採臉邊脂。同尋僻徑思攜手〔四七〕，暗指遥山學畫眉。好把身心清浄處，角冠霞帔事希夷。」

順聖又題丹景山至德寺云：「周迴雲水遊丹景，因與真妃眺上方。晴日曉昇金照耀〔四八〕，寒泉夜落玉丁當。松梢月轉禽〔四九〕棲影，柏徑風牽麝食香。虔揲六銖宜禱祝〔五〇〕，惟期聖祚保遐昌〔五一〕。」翊聖繼曰：「丹景山頭宿梵宮，玉輪金輅駐遥空〔五二〕。軍持無水注寒碧，蘭若有花開晚紅。武士盡排青嶂下，内人皆在講筵中。我家帝子專〔五三〕王業，積善〔五四〕終期四海同。」

順聖又題彭州陽平化云：「尋玄遊聖境〔五五〕，巡禮〔五六〕到陽平。水遠波瀾闊〔五七〕，山高氣象清。殿嚴孫氏皃〔五八〕，碑暗係師名〔五九〕。夜月望壇醮〔六〇〕，松風森磬聲。」翊聖繼曰：「雲浮翠輦届〔六一〕陽平，真似驂鸞至上清〔六二〕。風起半崖聞虎嘯，雨來當面見龍行。晚尋水澗聽松韻，夜上星壇看月明。長恐前身居此境，玉皇教向錦城生。」

順聖又題漢州三學山至夜看聖燈云：「虔禱遊靈境，元妃夙志同。玉爐香静夜〔六三〕，銀燭炫遼空。泉漱雲根月，鐘敲檜杪風。印金標聖迹，飛石顯神功。滿〔六四〕望天涯極，平臨日脚窮〔六五〕。猿歸〔六六〕齋室上，僧集講筵中。頓覺超三界，渾疑証六通。願成修偃事〔六七〕，社稷保延洪。」翊聖繼曰：「聖燈千萬炬，旋向碧空生。細雨灑〔六八〕不暗，好風吹更明。磬敲金地響，僧唱梵天聲。若説無心法，此光如有情。」

順聖又題天迴驛〔六九〕云：「周遊靈境散幽情〔七〇〕，千里江山蹔〔七一〕得行。即恨烟光〔七二〕看未足，却驅金翠〔七三〕入龜城。」翊聖繼曰：「翠驛紅亭近玉京〔七四〕，夢魂猶自在青城〔七五〕。此來出看江山景〔七六〕，儘〔七七〕被江山看出行。」

議者以爲翰林之態〔七八〕，非婦人女子之事，所以謝女無長城之志，空振才名；班姬有團扇之辭，亦彰婬志〔七九〕。今徐氏逞乎妖志，餌〔八〇〕自倖臣，假以風騷，麗其遊倖〔八一〕。取女史一時之美，爲遊人曠代之嗤。及唐朝興弔伐之師，遇蜀國有荒淫之主，三軍不戰，束手而降，良由子母盤遊，君臣陵替〔八二〕之所致。于是亡一君，後主，名衍〔八三〕。破一國蜀，殺九子，彭王宗鼎、忠王宗賢、褒王宗紀、興王宗澤、榮王宗獻、雅王宗輅、資王宗霸。後主所生二子，長曰承祧，次曰承祀〔八四〕。誅十臣，齊王宗弼、王宗渥、王宗勳、李周輅、韓昭、景潤澄、宋光嗣、歐陽晃、王承休、蕭懷武〔八五〕。殄滅萬家，流移百辟。其次六宮嬪御，挫紅緑〔八六〕于征途；十宅公主，碎金珠于逆旅。子靈之室，無以比方〔八七〕。故興聖太子隨軍王承旨失名有《詠後主出降詩》〔八八〕曰：「蜀朝昏主出降時，銜璧牽羊倒繫旂。二十萬軍高〔八九〕拱手，更無一箇是男兒。」又蜀僧遠公有《傷廢國詩》曰：「樂極悲來數有涯，歌聲纔歇便興嗟。牽羊廢主尋傾國，指鹿姦臣盡破〔九〇〕家。丹禁夜涼空鎖月，後庭春暖〔九一〕漫開花。兩朝帝業空〔九二〕成夢，陵樹蒼蒼噪暮鴉〔九三〕。」（上海涵芬樓排印張宗祥校明鈔本《説郛》卷三四《豪異祕纂》，又《知不足齋叢書》本後蜀何光遠《鑑誡録》卷五《徐后事》）

〔一〕三夫　《鑑誡録》知不足齋本、《四庫》本、《學津討原》本作「三大夫」，《學海類編》本無「大」字。按：《左傳》原文作「三夫」。

〔二〕按：此注原無，據《鑑誡録》補（知不足齋本「楚」譌作「茹」）。「御」原作「禦」，據《左傳》改。以下兩注同。

〔三〕而　此字原無，據《鑑誡録》補。按：《左傳》原文亦有此字。

〔四〕儀行父　知不足齋本、《四庫》本、《學津》本無「行」字，此據《學海》本。按：《左傳》注有「行」字。

〔五〕徐公耕有二女　注文「耕」字及「二」字原無，據《鑑誡録》補。

〔六〕王　《鑑誡録》無此字。

〔七〕徐寫其二女真　「寫」原譌作「寓」，「真」譌作「直」，據《説郛》明抄殘本（張宗祥《説郛校勘記》）及《鑑誡録》改。

〔八〕以惑太祖太祖遂納之　「惑」原作「感」，據《鑑誡録》改。「太祖太祖」四字原無，據明抄殘本及《鑑誡録》補。

〔九〕長曰翊聖太妃生彭王次曰順聖太后生後主　《新五代史》卷六三《前蜀世家·王建傳》：「建晚多內寵，賢妃徐氏與妹淑妃，皆以色進。」《王衍傳》：「衍最幼，其母徐賢妃也。……後建數日而卒，衍因尊其母徐氏爲皇太后，后妹淑妃爲皇太妃。」二徐行第相反。

〔一〇〕後主　此二字原無，據《鑑誡録》補。

〔一一〕祧　原譌作「祝」，據明抄殘本及《鑑誡録》改。

〔一二〕殺　《鑑誡録》作「教」。

〔一三〕亟戮　明抄殘本及《鑑誡録》作「淫戮」，《四庫》本作「婬録」。淫，濫也。

〔一四〕頃者姊妹以巡禮至境爲名　「頃者」原作「乾德中」。按：《資治通鑑》卷二七三載：同光三年（當前蜀咸康元年）九月，「蜀主與太后、太妃遊青城山，歷丈人觀、上清宫，遂至彭州陽平化、漢州三學山而還。」是月唐軍伐蜀，十一月蜀主請降。《舊五代史》卷一三六《僭僞列傳・王衍傳》：「建卒，衍襲僞位，改元乾德。六年十二月，改明年爲咸康。秋九月，衍奉其母徐妃同遊於青城山，駐於上清宫。時宫人皆衣道服，頂金蓮花冠，衣畫雲霞，望之若神仙。」二徐之遊即在此時，作「乾德中」誤，據《鑑誡録》改。「姊」原作「娣」，據《鑑誡録》改。

〔一五〕性　原作「勝性」，據《鑑誡録》删「勝」字。明抄殘本作「勝」，無「性」字。「至」明抄殘本及《鑑誡録》作「聖」（《四庫》本作「勝」）。

〔一六〕倍　明抄殘本作「苦」。

〔一七〕頗銷　《學海》本作「頻增」，《四庫》本作「不貲」。不貲，不可計數。

〔一八〕玄　《全唐詩》卷九蜀太后徐氏《丈人觀》作「化」，注：「一作『玄』。」

〔一九〕當時聞有壺中景　《鑑誡録》「聞」作「信」，「景」作「境」。《全唐詩》「聞」作「信」。

〔二〇〕今　《鑑誡録》作「此」。

〔二一〕交　《全唐詩》作「空」。

〔二二〕徒卜昇平萬萬年　《全唐詩》「卜」字注：「一作『祝』。」《鑑誡録》作「徒祝昇平卜萬年」。

〔二三〕同陟仙壇　《鑑誡録》「壇」作「程」，《全唐詩》卷九蜀太妃徐氏《丈人觀》「陟」作「涉」。

〔二四〕野　原譌作「也」，據明抄殘本、《鑑誡録》、《全唐詩》改。

〔二五〕境　《學海》本、《全唐詩》蜀太后徐氏《丈人觀謁先帝御容》作「徑」。

〔二六〕迫　《鑑誡録》、《全唐詩》作「迥」。迫，逼近。

〔二七〕閑　原作「間」，據《鑑誡録》改。

〔二八〕候　明抄殘本、《鑑誡録》、《全唐詩》作「侯」。

〔二九〕笙歌喧寶殿　「歌」《學海》本、《四庫》本、《學津》本作「簧」，知不足齋本作「篁」。「喧」《四庫》本作「宣」。

〔三〇〕綵服耀金徽　「服」《鑑誡録》、《全唐詩》蜀太妃徐氏《游丈人觀謁先帝御容》作「仗」。「徽」原譌作「微」，據明抄殘本、《鑑誡録》、《全唐詩》改。

〔三一〕玄都觀　原誤作「謁丈人觀先帝聖容」，據《鑑誡録》改。

〔三二〕夾流溪　《學海》本作「奔流峻」，《四庫》本作「交流後」。

〔三三〕海　《鑑誡録》作「衆」。

〔三四〕輪囷　《四庫》本「囷」作「菌」，知不足齋本、《學津》本、《全唐詩》蜀太后徐氏《玄都觀》作「茵」。按：輪囷，高大貌。《禮記·檀弓下》：「晉獻文子成室，晉大夫發焉。張老曰：『美哉輪焉！美哉奂焉！』」鄭玄注：「輪，輪囷，高大也。」此指高山。輪菌，義同「輪囷」。作「輪茵」當譌。

〔三五〕滑　原譌作「目」，據明抄殘本、《鑑誡録》、《全唐詩》改。

〔三六〕目掩烟蘿鳥徑迷　「目」原譌作「門」，「鳥」原譌作「蔦」，據明抄殘本、《鑑誡録》改。「掩」知不足齋本、《學津》本作「閃」,《四庫》本作「閉」。《全唐詩》作「日閉煙蘿鳥徑迷」,「蘿」字注:「一作『巒』。」作「日」誤,與上句「步」字失對。

〔三七〕莫道穹天無路到　「穹」原作「窮」,「路」原作「分」,據《鑑誡録》改。明抄殘本「分」亦作「路」。

〔三八〕尋　原譌作「登」,據明抄殘本、《鑑誡録》、《全唐詩》蜀太妃徐氏《玄都觀》改。

〔三九〕即向週迴巖上看　「向」原譌作「問」,「巖」譌作「雖」,據《鑑誡録》、《全唐詩》改。明抄殘本「雖」亦作「嵓」。《全唐詩》「上」作「下」。

〔四〇〕看　此字疑譌。《鑑誡録》作「開」,《四庫》本作「聞」,均未洽。

〔四一〕霧鎖　《鑑誡録》作「黛斂」,《全唐詩》蜀太后徐氏《金華宫》作「黛鎖」,「鎖」字注:「一作『斂』。」

〔四二〕浄　原作「静」,據《鑑誡録》改。

〔四三〕碧烟紅霧撲人衣　《鑑誡録》「碧」作「蒼」。《全唐詩》蜀太妃徐氏《題金華宫》「撲」作「漾」,注:「一作『撲』。」「煙」字注:「一作『雲』。」

〔四四〕花　《鑑誡録》作「沾」,清吴任臣《十國春秋》卷三七《後主紀》、《全唐詩》蜀太妃徐氏《題金華宫》作「蒼」。

〔四五〕松上曲　《鑑誡録》知不足齋本「曲」作「蝶」,《學海》本、《學津》本作「笛」。《四庫》本作「松外岫」。

〔四六〕蝶　《鑑誡録》作「體」。

〔四七〕同尋僻徑思攜手　「思」原譌作「惡」,據明抄殘本、《鑑誡録》、《全唐詩》改。「徑」《鑑誡録》、《全唐詩》作「境」。

〔四八〕照耀　《全唐詩》蜀太后徐氏《丹景山至德寺》作「晃曜」。

〔四九〕禽　《全唐詩》作「琴」，誤。

〔五〇〕虔揲六銖宜禱祝　「揲」《全唐詩》譌作「堞」。按：揲六銖乃金錢卜。「宜」《鑑誡録》作「冥」，「祝」《全唐詩》作「祀」。

〔五一〕惟期聖祚保遐昌　《鑑誡録》「聖祚」作「祚歷」，《四庫》本「惟」作「准」。《全唐詩》作「惟祈聖祉保遐昌」。

〔五二〕玉輪金輅駐遥空　《鑑誡録》「輪」作「軒」，《全唐詩》蜀太妃徐氏《和題丹景山至德寺》「遥」作「虚」。

〔五三〕專　《十國春秋》、《全唐詩》作「傳」。

〔五四〕善　《學海》本作「累」。

〔五五〕尋玄遊聖境　《鑑誡録》、《全唐詩》蜀太后徐氏《題彭州陽平化》「玄」作「真」，「聖」作「勝」。

〔五六〕禮　原作「撫」，據《鑑誡録》、《全唐詩》改。

〔五七〕闊　《鑑誡録》、《全唐詩》作「碧」。

〔五八〕殿嚴孫氏兒　「嚴」原譌作「罷」，明抄殘本作「巖」，亦誤，據《鑑誡録》、《全唐詩》改。「兒」明抄殘本、《全唐詩》作「貌」，字同。《鑑誡録》作「號」，《四庫》本譌作「句」。按：《太平廣記》卷六〇引《女仙傳·孫夫人》：「孫夫人，三天法師張道陵之妻也。同隱龍虎山，修三元默朝之道，積年累有感應。……以漢桓帝（按：當作沖帝）永嘉元年乙酉到蜀，居陽平化，煉金液還丹。……以桓帝永壽二年丙申九月九日，與天師於閬中雲臺化白日昇天，位至上真東岳夫人。子衡，字靈真，繼志修煉，世號嗣師。以靈帝光和二年，歲在己未，正月二十三日，於陽平化白日昇天。孫魯，字公期，世號嗣師。當漢祚陵夷，中土紛亂，爲梁、益二州牧，鎮南將軍，理於漢中。魏祖行靈帝之命，就加爵秩。旋以劉璋失蜀，蜀先主舉兵，公期託化歸真，隱影而去。初，夫人居化中，遠近欽奉，禮謁如市，遂於山趾化一泉，使禮奉之人以其水盥沐，然後方詣道静，號曰解穢水，至今在焉。山有三重，以象三境。其前有白陽池，即太上老君遊宴之所。後有登真洞，與青城、峨眉、青衣山，西玄山洞府相通，故爲二十四化之首也。」所言孫氏即孫夫人，言殿中供祀孫夫人像也。

〔五九〕碑暗係師名　「碑」原譌作「碎」，據明抄殘本、《鑑誡録》、《全唐詩》改。「係」知不足齋本、《學津》本作「祖」，《四庫》本作「系」。按：《雲笈七籤》卷二八《二十四治》：「第一陽平治，治在蜀郡彭州九隴縣，去成都一百八十里。……治應角宿，貴人發之，治王始終。嗣師，天師子也，諱衡，字靈真。爲人廣智，志節高亮，隱仙業。漢孝靈帝徵爲郎中不就，以光和二年正月十五日己巳，於山昇仙。立治碑一雙在門，名曰嗣師治也。」又云：「右陽平治山，山中有主簿治、嗣師治、係師治。」明曹學佺《蜀中廣記》卷七二：「按陽平治山中又有主簿、嗣師、系師三治。嗣師，天師子也，諱衡，字靈真。……於陽平山昇仙，立雙碑在治門，名嗣師治。主簿是天師門下。系師乃嗣師之子，諱魯，得尸解於此山，故皆立治焉。」是則系師乃張魯。系、係義同，承繼也。祖師乃指張陵，陽平治無祖師治，作「祖師」誤。

〔六〇〕夜月望壇醮　「望」明抄殘本、《全唐詩》作「登」。《鑑誡録》作「夜醮古壇月」。

〔六一〕届　原作「留」，據明抄殘本、《鑑誡録》、《全唐詩》蜀太妃徐氏《題彭州陽平化》改。

〔六二〕真似驂鸞至上清　《鑑誡録》「真」作「直」，《全唐詩》「至」作「到」。

〔六三〕玉爐香静夜　《鑑誡録》、《全唐詩》蜀太后徐氏《三學山夜看聖燈》作「玉香焚静夜」，《十國春秋》作

「寶香焚靜夜」。

〔六四〕滿　原作「隅」，據明抄殘本、《鑑誡録》、《全唐詩》改。

〔六五〕平臨日脚窮　原作「登臨雨脚紅」，明抄殘本「雨」作「日」，據《鑑誡録》改。《十國春秋》作「臨看日脚紅」，《全唐詩》作「平臨日脚紅」。

〔六六〕歸　《鑑誡録》、《十國春秋》、《全唐詩》作「來」。

〔六七〕事　《鑑誡録》、《全唐詩》作「化」。

〔六八〕瀝　《鑑誡録》、《全唐詩》蜀太妃徐氏《三學山夜看聖燈》作「濕」。

〔六九〕天迴驛　原譌作「天旦郵」，據明抄殘本、《鑑誡録》改。《十國春秋》作「天苴驛」。

〔七〇〕周遊靈境散幽情　原作「因尋靈境散花雨」，明抄殘本「花雨」作「幽清」，據《鑑誡録》、北宋張唐英《蜀檮杌》卷上、《全唐詩》蜀太后徐氏《題天迴驛》改。《十國春秋》「周遊」作「爲尋」。

〔七一〕氅　《蜀檮杌》作「喜」。

〔七二〕即恨烟光　明抄殘本「即」作「既」，《鑑誡録》、《蜀檮杌》、《十國春秋》、《全唐詩》作「所」，《蜀檮杌》、《全唐詩》「烟」作「風」。

〔七三〕驅金翠　《學海》本「驅」作「隨」。《四庫》本「翠」作「輦」。

〔七四〕翠驛紅亭近玉京　《十國春秋》「紅」作「江」，《蜀檮杌》作「翠驛江亭近蜀京」。

〔七五〕夢魂猶自在青城　「青」原作「清」，據明抄殘本、《鑑誡録》、《蜀檮杌》、《十國春秋》、《全唐詩》蜀太妃徐氏《題天迴驛》改。《蜀檮杌》、《全唐詩》「自」作「是」，《十國春秋》「在」作「有」。

〔七六〕此來出看江山景　《鑑誡録》作「比來出看江山境」，《十國春秋》、《全唐詩》「此」亦作「比」。

〔七七〕儘　《蜀檮杌》、《十國春秋》、《全唐詩》作「却」。

〔七八〕翰林之態　《鑑誡録》作「翰墨文章之能」。

〔七九〕志　知不足齋本、《學津》本作「思」，《四庫》本作「醜」。

〔八〇〕餌　《鑑誡録》作「飾」。餌，引誘。

〔八一〕麗其遊倖　《鑑誡録》作「庇其遊佚」。

〔八二〕替　原作「借」，據《鑑誡録》改。

〔八三〕後主名衍　原在正文，據《鑑誡録》改。下同。

〔八四〕彭王宗鼎忠王宗賢褒王宗紀興王宗澤榮王宗獻雅王宗輅資王宗霸後主所生二子長曰承祧次曰承祀　「榮王宗獻」原作「宗王宗獻」，明抄殘本「榮」作「宋」，並誤。據《鑑誡録》改。按：《新唐書・王衍傳》載王建十一子中有韓王宗智。《十國春秋・高祖紀上》載武成三年十一月，「宗智爲榮王」，又《後主紀》載乾德六年徙榮王宗智爲韓王，卷三八《前蜀四》云諸王「名字見于史册者，宗智或作宗獻」，是知宗獻即宗智，先封榮王，徙封韓王。宋王乃宗澤，初封興王，徙宋王。「雅王宗輅」，《四庫》本「雅」譌作「推」。《十國春秋・後主紀》：「雅王宗輅爲豳王」。「後主所生二子，長曰承祧，次曰承祀」，原作「祧承祀」，多有脱字，據《鑑誡録》補。《十國春秋・前蜀四》：「後主子承祧、承祀。」

〔八五〕齊王宗弼王宗渥王宗勳李周輅韓昭景潤澄宋光嗣歐陽晃王承休蕭懷武　「齊王宗弼」，「齊」字原脱，據《鑑誡録》補。按：《十國春秋》卷三九《王宗弼傳》：「王宗弼本姓魏，名宏夫，高祖録爲假子。……後主繼立，命宗弼守太師兼中書令、判六軍。輔政已，又封鉅鹿王，進封齊王。……唐兵入境，會王宗勳等師至三泉，望風退走。後主詔宗弼守綿谷，且令誅宗勳等。宗弼反與宗勳等合謀送款。歸至成都……宗弼乃殺宋光嗣、景潤澄、韓昭輩，函首送唐，凡素所不快者，皆借端誅之。……宗弼益自恣，稱權西川兵馬留後，遣使奉牋于魏王繼岌，求爲西川節度使。……繼岌收宗弼及宗勳、宗渥，數其不忠之罪，族誅焉，籍没其家，國人争食宗弼之肉。」「王宗渥」原脱，據《鑑誡録》補。《十國春秋》卷三九有《王宗渥傳》。「李周輅」，《鑑誡録》誤作「李輅周」。《十國春秋·後主紀》：「以内給事王廷紹、歐陽晃、李周輅、宋光葆、宋承藴、田魯儔等爲將軍及軍使，干預國政。」「韓昭」，「昭」原譌作「召」，據明抄殘本及《鑑誡録》改。「景潤澄」，《四庫》本「澄」作「登」，《學津》本作「燈」，並譌。「宋光嗣」，「宋」原譌作「宗」，據《鑑誡録》改。《十國春秋》卷四六有《宋光嗣傳》。「歐陽晃」，《四庫》本「晃」譌作「冕」。「蕭懷武」，《四庫》本「蕭」譌作「肅」。《十國春秋》卷四三有《蕭懷武傳》。

〔八六〕緑　原作「綫」，據《鑑誡録》改。

〔八七〕無以比方　原作「無方以比」，據明抄殘本改。《鑑誡録》「無」作「何」。

〔八八〕興聖太子隨軍王承旨失名有詠後主出降詩　「王承旨失名」原作「仁裕」，誤，必是後人妄加，據《鑑誡録》改。承旨乃翰林學士承旨。「詠」原譌作「戮」，據明抄殘本、《鑑誡録》改。按：興聖太子指後唐莊宗長子、興聖宮使、魏王李繼岌，同光三年（九二五）伐蜀（《新五代史》卷一四本傳）。

〔八九〕高　《鑑誡録》作「齊」。

〔九〇〕破　《鑑誡録》作「喪」。

〔九一〕暖　《鑑誡録》作「老」。

〔九二〕空　《鑑誡録》作「都」。

〔九三〕鴟　原譌作「雅」，據《鑑誡録》改。

按：本文載於《説郛》卷三四《豪異祕纂》。據張宗祥《説郛校勘記》，《説郛》明抄殘本題作《蜀后》，「王仁裕」前冠「後唐」二字。後蜀何光遠《鑑誡録》卷五録入此篇全文，題作《徐后事》。仁裕曾仕於王蜀，蜀亡仕於唐，本篇即作於後唐。

《舊五代史》卷一三六《僭僞列傳·王衍傳》載：「唐同光三年（九二五）九月十日，莊宗下制伐蜀，命興聖宫使魏王繼岌爲都統，樞密使郭崇韜爲行營都招討。……十一月……魏王至成都北五里昇仙橋，僞百官班於橋下，衍乘行輿至，素衣白馬，牽羊，草索係首，面縛銜璧，輿櫬而後。魏王下馬受其璧。」《新五代史》卷六三《前蜀世家》載：「莊宗召衍入洛，賜衍詔曰：『固當列土而封，必不薄人于險，三辰在上，一言不欺。』衍捧詔忻然就道，率其宗族及僞宰相王鍇、張格、庾傳素、許寂，翰林學士李昊等，及諸將佐家族數千人以東。同光四年四月，行至秦川驛，莊宗用伶人景進計，遣宦者向延嗣誅其族。衍母徐氏臨刑呼曰『吾兒以一國迎降，反以爲戮，信義俱棄，吾知其禍不旋踵矣。』衍妾劉氏，鬒髮如雲而有色，行刑者將免之，劉氏曰：『家國喪亡，義不受辱。』遂就死。」

《資治通鑑》卷二七四載：「景進等言於帝曰：『魏王未至，康延孝初平，西南猶未安。王衍族黨不少。聞軍駕東征，恐其爲變，不若除之。』帝乃遣中使向延嗣齎敕往誅之，敕曰：『王衍一行並從殺戮。』已印畫，樞密使張居翰覆視，就殿柱揩去『行』字，改爲『家』字，由是蜀百官及衍僕役獲免者千餘人。延嗣至長安，盡殺衍宗族於秦川驛。衍母徐氏且死，呼曰：『吾兒以一國迎降，不免族誅，信義俱棄，吾知汝行亦受禍矣。』」

北宋路振《九國志》卷六《前蜀・王宗壽》云：「衍至秦川驛，母妻及子弟遇害者十八人，並藁葬道左。」

王氏見聞集

王氏見聞集卷上

王承協

僞王蜀有王氏子承協，幼承廕，有文武才，性聰明，通于音律。門下常養一術士，潛〔一〕授戰陣之法，人莫知之。術士襤褸弊衣，亦不受承協之資餫。承協後因蜀主講武於星宿山下，忽於主前呈一鐵鎗，重三十餘斤，請試之。由是介馬盤鎗，星飛電轉。萬人觀之，咸〔二〕服其神異。及入城，又請盤城門下鐵關，五十餘斤，兩人舁致馬上，當街馳之，亦如電閃。大賞之，擢爲龍捷指揮使。其諸家兵法，三令五申，懸之口吻。以其年幼，終不付大兵柄。奇異之術，信而有之。（中華書局版汪紹楹點校本《太平廣記》卷八〇《方士五》引《王氏見聞録》，按談本原無録字）

〔一〕潛　明鈔本、孫校本作「皆」。

〔二〕咸　明鈔本、孫校本作「戰」，連上讀。

按：《廣記》原題《蜀士》，所記爲王承協事，今改。

陳岷

後唐莊宗世子魏王繼岌伐蜀，廻軍在道，而有鄴都之變。莊宗與劉后命内臣張漢賓齎急詔，所在催魏王歸闕。張漢賓乘驛，倍道急行。至興元西縣逢魏王，宣傳詔旨。王以本軍方討漢州，康延孝相次繼來，欲候之出山，以陳凱歌，漢賓督之。有軍謀陳岷，比事梁，與漢賓熟，密問張曰：「天子改换，且是何人？」張色莊曰：「我當面奉宣詔魏王〔一〕，況大軍在行，談何容易。」陳岷曰：「久忝知聞，故敢諮問。兩日來有一信風〔二〕，新人已即位矣，復何形迹？」張乃説：「來時聞李嗣源〔三〕過河，未知近事。」岷曰：「魏王且請盤桓，以觀其勢，未可前邁。」張以莊宗命嚴，不敢遷延，督令進發。魏王至渭南遇害。（中華書局版汪紹楹點校本《太平廣記》卷八〇《方士五》引《王氏見聞録》，按談本原無録字）

〔一〕我當面奉宣詔魏王　「當」《舊五代史》卷五一《唐書·宗室列傳·魏王繼岌傳》《考異》引《太平廣記》引《王氏見聞録》作「當」，中華書局點校本校勘記：殿本、劉本作「當」。按：作「當」誤。「宣詔」孫校本作「詔宣」。

〔二〕信風　孫校本作「風信」。《舊五代史考異》作「信風」。信風、風信義同，消息也。

〔三〕李嗣源　「源」原誤作「元」，據孫校本、《舊五代史考異》改。按：李嗣源即後唐明宗。《舊五代史》卷三五《明宗紀一》載：同光四年（九二六）二月，莊宗李存勗遣李嗣源將兵渡河，三月至鄴都。

按：魏王李繼岌，後唐莊宗李存勗子。同光三年（九二五）伐蜀，十一月蜀主王衍降，入成都。次年四月莊宗被亂兵流矢所中而崩，繼岌回至渭南，聞莊宗敗，師徒潰散，命僕夫縊己而死。見《舊五代史·唐書·魏王李繼岌傳》、《資治通鑑》卷二七五。

金州道人

金統水在金州。巢冦犯闕之年，有崔某爲安康守。大駕已幸岷峨，惟金州地僻，户口晏如。忽有一道人詣崔言事曰：「方今中原版蕩，乘輿播遷，宗社陵夷，鞠爲茂草，使君豈無心殄寇乎？」崔曰：「泰山既頹，一木搘之可乎？」客曰：「不然。所言殄者，不必以劍戟争鋒，力戰原野。」崔曰：「公將如何？」客曰：「使君境内有黄巢谷、金統水，知之乎？」曰：「不知。」請詢其州人，州人曰：「有之。」客曰：「巢賊禀此而生，請使君差丁役，齎畚鍤，同往掘之，必有所得。」乃去州數百里，深山中果有此名號者。客遂令尋源而斸之，仍使斷其山岡，窮其泉源。泉源中有一窟，窟中有一黄腰人，既逼之，遂舉身自撲，呦然而卒。穴中又獲寶劍一，客又曰：「吾爲天下破賊訖。」崔遂西向進劍及黄腰，未逾劍、利〔一〕，聞巢賊已平，大駕復國矣。（中華書局版汪紹楹點校本《太平廣記》卷八五《異人五》引《王氏見聞録》，明鈔本無録字）

〔一〕劍利　「利」明鈔本作「閣」。孫校本作「刹」。按：劍即劍州，利即利州。劍州東北臨利州。利州東北爲金州。金州有安康縣，然天寶元年曾改金州曰安康郡，前文云崔某爲安康守，又稱其爲使君，則安康所指即金州。

按：南宋王明清《揮麈後録》卷二云：

明清家有《續皇王寶運録》一書，凡十卷，王景彝家所藏，印識存焉。多叙唐中葉以後事，至於詔令文檄悉備，唐史新舊二書之闕文也，但殊乏文華，所恨宋景文、歐陽文忠諸公未曾見之。其載黃巢王氣一事。盡存舊詞。姑綴於編：「中和三年夏，太白先生自號太白山人，不拘禮則。又云姓王，竟不知何許人也。金州耆宿云，每三年見入州市一度。自見此先生賣藥，已近三四十年，顔貌不改不老。其年夏六月三日，太白山人修謁金州刺史、檢校尚書左僕射、兼御史大夫崔堯封云：『本州直北有牛山，傍有黃巢谷、金桶水。且大寇之帥黃巢，凌劫州縣，盜據上京，近已六年。又僞國大齊，年號金統，必慮王氣在北牛山。伏請聞奏蜀京，掘破牛山，則此賊自敗散。』堯封聽之大喜，且具茶果，與之言話。移時，太白山人禮揖而去。堯封遂與州官商量，點諸縣義丁男，日使萬工掘牛山。一箇月餘，其山後崖崩十丈以來，有一石桶，桶深三尺，徑三尺，桶中有一頭黃腰獸，桶上有一劍，長三尺。黃腰見之，乃呦然數聲，自撲而死。堯封遂封劍，及畫所掘地圖，所見石桶事件聞奏。僖宗大悦，尋加堯封檢校司徒。封博陵侯。黃巢至秋果衰，是歲中原剋平。」如昭洗王涯等七家之詔，亦見是書也。

岳珂《桯史》卷二《泉江三地名》亦云：「《續皇王寶運録》有唐金州刺史崔堯封用太白山人之説，掘牛山黃巢谷金桶水一事，不書於唐史，蓋不經之説。」此説顯演自《王氏見聞録》。崔堯封固有其人，唐末佚名《聞奇録·李言吉》云金州防禦使崔堯封。

蕭懷武

僞蜀有尋事團〔一〕，亦曰中團。小院使蕭懷武主之，蓋軍巡之職也。懷武自所團捕捉賊盜年多，官位甚隆，積金巨萬，第宅亞〔二〕於王侯，聲色妓樂，爲一時之冠。所管中團百餘人，每人各養私名十餘輩，或聚或散，人莫能別〔三〕，呼之曰狗。至于深坊僻〔四〕巷，馬醫酒保，乞丐傭作。及販賣童兒〔五〕輩，並是其狗。民間有偶語者，官中罔不知。又有散在州郡及勳貴家，當〔六〕庖看廄，御車執樂者，皆是其狗。公私動静，無不立達于懷武。是以人懷恐懼，常疑其肘臂腹心，皆是其狗也。懷武殺人不知其數。蜀破之初，有與己不相協，及積金藏鏹之夫，日夜捕逐入院，盡殺之。冤枉之聲，聞于街巷。後郭崇韜入蜀，人有告懷武欲謀變者，一家百餘口，無少長戮于市。（中華書局版汪紹楹點校本《太平廣記》卷一二六《報應二十五》引《王氏見聞》）

〔一〕尋事團　孫校本作「守事團」。按：清彭元瑞《五代史記注》卷六三下《前蜀世家第三》引《王氏見聞録》、南宋鄭克《折獄龜鑑》卷一《釋冤上》及桂萬榮《棠陰比事》卷下《懷武用狗》引《成都古今記》等皆作「尋事團」，作「守」疑誤。

〔二〕亞　《五代史記注》作「並」。

〔三〕別　《五代史記注》作「知」。

〔四〕僻　《折獄龜鑑》作「曲」。按：《折獄龜鑑》異辭頗多，非原文也。今只出校一二。

〔五〕童兒　明成祖皇后徐妙雲《勸善書》卷一七作「屠兒」。屠兒，屠户。按：《勸善書》引述非盡照原文，其餘概不出校。

〔六〕當　《折獄龜鑑》作「掌」。

按：清吴任臣《十國春秋》卷四三《前蜀九·蕭懷武傳》採入此事。

李龜禎

乾德中，僞蜀御史李龜禎久居憲職。嘗一日出至三井橋，忽覩〔一〕十餘人，摧頭及被髮者〔二〕，叫屈稱冤，漸來相逼。龜禎慴懼，迴馬徑歸，説與妻子。仍誡其子曰：「爾等成長筮仕，慎勿爲刑獄官。以吾清慎畏懼，猶有冤枉〔三〕，今欲悔之何及！」自此得疾而亡。（中華書局版汪紹楹點校本《太平廣記》卷一二六《報應二十五》，闕出處）

〔一〕忽覩　《勸善書》卷一七作「忽見嘗所按殺」。
〔二〕摧頭及被髮者　《勸善書》作「携頭披髮」。
〔三〕冤枉　《勸善書》作「枉濫」。

按：《廣記》前條爲《蕭懷武》，出《王氏見聞》。此條及下條《陳潔》亦王蜀事，必亦出《王氏見聞》。
《十國春秋》卷四三有《李龜禎傳》。

陳潔

僞蜀御史陳潔，性慘毒，讞刑定獄，嘗以深刻爲務，十年内斷死千人。因避暑行〔一〕亭，見蟢子懸絲面前。公引手接之，成大蜘蛛，銜〔二〕中指。拂落階下，化爲厲鬼，云來索命，驚訝不已。指漸成瘡，痛苦十日而死。（中華書局版汪紹楹點校本《太平廣記》卷一二六《報應二十五》，闕出處）

〔一〕行 《勸善書》卷一六作「竹」。
〔二〕衕 《勸善書》卷一六作「嗇」。

潞王

清泰之在岐陽也，有馬步判官何某，年踰八十，忽暴卒。云有使者拘録，引出〔一〕，冥間見陰君曰：「汝無他過〔二〕，今放汝還，與吾言於潞王曰：『來年三月，當帝天下。』可速返，達吾之旨。」言訖引出，使者送歸。及蘇，遂以其事密白王之左右，咸以妖妄而莫之信，由是不得聞于王。月餘，又暴卒入冥，復見陰君。陰君怒而責之曰：「何故受吾教而竟不能達耶？」徐曰：「放汝去，可速導〔三〕吾言。仍請王畫吾形及地藏菩薩像。」何惶恐而退。見其庭院廊廡之下，簿書雜亂，吏胥交横。何問之，使者曰：「此是朝代將變，陞降去留，將來之官爵也。」及再活，託以詞訟見王。及見之，且曰：「某有密事上白。」王因屏左右問之，備述所見。王未之信，何曰：「某年踰八十，死在旦夕，豈敢虚妄也。」王默遣之。來春，果下詔攻岐陽。唯何叟獨喜〔四〕，知其必驗。至期，何叟之言，毫髮無差矣。清泰即位，擢何叟爲天興縣令。固知冥數前定，人力豈能遏之乎？（中

華書局版汪紹楹點校本《太平廣記》卷一三六《徵應二》引《王氏見聞録》，按談本原無録字）

〔一〕出　明鈔本、孫校本作「入」，連下讀。

〔二〕過　明鈔本作「罪」，《五代史記注》卷七《唐本紀第七》引《王氏見聞録》作「故」。

〔三〕速導　孫校本「速」作「達」。明鈔本、《五代史記注》「導」作「道」。南宋委心子《分門古今類事》卷二帝王運兆門下《潞王當帝》引《王氏見聞》亦作「速導」。導，傳達。

〔四〕喜　孫校本作「善之」。

按： 潞王李從珂即帝位（末帝），在後唐閔帝李從厚應順元年（九三四）四月，改元清泰。文中稱三月（《分門古今類事》引同），不確。

僞蜀主舅

僞蜀主之舅，累世富盛。於興義門〔一〕造宅，宅内有二十餘院，皆雕牆峻宇，高臺深池，奇花異卉，叢桂小山。山川〔二〕珍物，無所不有。秦州董城村院，有紅牡丹一株，所植年代深遠。使人取之，掘土方丈，盛以木櫃。自秦州至成都，三千餘里，歷九折、七盤、望雲、九井、大小漫天〔三〕，隘狹懸險之路，方致〔四〕焉。乃植於新第。因請少主臨幸，少主歎其基構華麗，侔於宫室。遂戲命筆，於柱上大書一「孟」字。時俗謂孟爲不堪故也〔五〕。明年蜀破，孟氏入成都，據其第。忽覩楹間有絳紗籠，迫而視之，乃一「孟」字。孟曰：「吉祥也。吾無易此居。」孟之有蜀，蓋先兆也。（中華書局版汪紹楹點校本《太平廣記》卷一三六《徵應二》引《王氏見聞録》，按談本原無録字）

〔一〕興義門　孫校本作「義興門」，誤。按：北宋張唐英《蜀檮杌》卷上：「（成都）西門爲興義門。」

〔二〕山川　《分門古今類事》卷一四讖兆門下《延瓊孟字》引《成都集記》作「三川」。按：明曹學佺《蜀中廣記》卷五一《四川布政司·蜀郡縣古今通釋》云：「或稱三川者，非三川伊洛之地。……漢武帝元鼎年，以蜀郡、廣漢、犍爲爲三蜀，獻帝建安年，分巴東、巴西、永寧郡爲三巴。巴、蜀雖别，猶可槩稱。」本書《王承休》韓昭詩有云：「三川奚所賴，雙劒最堪矜。」

〔三〕大小漫天　《古今類事》「漫」作「曼」。《五代史記注》卷六四上《後蜀世家第四》引《王氏見聞録》同。按：《蜀中廣記》卷二四《名勝記·川北道·廣元縣》：「石燕山……又北三十里，有大小漫天嶺，極高。」本書《王承休》韓昭詩云「何愁飛過大漫天」。

〔四〕致　明鈔本作「至」。致，通「至」。

〔五〕不堪故也　《古今類事》作「不佳也」。

按：孟知祥破蜀在後唐同光三年，亦即王蜀咸康元年（九二五），後九年（清泰元年，九三四）爲蜀主。

興聖觀

蜀城舊有興聖觀，廢爲軍營，庭宇堙毁，已數十年。軍中生子者，奕世擐甲矣，殊不知此爲觀基。甲申歲，爲〔一〕蜀少主生日，僚屬將率俸金營齋。忽下令，遣將營齋之費，亟〔二〕修興聖觀。左〔三〕徒藏事，急如星火，不日而觀成。丹雘未晞〔四〕，興聖統師而入蜀。嗟乎！國之興替，運數前定，其可以苟延哉！（中華書局版汪紹楹點校本《太平廣記》卷一四〇《徵應六·邦國咎徵》引《王氏見聞録》，按「邦國咎徵」四字據孫校本補，談本原無録字）

〔一〕爲　《分門古今類事》卷一三讖兆門上《興聖駱駝》（按：與下條合）引《成都集記》作「僞」。

〔二〕亟　《古今類事》作「敬」。

〔三〕左　《古今類事》作「庀」。庀，辦理。

〔四〕晞　《廣記》《四庫》本作「飾」，《古今類事》作「終」。晞，乾也。

按：甲申歲乃前蜀王衍乾德六年（九二四）。明年（咸康元年）十一月蜀亡。中云「興聖統帥而入蜀」，興聖即後唐興聖宫使魏王李繼岌。

駱駝杖

蜀地無駱駝，人不識之。蜀將亡，王公大人〔一〕及近貴權幸出入宫省者，竟執駱駝杖以爲禮〔二〕，自是内外效之。其杖長三尺許，屈一頭，傅〔三〕以樺皮。識者以爲不祥。明年，北軍至，駱駝塞劍棧而來，般輦珍寶，填滿城邑，至是方驗。（中華書局版汪紹楹點校本《太平廣記》卷一四〇《徵應六・邦國咎徵》引《王氏見聞録》，按「邦國咎徵」四字據孫校本補，談本原無録字）

〔一〕人　明鈔本作「夫」。

〔二〕禮　孫校本、《古今類事》作「得禮」。

〔三〕傅 孫校本作「縛」。《古今類事》作「傅」。傅，加上。

竹貂

竹貂〔一〕者，食竹之鼠也。生於深山溪谷竹林之中無人之境，非竹不食，巨如野貍，其肉肥脆〔二〕。山〔三〕民重之，每發地取之甚艱〔四〕。岐、梁睚眦之年，秦隴之地無遠近巖谷之間，此物争出，投城隍及所在民家。或穿墉壞城，或自門閾而入，犬食不盡，則並入人家房内，秦民之口腹飫焉。忽有童謡曰：「貂貂引黑牛，天差不自由。但看戊寅歲，揚在〔五〕蜀江頭。」智者不能議之。庚午歲，大梁同州節度使劉知俊叛梁入秦，家於天水。天水破，流入蜀。居數年間，蜀人又謡曰：「黑牛無繫絆，棧繩一時斷。」僞蜀先主聞之，懼曰：「黑牛者，劉之小字。棧繩者，吾子孫之名也。蓋前輩連宗字，後輩連承字爲名，棧繩與宗承音同。吾老矣，得不爲子孫之患乎？」於是害劉公以厭之。明年，歲在戊寅，先主不豫，合眼劉公在目前。蜀人懼之，遂粉劉之骨，揚入於蜀江。先主尋崩，議者方知貂者劉也，黑牛者劉之小字，戊寅歲揚骨入於蜀江之應。（中華書局版汪紹楹點校本《太平廣記》卷一六三《讖應》引《王氏見聞》）

〔一〕貙　《分門古今類事》卷一三讖兆門上《知俊揚骨》引《益部耆舊傳》誤作「貓」（《十萬卷樓叢書》本），《四庫》本（引作《益都耆舊傳》）則不誤。

〔二〕脆　《古今類事》作「美」。

〔三〕山　《古今類事》作「土」。

〔四〕艱　孫校本及《古今類事》十萬卷樓本作「難」。

〔五〕揚在　「揚」原譌作「楊」，據下文及《五代史記注》卷六三上《前蜀世家第三》引《王氏見聞録》改。《古今類事》作「揚骨」。

按： 中云先主（王建）尋崩，光天元年戊寅歲（九一八）也，後主王衍繼位。《全唐詩》卷八七八輯入《秦人竹貙謡》。

温造

憲宗之代，戎羯亂華，四方徵師，以盡邊患。詔下南梁，起甲士五千人，令赴闕〔一〕下。將起，師人〔二〕作叛，逐其帥。又懼朝廷討伐，因團集拒命者歲餘。憲宗深以爲患，擇帥者久之。京兆尹温造請行，憲宗問其兵儲所費，温曰：「不請寸兵尺刃而行。」至其界，梁人覘其所來，止一儒生，皆相賀曰：「朝廷必不問其罪，復何患乎？」温但宣詔敕安存，至則一無所問。然梁帥負過，出入者皆不捨器仗，温亦不誡之。他日，毬場中設樂〔三〕，三軍下士〔四〕並任執帶弓劍赴之，遂令於長廊之下就食。坐筵之前，臨堦南北兩行，懸〔五〕長索二條，令軍人各於面前索上掛其弓劍而食〔六〕。逡巡，行酒至，鼓噪一聲，兩頭齊抨〔七〕其索，則弓劍去地三丈餘矣。軍人大亂，無以施其勇，然後闔户而斬之〔八〕。五千餘人，更無噍類。其間有百姓隨親情及替人有〔九〕赴設來者甚多，並玉石一槩矣。南梁人自爾累世不敢復叛。余二十年前職於斯，故老尚歷歷而記之矣。（中華書局版汪紹楹點校本《太平廣記》卷一九〇《將帥二》引《王氏見聞》）

〔一〕闢　明陳耀文《天中記》卷二八《單騎入敵》、錢希言《劍筴》卷二五《籠狙篇·索挂劍》引《王氏見聞》，徐應秋《玉芝堂談薈》卷七《才幹之敏》引《王氏見聞録》作「闕」。

〔二〕師人　「師」原作「帥」，當譌。據《天中記》、《劍筴》改。師人，軍人也。

〔三〕樂　明鈔本作「宴」。按：軍中宴會有軍樂相佐。

〔四〕士　明鈔本、孫校本作「令」。

〔五〕懸　此字原闕，點校本據明鈔本補。《天中記》作「設」。

〔六〕食　明鈔本、孫校本作「飡」。

〔七〕抨　孫校本作「捭」，《玉芝堂談薈》作「抨」。

〔八〕軍人大亂，無以施其勇，然後闔户而斬之　《玉芝堂談薈》作「命軍士每二人挾一人，閉户而斬之」，當爲所改。

〔九〕有　明鈔本無此字。

按：南梁即興元府。《舊唐書》卷一六五《温造傳》載：大和四年（八三〇）興元軍亂，殺節度使李絳。文宗授尚書右丞温造山南西道（興元）節度使，前往平定。此云憲宗之代，大誤。所言細情亦多有謬誤，蓋仁裕得於傳聞耳。

成都丐者

成都有丐者，詐稱落泊衣冠。弊服繿縷，常巡成都市鄽。見人即展手希一文，云失墜文書，求官不遂。人皆哀之，爲其言語悲嘶，形容顦顇。居於昇僊橋〔一〕側。後有勢家于所居旁起園亭，欲廣其池舘，遂强買之。及闢其圭竇，則見兩間大屋，皆滿貯散錢〔二〕，計數千〔三〕萬。鄰里莫有知者。成都人一槩呼求事官人爲乞措大。（中華書局版汪紹楹點校本《太平廣記》卷二三八《詭詐》引《朝野僉載》，按明鈔本、孫校本及朝鮮成任編《太平廣記詳節》卷一八作《王氏見聞》，是也）

〔一〕昇僊橋　原譌作「早遷橋」，據《廣記詳節》及《蜀中廣記》卷五八《風俗記第四》引《王氏見聞録》改。

按：東晉常璩《華陽國志》卷三《蜀志》：「城北十里有昇僊橋。」晚唐羅隱有《昇僊橋》詩。

〔二〕則見兩間大屋，皆滿貯散錢　《廣記詳節》作「則滿兩間大屋，皆貯散錢」。

〔三〕千　《蜀中廣記》作「十」。

按： 此爲成都事，與本書多載蜀事相合。且本條前後所引《北夢瑣言》、《玉堂閑話》、《唐闕史》，皆唐末五代之書，本卷所引《朝野僉載》五條皆居前，其必不出唐張鷟《朝野僉載》。今本《朝野僉載》（六卷）未輯此條。

文處子

有處子〔一〕姓文，不記其名。居漢中，常游兩蜀侯伯之門，以燒煉爲業。但留意于爐火者，咸爲所欺。有富商李十五郎者，積貨甚多，爲文所惑，三年之内，家財罄空。復〔二〕爲識者所誚，追〔三〕而恥之，以至自經。又有蜀中大將屯兵漢中者，亦爲所惑。華陽坊有成太尉新造一第，未居，言其空静，遂求主者，賃以燒藥。因火發，焚其第，延及一坊，掃地而静〔四〕。文遂夜遁，欲向西取桑林路，東趨斜谷，以脱其身。出門便爲猛虎〔五〕所逐，不得西去，遂北入王子山谿谷之中。其虎隨之。不離跬步。既窘迫，遂攀枝上一樹，以帶自縛於喬柯之上，其虎遶樹跑哮〔六〕。及曉，官司捕逐者已〔七〕及樹下，虎乃徐去〔八〕。遂就樹擒之，斬於燒藥之所。（中華書局版汪紹楹點校本《太平廣記》卷二三八《詭詐》引《王氏見聞》）

〔一〕處子　明鈔本、孫校本及《永樂大典》卷一三四五二《虎逐處士》引《太平廣記》、《勸善書》卷一八作「處士」。處子即處士。

〔二〕復　明鈔本及《勸善書》作「後」。

〔三〕追　《勸善書》作「悔」。

〔四〕静　《筆記小説大觀》本作「浄」。静，浄也。《大典》及《勸善書》作「盡」。

〔五〕猛虎　明鈔本、孫校本、《大典》及《勸善書》作「鷙獸」，下文「其虎」同。

〔六〕其虎遶樹跑哮　「虎」字明鈔本、孫校本作「獸」。「跑」點校本改作「咆」，今據談本回改。《大典》及

《勸善書》作「咆」。跑哮，即咆哮。《焦氏易林》卷四《焦氏易林卷四《涣》之《未濟》：「三虎上山，更相跑哮。」

〔七〕已　此字原無，據明鈔本、孫校本及《大典》、《勸善書》補。

〔八〕虎乃徐去　明鈔本、孫校本及《大典》、《勸善書》作「獸則徐退」。

王氏見聞集卷中

王承休

蜀後主王衍宦官王承休，後主以優笑狎暱見寵。妻有美色〔一〕，恒侍少主寢息，久而專房。承休多以邪僻姦穢之事媚〔二〕其主，主愈寵之。與韓昭爲刎頸之交，所謀皆互相表裏。承休一日請從諸軍揀選官健，得驍勇數千，號龍武軍。承休自爲統帥，並特加衣糧，日有優給。因乞秦州節度使，且云：「願與陛下於秦州採掇美麗。皆説秦州之風土〔三〕，多出國色，仍請幸天水。」少主甚悦，即遣仗節赴鎮，應所選龍武精鋭，並充衙隊從行。到鎮方〔四〕下車，當日毁拆衙庭，發丁夫採取〔五〕材石，創立公署使宅，一如宫殿之制。兼以嚴刑峻法〔六〕，婦女不免土木之役。又密令彊取民間子女〔七〕，使教歌舞伎樂。被〔八〕獲者，令畫工圖真及録名氏，急遞申〔九〕送韓昭，昭又密呈少主。少主覩之，不覺心狂，遂決幸秦之計，因下制曰：「朕聞前王巡狩，觀土地之慘舒；歷代省方，慰黎元之傒望〔一〇〕。西秦封域，遠在邊隅，先皇帝畫此山河，歷年征討，雖歸王化，未浹惠風。今耕稼既屬有年，軍民頗聞望幸，用安疆埸，聊議省巡。朕選取今年十月三日幸秦州，布告中外，咸使聞知。」

由是中外切諫不從，母后泣而止之，以至絶食。前秦州節度判官蒲禹卿，叩馬泣血，上表諫曰：「臣聞堯有敢諫之鼓〔一一〕，舜有誹謗之木，湯有司過之士，周有誡慎之鞀〔一二〕。蓋古者明君，克全帝道，欲知己過，要納讜言，將引咎而責躬，庶理人而修德。陛下自承祧秉録〔一三〕，正位當天，愛聞逆耳之忠言，每許〔一四〕犯顔而直諫。且先皇帝許昌發〔一五〕跡，閬苑起身〔一六〕，歷艱辛於草昧之中，受危險於虎争之際。胼胝戈甲，寢寐〔一七〕風霜。申武力而拘諸原〔一八〕，立戰功而平多〔一九〕壘。亡軀致命，事主勤王，方〔二〇〕得成家，至于開國。今日鴻基霸盛，大業雄〔二一〕崇，地及雍岐〔二二〕，界連荆楚〔二三〕，信〔二四〕通吴越，威定蠻陬。郡府頗多，關河漸〔二五〕廣，人物秀麗，土産〔二六〕繁華。當四海輻裂之秋，成萬代龍興之業。陛下生居富貴，坐得乾坤，但好歡娱，不思機變。臣欲望陛下，以名教而自節，以禮樂而自防。循〔二七〕道德之規，受師傅之訓，知社稷之不易，想稼穡之最難〔二八〕，惜高祖之基扃〔二九〕，似太宗之臨御。賢賢易色，孜孜爲心。無稽之言勿聽，弗詢之謀勿用。聽五音而受諫，以三鏡而照懷。少止息於諸處林亭，多觀覽於前王經史〔三〇〕。別修上德，用卜遠圖。莫遣色荒，毋令酒惑。常親政事，勿〔三一〕恣閒遊。

「臣竊聞陛下欲出成都〔三二〕，往巡〔三三〕邊壘。且天水〔三四〕地遠，路〔三五〕惡難行，險棧欹雲，危峰插漢，微雨則吹摧閣道，稍泥則沮〔三六〕滑山程，豈可鳴鑾？那〔三七〕堪叱馭？又復敵境咫尺〔三八〕，塞邑〔三九〕荒涼，民雜蕃戎〔四〇〕，地多嵐〔四一〕瘴，別無華風〔四二〕異景，不可選勝尋幽。隴水聲悲〔四三〕，胡〔四四〕笳韻咽。營中止帶甲之士，城上宿枕戈之人。看探虜〔四五〕於孤峰，朝朝疑慮；覘望旗於峻嶺，日日隄防。是多山足水〔四六〕之鄉，即易動難安之地。麥積崖無可瞻戀，米谷峽何要聞知〔四七〕！路遇〔四八〕嵯山，程〔四九〕通怨水。秦穆園馬之地，隗囂僭位之邦。其次〔五〇〕一人出行，百司參從，千群霧擁，萬衆星馳。當路州縣凋〔五一〕殘，所在館驛隘少〔五二〕，止宿尚猶不易，供須固是爲難。縱若宮〔五三〕中指揮，自破屬省錢物，未免因依擾踐，觸處淩遲〔五四〕。以此商〔五五〕論，不合輕動。其類蒼龍出海，雲行雨施，豈教〔五六〕浪静風恬，必見傷苗損稼〔五七〕。所以鑾輿須止，天步難移。

「況頃年大駕，只到山南，猶不下〔五八〕關，進發兵士。此時直至天水，未審如何制宜〔五九〕。且〔六〇〕當初打破梁原城池，擄掠義寧户口，截腕者非一，斬首者甚〔六一〕多，匪惟生彼人心，抑亦損兹聖德。今去洛京不遠，復聞大駕重來，若彼預有計謀，此則便須征討。況鳳翔久爲讎敵〔六二〕，必貯姦謀，切慮妄搆〔六三〕妖詞，致生釁隙。又陛下與唐主始〔六四〕申歡好，信幣交馳。但慮聞道聖駕親行，別懷疑忌。其或專差使命〔六五〕，請陛下境上會盟，未審聖躬去與不去。若去，則相〔六六〕似秦、趙争强，彼此難屈；若不去，即便同魯、衛不睦，戰伐尋〔六七〕興。酌彼未萌，料其先見，願陛下思忖。

「臣伏聞自古帝王省方巡狩，弔民伐罪，展義觀風，然後便歸九重，別安萬姓。今陛下累曾游歷，未聞一件教條，止於跋涉山川，驅馳人馬。閬苑〔六八〕則舟船幾溺，青城則嬪婇〔六九〕將沈，自取驚憂，爲何切事。及却〔七〇〕還京輦，並不悦軍民〔七一〕，但〔七二〕虀衆情，莫彰帝德。憶昔先皇在日，未嘗〔七三〕無故巡遊。陛下纂承已來，率意頻離宫闕。勞心費力，有何所爲〔七四〕？此際依前整蹕〔七五〕，又擬遠别宸居。昔秦皇之鑾駕不廻，煬帝之龍舟不返。陛下聖逾秦帝，明甚隋皇，且無北築之虞，焉有南遊〔七六〕之弊！寬仁大度〔七七〕，篤〔七八〕孝深慈，知稼穡之艱難，識古今之成敗，自防得失，不縱襟懷。忍教致却宗祧〔七九〕，言將〔八〇〕道斷？使烝民以何託？令慈母以何辜？若不〔八一〕慮以危亡，但恐乖於仁孝〔八二〕。況玉京金闕，寶殿珠樓，内苑上林，瓊池瑶圃〔八三〕，香風滿檻，瑞露盈盤，鈞天之樂奏《九韶》，廻雪之舞呈八佾。簇神仙於清府〔八四〕，耀珠翠於皇宫〔八五〕，如論萬乘之居，便是三清之境〔八六〕。人間勝致，天下所無，時或賞遊〔八七〕，足觀〔八八〕奇趣。何必須於遠塞〔八九〕，看彼荒山〔九〇〕，不惜聖軀〔九一〕，有何裨益！

「方今岐陽不順，梁園已亡〔九二〕，中原有人，大事未了。且〔九三〕當國生靈受弊，盜賊横行，縱邊廷無烽火之危，而内地有腹心之患。陛下千年膺〔九四〕運，一國稱尊，文德武功，經天緯地。孝逾於舜，仁甚於湯。百行皆全，萬機不撓〔九五〕。聰明博達，識量變通，深負智謀〔九六〕，獨懷英鑑〔九七〕。方居大寶，正是少年。既承社稷之基，復把〔九八〕山河之險。何不遠聽深察〔九九〕，居安慮危？闢四門以求賢，總萬機〔一〇〇〕而行事。咸有一德〔一〇一〕，端坐九重。使恩威並行，賞罰必當，平分雨露，遍及〔一〇二〕瘡痍。令表裏以寬舒〔一〇三〕，使子孫以昌盛〔一〇四〕。布臨人之惠化，立濟衆〔一〇五〕之玄功。選揀雄師，思量大計，振彼鴟張之勢，壯兹虎視之威，秣馬訓兵，豐糧利器。彼若稍有微釁，此即直下平吞。正取時機，大行王道，自然百靈垂祐，四海歸仁。衆心成城〔一〇六〕，天下治理。目即〔一〇七〕蜀都彊盛，諸國不如，賢士滿朝，聖人當極。臣願百姓樂於貞觀，萬乘明於太宗。采藥石之言，聽芻蕘之説，愛惜社稷，醫療軍民。似周武諤諤而昌，知〔一〇八〕辛紂唯唯而滅。無飾非拒諫之事，有面折廷諍〔一〇九〕之人。固我睿朝〔一一〇〕，益〔一一一〕我皇化。

「陛下莫見居人稠疊，謂言京輦繁華。蓋是外處〔一一二〕凌殘，住止不得，所以競來臻湊〔一一三〕，貴〔一一四〕且偷安。今諸州虐理處〔一一五〕多，百姓失業欲盡，荒田不少，盜賊成群。乞陛下廣布腹心〔一一六〕，特令〔一一七〕聞見。且蜀國從來創業，多乏永謀。或德不及於兩朝，或祚不延於七代。劉禪俄降於鄧艾，李勢遽歸於桓温。皆爲不取直言，不恤政事，不行王道，不念生靈。以至國人之心，無一可保〔一一八〕；山河之險，不足可憑。陛下至聖至明，如堯如舜，豈後主之相匹，豈子仁之比倫！有寬慈至孝之名，有遠見長謀之策，不信諂〔一一九〕媚，不恣躭荒〔一二〇〕，出入而有所可徵〔一二一〕，動静而無非經久，必致萬年之業，終爲四海之君。臣願陛下且住鑾輿，莫離京國。候中原無事，八表來王，天下人心，咸歸我主。若群流赴海，衆蟻慕羶，有道自彰，無思不服。匪惟要看天水，直可便坐長安。是微臣之至懇，舉國之深願。

「臣聞〔一二二〕天子有諍臣七人，雖無道不失其天下，是以輒傾丹懇，仰諫聖明。不藉官榮，不沽名譽，情非訕上，理切憂君〔一二三〕。雖無折檻之能，但有觸鱗之罪。不避誅殛，輒扣天庭。臣死如萬類之中，去一螻蟻。陛下或全無忖度，須向邊陲，遺聖母以憂心，令庶寮以懷慮，全迷得失，自取疲勞，事有不虞，悔將何在〔一二四〕！臣願陛下稍開諫路，微納臣言，勿違聖后之情，且允〔一二五〕國人之望。俯存大計，勿出遠邊〔一二六〕。」

後主竟不從之。韓昭謂禹卿曰：「我收〔一二七〕汝表章，候秦州廻日，下獄逐節勘之，勿悔。」至十月三日，發離成都，四日到漢州。鳳州王承捷，飛驛騎到秦云：「東朝差興聖令公，統軍十餘萬，取九月到鳳州〔一二八〕。」少主猶謂臣下設計，要沮其東行，曰：「朕恰要親看相殺，又何患乎？」不顧而進。上梓潼山，少主有詩云：「喬巖簇冷煙，幽逕上寒天。下瞰峨嵋嶺〔一二九〕，上〔一三〇〕窺華岳巔。驅馳非取樂，按幸爲憂邊。此去將〔一三一〕登陟，欹危〔一三二〕路幾千。」宣令從官繼和。中書舍人王仁裕〔一三三〕和曰：「綵仗〔一三四〕拂寒煙，鳴騶〔一三五〕在半天。黃雲生馬足，白日下松巔。盛德安疲俗，仁風扇極邊。前程問成紀，此去尚三千。」成都尹韓昭，翰林學士李浩弼、徐光溥並繼和，亡其本。

至劍州西二十里已來，夜過一磎〔一三六〕山。忽聞前後數十里，軍人行旅，振革鳴金，連山叫噪，聲動溪谷。問〔一三七〕人，云將過稅人場，懼有鷙獸搏人，是以噪之。其乘馬亦〔一三八〕咆哮恐懼，箠之不肯前進。衆中有人言曰：「適於〔一三九〕大駕前，有〔一四〇〕鷙獸自路左叢林間躍出，於萬人中攫將一夫而去。其人銜到溪洞間，尚聞唱救命之聲。況天色未曉，無人敢捕逐者。」路人罔不流汗。遲明，有軍人尋之，草上委其餘骸矣。少主至行宮，顧問臣僚，皆陳恐懼之事。尋命從臣，令各賦詩。王仁裕詩曰：「劍牙釘舌血毛腥，窺算勞心豈暫停。不與大朝〔一四一〕除患難，惟於〔一四二〕當路食生靈。從將〔一四三〕户口資饞口，未委三丁稅幾丁。今日帝王親出狩，白雲巖下好藏形。」翰林學士李浩弼進詩曰：「巖下年年蓄弊訛〔一四四〕，生靈飡盡意〔一四五〕如何。爪牙衆後民隨〔一四六〕減，溪壑深來骨已〔一四七〕多。天子紀綱猶被弄〔一四八〕，客人窮獨固難過。長途莫怪無人蹟〔一四九〕，盡被山王稅殺他〔一五〇〕。」少主覽此二篇，大笑曰：「此二臣之詩，各有旨也〔一五一〕。朕亦於馬上搆思，三十餘里終不就。」於是各賜束帛〔一五二〕。翰林學士徐光溥、水部員外王巽亦進詩。

至劍門，少主乃題曰：「緩轡踰雙劍，行行躡石稜。作千尋壁壘，爲萬祀依憑。道德雖無取，江山粗可矜。迴看城闕路，雲疊樹層層。」後令〔一五三〕侍臣繼，成都尹韓昭和曰：「閉關防外〔一五四〕寇，孰敢振威稜。險固疑天設，山河自古憑。三川〔一五五〕奚所賴，雙劍最堪矜。鳥道微通處，煙霞鏁百層。」王仁裕和曰：「孟陽曾有語，刊在白雲稜。李杜常挨托，孫劉亦恃憑。庸才安可守，上德始堪矜。暗指長天路〔一五六〕，濃巒〔一五七〕蔽幾層。」又命制《秦中父老望幸賦》一首進之，今亡其本。

過白衛嶺，大尹韓昭進詩曰：「吾皇〔一五八〕巡狩爲安邊，此〔一五九〕去秦亭尚數千。夜照路歧山店火，曉通消息戍瓶煙。爲雲巫峽雖神女，跨鳳秦樓是謫仙。八駿似龍人似虎，何愁飛過大漫天！」少主和曰：「先朝神武力開邊，畫斷封疆四五千。前望隴山屯劍戟，後憑巫峽鏁烽煙。軒皇尚自親平寇，嬴政徒勞愛學仙。想到隗宮尋勝處，正應鸞語豔陽〔一六〇〕天。」王仁裕和曰：「龍旆飄飖指極邊，到時猶更二三千。登高曉躡巉巗石，冒冷朝衝〔一六一〕斷續煙。自學漢皇開土宇，不同周穆好神仙。秦民莫遣無恩及，大散關東別有天。」

洎至利州，已聞東師下固鎮矣。旬日內，又聞過〔一六二〕金牛，敗卒塞硤而至。其時蜀師十餘萬，自綿、漢至于深渡〔一六三〕千餘里，首尾相繼，皆無心鬪敵。遣使臣逼促，則廻槍刺之，曰：「請喚取龍武軍相戰〔一六四〕，不惟勇敢，況且偏請衣糧。我等揀退不堪，何能相殺！」少主〔一六五〕無奈何。十月二十九日，狼狽而歸，於棧閣懸險溪巖窄隘〔一六六〕之中，連夜繼晝，却入成都。康延孝與魏王繼踵而入，少主於是樹降。東軍未入前，王宗弼殺韓昭、樞密使宋光嗣、景潤澄，宣徽使〔一六七〕李周輅、歐陽晃〔一六八〕等。王承休握鋭兵於天水，兵刃不舉，既知東軍入蜀，遂擁麾下之師及婦女孩幼萬餘口，金銀繒帛，於西蕃買路歸蜀。沿路爲左衽〔一六九〕擄奪，并經雪〔一七〇〕山，凍餓相踐而死。迨至蜀，存者百餘人，唯與田宗汭等脱身而至。魏王使人詰之曰：「親握鋭〔一七一〕兵，何得不戰？」曰：「憚大王神武，不敢當其鋒。」曰：「何不早降？」曰：「蓋緣王師不入封部，無門輸款。」曰：「其初入蕃部，幾許人同行？」曰：「萬餘口。」「今存者幾何？」曰：「纔及百數。」魏王曰：「汝可償此萬人之命。」遂盡斬之。蜀師不戰，坐取亡滅者，蓋承休、韓昭之所致也，人多不知之。（中華書局版汪紹楹點校本《太平廣記》卷二四一《諂佞三》引《王氏聞見録》，又《太平廣記詳節》卷一九，作《王氏見聞》）

〔一〕妻有美色　「妻」字原無，據《廣記詳節》補。明鈔本此句作「曲承顔色」。按：《資治通鑑》卷二七三後唐莊宗同光三年：「王承休妻嚴氏美，蜀主私焉。」

〔二〕媚　孫校本作「事」，《廣記詳節》作「惑」。

〔三〕皆説秦州之風土　「皆」原作「且」，據孫校本、《廣記詳節》改。《廣記詳節》「皆」下有「過」字。「風土」孫校本、《廣記詳節》作「土風」。

〔四〕鎮方　原作「方鎮」，據明鈔本、孫校本、《廣記詳節》乙改。

〔五〕取　《廣記詳節》作「運」。

〔六〕兼以嚴刑峻法　《廣記詳節》作「竪以嚴期峻法」。

〔七〕女　原作「弟」，據明鈔本、《廣記詳節》改。

〔八〕被　明鈔本作「每」，《廣記詳節》作「旋」。

〔九〕申　原作「中」，據明鈔本改。

〔一〇〕傒望　《廣記詳節》「傒」作「徯」，音義皆同，待也。

〔一一〕臣聞堯有敢諫之鼓　《吕氏春秋·不苟論·自知》「敢」作「欲」。後蜀何光遠《鑑誡録》（《知不足叢書》本）卷七《陪臣諫》前有「臣某言頓首死罪」七字，《全唐文》卷八九〇蒲禹卿《諫蜀後主東巡表》作「臣禹卿頓首死罪」。

〔一二〕鞀　明鈔本作「銘」，誤。按：《吕氏春秋》作「鞀」。鞀，有柄小鼓。

〔一三〕秉録　「録」黄校本、《四庫》本、《筆記小説大觀》本作「禄」，《廣記詳節》、《鑑誡録》、《全唐文》作「籙」。録，通「籙」。《文選》卷三六王融《永明十一年策秀才文五首》其一：「朕秉籙御天，握樞臨極。」李周翰注：「秉，執也，籙，符也。天子受命執之，以御制天下也。」

〔一四〕許　此字原脱，據《鑑誡録》、《全唐文》補。

〔一五〕發　《鑑誡録》、《全唐文》作「振」。

〔一六〕起身　《鑑誡録》、《全唐文》作「興師」。

〔一七〕寐　原作「寤」，據《廣記詳節》、《鑑誡録》、《全唐文》改。明鈔本作「宿」。

〔一八〕拘諸原　明鈔本作「靖中原」，《鑑誡録》、《全唐文》作「助中原」。

〔一九〕多　明鈔本作「邊」。

〔二〇〕方　孫校本作「才」。《廣記詳節》、《鑑誡録》、《全唐文》亦作「方」。

〔二一〕雄　《廣記詳節》、《鑑誡録》、《全唐文》作「推」。

〔二二〕岐　原作「凉」，據《廣記詳節》、《鑑誡録》、《全唐文》改。按：凉即凉州，治今甘肅武威市，岐即岐州，治今陝西鳳翔縣，唐時曾昇爲鳳翔府。前蜀未據有凉州，凉州時爲吐蕃所佔。

〔二三〕荆楚　原作「南北」，據《廣記詳節》、《鑑誡録》、《全唐文》改。按：「荆楚」與上文「雍岐」相對。

〔二四〕信　原作「德」，據《廣記詳節》、《鑑誡録》、《全唐文》改。

〔二五〕漸　《鑑誡録》、《全唐文》作「甚」。

〔二六〕産　原作「地」，據《廣記詳節》、《鑑誡録》、《全唐文》改。

〔二七〕循　《鑑誡録》、《全唐文》作「修」。

〔二八〕最難　明鈔本作「艱難」。按：「最難」與上句「不易」相對。

〔二九〕基扃　明鈔本作「規模」，《鑑誡録》、《全唐文》作「基模」。

〔三〇〕多觀覽於前王經史　《廣記詳節》作「多看覽於前王書史」，《鑑誡録》、《全唐文》作「多歷覽於前王書史」。

〔三一〕勿　明鈔本作「戒」。

〔三二〕成都　《廣記詳節》作「都城」。

〔三三〕往巡　《鑑誡録》、《全唐文》作「看於」，《鑑誡録》《學津討原》本作「看視」。

〔三四〕天水　明鈔本作「天長」，《鑑誡録》、《全唐文》作「天雄」。按：天雄即天雄軍節度使，治秦州（治今甘肅天水市秦安縣西北），秦州又稱天水郡。

〔三五〕路　原作「峻」，據《廣記詳節》、《鑑誡録》、《全唐文》改。

〔三六〕沮　《廣記詳節》、《鑑誡録》、《全唐文》作「阻」。按：沮，阻塞。

〔三七〕那　《鑑誡録》、《全唐文》作「唯」。

〔三八〕又復敵境咫尺　「境」原作「京」，據明鈔本、《廣記詳節》、《鑑誡録》、《全唐文》改。《鑑誡録》、《全唐文》作「又復秦州敵境咫尺」。按：敵當指岐王李茂貞。岐王府在鳳翔府，鳳翔在秦州東南。

〔三九〕邑　《鑑誡録》作「色」。

〔四〇〕民雜蕃戎　「民」明鈔本作「界」。「蕃」《鑑誡録》作「番」，「蕃」通「番」。《全唐文》改作「羌」。

〔四一〕嵐　《鑑誡録》、《全唐文》作「疫」。嵐，山林霧氣。

〔四二〕華風　明鈔本、《廣記詳節》、《鑑誡録》、《全唐文》作「風華」。

〔四三〕悲　《鑑誡録》、《全唐文》作「清」。

〔四四〕胡　《全唐文》避清諱改作「邊」。

〔四五〕探虜　《廣記詳節》作「探火」，《鑑誡録》、《全唐文》作「烽火」。

〔四六〕水　《廣記詳節》、《鑑誡録》、《全唐文》作「雲」。

〔四七〕何要聞知　原作「何亞連知」，據《廣記詳節》改。明鈔本作「何亞連如」，《鑑誡録》、《全唐文》作「何足聞知」。

〔四八〕路遇　《鑑誡録》、《全唐文》作「縱過」。

〔四九〕程　《鑑誡録》、《全唐文》作「須」。

〔五〇〕其次　原作「是以」，據《廣記詳節》、《鑑誡録》、《全唐文》改。

〔五一〕凋　原作「摧」，據《廣記詳節》、《鑑誡録》、《全唐文》改。

〔五二〕少　《鑑誡録》、《全唐文》作「小」。

〔五三〕宮　原作「就」，據《廣記詳節》、《鑑誡録》、《全唐文》改。明鈔本作「宸」。

〔五四〕凌遲　《鑑誡録》、《全唐文》「遲」作「持」。凌遲，敗壞。

〔五五〕商　《廣記詳節》、《鑑誡録》、《全唐文》作「細」。

〔五六〕教　《鑑誡録》、《全唐文》作「合」。

〔五七〕稼　《鑑誡録》、《全唐文》作「物」。

〔五八〕猶不下關　「下」字原脱，據《鑑誡録》、《全唐文》補。孫校本、《廣記詳節》則脱「不」字。

〔五九〕如何制宜　孫校本作「何如制宜」，《鑑誡録》、《全唐文》作「制置如何」。

〔六〇〕且　原作「自」，據《廣記詳節》改。

〔六一〕甚　《鑑誡録》、《全唐文》作「倍」。

〔六二〕況鳳翔久爲讎敵　「鳳翔」，《鑑誡録》、《全唐文》作「鳳州」，誤。《資治通鑑》卷二七三《後唐紀二》莊宗同光二年亦作「鳳翔」。按：鳳翔爲岐王李茂貞王府所在。鳳州治今陝西寶雞市鳳縣東鳳州鎮，在秦州東南，與秦州原爲岐地，前蜀王建永平五年（九一五）攻佔鳳州，明年即通正元年，置武興軍於鳳州。見《十國春秋》卷三六《前蜀二·高祖本紀下》。「讎」原作「進」，據《廣記詳節》、《鑑誡録》、《全唐文》改。

〔六三〕搆　《鑑誡録》作「措」，《全唐文》作「指」。

〔六四〕始　《廣記詳節》作「方」。

〔六五〕其或專差使命　原作「其必特差使命」，據《廣記詳節》、《鑑誡録》改。《全唐文》「或」譌作「事」。

〔六六〕相　《廣記詳節》作「頃」，《鑑誡録》、《全唐文》作「須」。

〔六七〕尋　孫校本作「必」，《廣記詳節》、《鑑誡録》作「兹」，《鑑誡録》《學海類編》本、《全唐文》作「滋」。

〔六八〕閬苑　原作「秦苑」，明鈔本、《廣記詳節》、《鑑誡録》、《全唐文》作「閬苑」。按：南宋王象之《輿地紀勝》卷一八五《利東路・閬州》：「閬苑，唐時魯王靈夔、滕王元嬰以衙宇卑陋，遂修飾宏大之，擬於宫苑，由是謂之隆苑。其後以明皇諱隆基改，謂之閬苑。」故址在今四川閬中市城西。前文云先皇帝「閬苑起身」，即指王建在閬州起兵。《十國春秋》卷三五《前蜀一・高祖本紀上》載：唐僖宗光啓三年（八八七），利州刺史王建「召集亡命及溪洞彝落，有衆八千人，沿嘉陵江而下，以襲閬州，逐其刺史楊茂實，自稱防禦使」。據改。

〔六九〕婇　原作「綵」，據《鑑誡録》、《全唐文》改。婇，宫女。明鈔本作「妃」。

〔七〇〕及却　「及」字原無，據《廣記詳節》、《鑑誡録》、《全唐文》補，《鑑誡録》、《全唐文》無「却」字。

〔七一〕並不悦軍民　「並」字原無，據《廣記詳節》、《鑑誡録》、《全唐文》補，《鑑誡録》、《全唐文》「悦」下有「於」字。明鈔本此句作「疲疫軍民」。

〔七二〕但　《鑑誡録》、《全唐文》作「迫」。

〔七三〕嘗　孫校本、《廣記詳節》、《鑑誡録》作「省」，《全唐文》作「有」。

〔七四〕勞心費力有何所爲　孫校本「爲」作「謂」。《鑑誡録》、《全唐文》無此八字。

〔七五〕蹕　明鈔本、孫校本作「理」。

〔七六〕南遊　《鑑誡録》、《全唐文》「南」作「東」。按：南遊指隋煬帝遊江都，於後主王衍而言，秦州在成都北，然其路綫乃先往東北而行，故後文云「東行」。《全唐文》即題曰《諫蜀後主東巡表》。此處用隋煬帝典，宜爲「南遊」，《資治通鑑》亦作「南巡」。

〔七七〕寬仁大度　《鑑誡録》、《全唐文》前有「陛下」二字。

〔七八〕篤　明鈔本作「至」，《廣記詳節》、《鑑誡録》、《全唐文》作「廣」。

〔七九〕忍教致却宗祧　「祧」字原脱，據《廣記詳節》、《鑑誡録》、《全唐文》補。《鑑誡録》、《全唐文》作「豈忍致却宗祧」。明鈔本作「忍教政衰」。

〔八〇〕言將　明鈔本作「可言」，《鑑誡録》作「云言」，《全唐文》闕此二字。

〔八一〕不　原譌作「何」，據明鈔本、孫校本、《廣記詳節》、《鑑誡録》、《全唐文》改。

〔八二〕但恐乖於仁孝　「但」《鑑誡録》、《全唐文》作「實」。「孝」孫校本作「道」。

〔八三〕瓊池瑶圃　「瑶」原作「環」，據《廣記詳節》改。《鑑誡録》、《全唐文》作「瑶池瓊圃」。

〔八四〕清府　原作「清虚之境」，據明鈔本改。《廣記詳節》、《鑑誡録》、《全唐文》作「紫禁」。

〔八五〕耀珠翠於皇宫　原作「列歌舞於閬苑之中」，據《廣記詳節》、《鑑誡録》、《全唐文》改。明鈔本作「萃歌舞於咸池」。

〔八六〕如論萬乘之居，便是三清之境　此二句原無，據《廣記詳節》、《鑑誡録》、《全唐文》補。《鑑誡録》《四庫》本、《學津》本及《全唐文》「居」譌作「君」。

〔八七〕賞遊　明鈔本下有「其中」二字，句法失對。

〔八八〕觀　明鈔本作「多」。

〔八九〕須於遠塞　「須」《鑑誡録》作「傾」，《全唐文》作「顧」。明鈔本此四字作「窮求絶塞」。

〔九〇〕山　明鈔本作「遐」。

〔九一〕不惜聖軀　明鈔本作「不識聖心」。

〔九二〕岐陽不順，梁園已亡　《鑑誡録》、《全唐文》無此八字。

〔九三〕且　《鑑誡録》、《全唐文》作「但」。

〔九四〕膺　明鈔本、《廣記詳節》作「應」。

〔九五〕撓　原作「擾」，據明鈔本、孫校本、《廣記詳節》、《鑑誡録》、《全唐文》改。

〔九六〕智謀　《鑑誡録》、《全唐文》作「規模」。

〔九七〕英鑑　「鑑」原作「傑」，據《廣記詳節》、《鑑誡録》、《全唐文》改。《鑑誡録》《學海》本、《四庫》本、《學津》本作「殷鑒」。

〔九八〕把　《鑑誡録》、《全唐文》作「抱」。

〔九九〕何不遠聽深察　「何」原作「但」，據《鑑誡録》、《全唐文》改。「遠聽深察」，《鑑誡録》《學海》本、《四庫》本、《學津》本「深」作「邇」。《全唐文》作「視遠聽察」。

〔一〇〇〕機　原作「邦」，據《鑑誡録》改。《全唐文》作「幾」。

〔一〇一〕咸有一德　《廣記詳節》、《鑑誡録》、《全唐文》「有」作「修」，明鈔本作「揆」。按：《尚書・商書》有《咸有一德》。序云：「伊尹作《咸有一德》。」孔氏傳：「言君臣皆有純一之德，以戒太甲。」

〔一〇二〕及　《廣記詳節》、《鑑誡録》、《全唐文》作「療」。

〔一〇三〕令表裏以寬舒　《鑑誡録》、《全唐文》作「庶表裏寬奢」。

〔一〇四〕使子孫以昌盛　《鑑誡録》、《全唐文》作「保子孫昌盛」。

〔一〇五〕立濟衆　《廣記詳節》「衆」作「物」。《鑑誡録》、《全唐文》作「蓋救物」，《鑑誡録》《學海》本、《學津》本「蓋」作「益」。

〔一〇六〕成城　明鈔本作「陶成」。陶成，成就。

〔一〇七〕目即　原作「即目」，據明鈔本、孫校本、《廣記詳節》改。目即，目前。《鑑誡録》、《全唐文》作「今則」。

〔一〇八〕知　《鑑誡録》、《全唐文》作「鄙」。

〔一〇九〕諍　原作「争」，據《廣記詳節》、《鑑誡録》、《全唐文》改。

〔一一〇〕固我睿朝　「固」原作「因」。據《廣記詳節》、《鑑誡録》、《全唐文》改。「睿」《鑑誡録》、《全唐文》作「春」，《鑑誡録》《學海》本、《學津》本作「皇」。

〔一一一〕益　《鑑誡録》、《全唐文》作「保」。

〔一一二〕處　《鑑誡録》、《全唐文》作「郡」。

〔一一三〕臻湊　《全唐文》作「湊集」。

〔一一四〕貴　《全唐文》作「暫」。

〔一一五〕處　《鑑誡録》、《全唐文》作「既」，《鑑誡録》《學海》本、《學津》本作「最」。

〔一一六〕乞陛下廣布腹心　《鑑誡録》、《全唐文》作「伏乞陛下稍布腹心」。

〔一一七〕特令　《鑑誡録》、《全唐文》作「即當」。

〔一一八〕國人之心無一可保　《鑑誡録》、《全唐文》作「國亡人心何保」，脱「無一」二字。

〔一一九〕諂　《鑑誡録》《四庫》本、《全唐文》作「娼（倡）」。

〔一二〇〕不恣躭荒　《鑑誡録》、《全唐文》作「不耽荒婬」。

〔一二一〕有所可徵　《廣記詳節》作「所在可徵」，《鑑誡録》、《全唐文》作「所在防微」。

〔一二二〕臣聞　《鑑誡録》、《全唐文》下有「昔者」二字。

〔一二三〕理切憂君　「切」原作「直」，據《廣記詳節》、《鑑誡録》、《全唐文》改。《鑑誡録》、《全唐文》「憂」作「愛」。

〔一二四〕在　《廣記詳節》、《鑑誡録》作「益」，《全唐文》作「及」。

〔一二五〕允　《廣記詳節》作「充」。

〔一二六〕勿出遠邊　《鑑誡録》、《全唐文》作「莫去邊陲」。按：以下有省略，《鑑誡録》、《全唐文》作：「干犯冕旒，無任憂惕，冒死待罪，激切屏營之至。謹奉表直諫以聞。臣某誠惶誠恐，頓首頓首，死罪死罪。謹言。」

〔一二七〕收　原作「取」，據《廣記詳節》改。

〔一二八〕取九月到鳳州　明鈔本、《廣記詳節》「九月」下有「一日」二字。按：《舊五代史》卷三三《唐書·莊宗紀七》同光三年：「九月辛卯朔……庚子，是日命大舉伐蜀，詔曰：『……今命興聖宫使、魏王繼岌充西川四面行營都統，命侍中樞密使郭崇韜充西川東北面行營都招討制置等使……取九月十八日進發。……戊申，魏王繼岌、樞密使侍中郭崇韜進發西征。……冬十月庚申朔……戊寅，西征之師入大散關，僞命鳳州節度使王承捷、故鎮屯駐指揮使唐景思，次第迎降。」同光三年（當前蜀乾德六年，即九二五年）戊申（十八日）唐軍始發，十月戊寅（十九日）入鳳州大散關，歷時一月。則預計到鳳州（今陝西鳳縣東北鳳州鎮）之時不可能在九月，更不可能在九月一日。疑「九月」當作「十月」。

〔一二九〕嶺　《廣記詳節》作「頂」。

〔一三〇〕上　《廣記詳節》作「平」。

〔一三一〕將　《廣記》《四庫》本、《全唐詩》卷八後主衍《幸秦川上梓潼山》作「如」。

〔一三二〕攲危　原譌作「歌樓」，據《廣記詳節》改。

〔一三三〕王仁裕　原文當作「余」或「予」，《廣記》凡遇作者自稱，大抵改作作者姓名。下同。

〔一三四〕仗　原作「杖」，據黄校本、《四庫》本、《筆記小説大觀》本、《廣記詳節》、《全唐詩》卷七三六王仁裕《從蜀後主幸秦州上梓潼山》改。

〔一三五〕騶　《廣記詳節》作「雛」，誤。騶，此指車馬。

〔一三六〕磎　《廣記詳節》作「嵠」。

〔一三七〕問　孫校本作「間」，屬上讀。

〔一三八〕亦　談本原作「不」，汪校本據明鈔本改。按：《廣記詳節》作「無不」，則談本脱「無」字。

〔一三九〕於　原作「有」，據明鈔本、孫校本、《廣記詳節》改。

〔一四〇〕有　此字原無，據《廣記詳節》補。

〔一四一〕朝　明鈔本作「臣」。

〔一四二〕於　《全唐詩》王仁裕《奉詔賦劍州途中鷙獸》作「餘」，當譌。

〔一四三〕將　此字談本原闕，明鈔本、孫校本、《廣記詳節》作「將」，汪校本據明鈔本補。黄校本、《四庫》本、《筆記小説大觀》本作「來」。《十國春秋》卷三七《後主紀》注引《王氏見聞録》作「教」。

〔一四四〕巖下年年蓄弊訛　「下」《廣記詳節》作「谷」。「蓄弊訛」原譌作「自寢訛」，據《廣記詳節》改。孫校本末二字爲闕字。

〔一四五〕意　《廣記詳節》作「欲」。

〔一四六〕隨　明鈔本、孫校本、《廣記詳節》作「徐」。

〔一四七〕已　《廣記詳節》作「漸」。

〔一四八〕被弄　明鈔本作「被算」，孫校本作「比弄」，《廣記詳節》作「被辱」。

〔一四九〕人蹟　明鈔本作「行旅」，《廣記詳節》作「商旅」。

〔一五〇〕盡被山王稅殺他　《廣記詳節》「盡」作「到」。《全唐詩》卷七六〇李浩弼《從幸秦川賦鸑獸詩》「稅」作「稜」。

〔一五一〕各有旨也　《廣記詳節》作「非無旨也」。

〔一五二〕各賜束帛　原作「命各官從臣」，據《廣記詳節》改。

〔一五三〕令　此字原無，據《廣記詳節》補。

〔一五四〕外　《全唐詩》卷七六〇韓昭《和題劍門》作「老」。

〔一五五〕三川　《全唐詩》作「二川」，誤。按：古稱蜀爲三川。

〔一五六〕暗指長天路　「暗」明鈔本、孫校本作「時」。「長」《廣記詳節》作「漫」。

〔一五七〕巒　《廣記詳節》作「嵐」。

〔一五八〕皇　原作「王」，據《廣記詳節》改。

〔一五九〕此　《廣記詳節》作「東」。

〔一六〇〕豔陽　原作「暮春」，據《廣記詳節》改。明鈔本作「杏花」。

〔一六一〕衝　原譌作「充」，據明鈔本、《四庫》本、《廣記詳節》改。

〔一六二〕過　此字原脱，據《廣記詳節》補。

〔一六三〕深渡　明鈔本作「深浚」。按：深渡，地名，在利州。杜光庭《録異記》卷一：「永平四年甲戌，利州刺史王承賞奏，深渡西入山二十里，道長山楊謨洞在峭壁之中，上下懸險，人所不到。」

〔一六四〕請唤取龍武軍相戰　「唤」黄校本、《四庫》本、《筆記小説大觀》本作「换」。「戰」《廣記詳節》作「殺」。

〔一六五〕少主　原作「實」，當誤，據《廣記詳節》改。明鈔本作「後主亦」。

〔一六六〕溪巖窄隘　「窄隘」原作「壑」，據《廣記詳節》改。明鈔本作「溪窮谷」。

〔一六七〕宣徽使　「使」上原衍「州」字，據明鈔本、孫校本、《廣記詳節》删。按：《十國春秋》卷三七《後主本紀》：「以内給事王廷紹、歐陽晃、李周輅、宋光葆、宋承藴、田魯儔等爲將軍及軍使，干預國政。」「宗弼稱我國君臣久欲歸命，而内樞密使宋光嗣、景潤澄、宣徽使李周輅、歐陽晃，熒惑少主，皆斬之，函首送魏王軍前。」

〔一六八〕歐陽晃　「晃」原譌作「冕」，據明鈔本、《廣記詳節》改。

〔一六九〕左衽　《舊五代史》卷三三《唐書・莊宗紀七》《考異》引《太平廣記》引《王氏見聞記》作「西蕃」。

〔一七〇〕雪　原作「溪」，據《廣記詳節》改。

〔一七一〕鋭　《舊五代史考異》作「重」。

按：本篇中所録秦州節度判官蒲禹卿諫表，後蜀何光遠《鑑誡録》卷七《陪臣諫》亦載之，多有異辭，蓋所據版本不同。王仁裕所録，首尾删去，何光遠所録則爲完文。《全唐文》卷八九〇所載《諫蜀後主東巡表》即據《鑑誡録》。文中所録後主、中書舍人王仁裕、成都尹韓昭、翰林學士李浩弼唱和詩十首，《全唐詩》卷八、卷七三六、卷七六〇收入。《資治通鑑》卷二七三同光二年、卷二七四同光三年，《十國春秋》卷四六《前蜀·王承休傳》，皆採入此事。

竇少卿

有竇少卿者，家于故都，索于〔一〕渭北諸州。至村店中，有從者抱疾，寄于主人而前去。歷鄜、延、靈、夏，經年未歸。其從者尋卒於店中。此人臨卒，店主問曰：「何姓名？」此僕只言得「竇少卿」三字，便奄然無語。店主〔二〕遂坎路側以埋之，卓一牌向道，曰「竇少卿墓」。與竇相識者過之，大驚訝，問店主，店主曰：「牌上有名，固不謬矣。」於是更有識竇者經過，甚痛惜。有至親者報其家，及令骨肉省其牌，果不謬。其家於是舉哀成服，造齋相次，迎其旅櫬殯葬。遠近親戚，咸來弔慰。葬後月餘，有人附到竇家書，歸程已近〔三〕郡，報上下平善。其家大驚，不信，謂人詐修此書。又有人報云：「道路間覩其形貌，甚是安健。」其家愈惑之，遂使人潛逆之，竊窺于路左，疑其鬼物。至其家，妻男皆謂其魂魄歸來。竇細話其由，方知埋者是從人，乃店主卓牌之錯誤也。（中華書局版汪紹楹點校本《太平廣記》卷二四二《謬誤》引《王氏見聞》，又《太平廣記詳節》卷一九，作《王見聞記》，脱氏字）

〔一〕索于　「索」原譌作「素」，據明鈔本、孫校本及《廣記詳節》改。按：索，指家貧干求錢物。如張讀《宣室志·李徵》言李徵迫于衣食，東遊吴楚，以干郡國長吏。《四庫》本作「素游」，乃妄改。明許自昌輯《捧腹編》卷一引《聞見雜録·竇少卿墓》作「往」，亦係自改。

〔二〕主　孫校本及《廣記詳節》作「户」。

〔三〕近　《廣記詳節》作「及」。

王氏見聞集卷下

馮涓

馮涓〔一〕，舊唐名士。雄才奥學，登進士第，履歷已高。唐帝幸梁、洋，涓扈蹕焉。至漢中，詔除眉州刺史。赴任，至蜀阻兵，王氏强縻於幕中。性耿槩不屈，恃才傲物，甚不洽於僞蜀主。知王氏有異圖，輒不相許。或贈繒帛，必鎖櫃中，題云「賊物」。蜀主雖知，憐其文藝，每强容之。時或不可，數揖〔二〕出院。欲撾〔三〕殺之，略〔四〕無懼色。後朱梁遣使致書于蜀，命諸從事韋莊輩具草呈〔五〕之，皆不愜意。左右曰：「何妨命前察判爲之。」蜀主又有慙色。梁使將復命，不獲已，遂〔六〕請復職。便亟修廻復，涓一筆而成，大稱旨。於是却復前歡，因召諸廳同宴。飲次，涓歛袵〔七〕曰：「偶記一話，欲對大王説，可乎？」主許之，曰：「涓少年多遊謁諸侯，每行即必廣齎書策，驢亦馱之，馬亦馱之。初戒途，驢咆哮跳躑，與馬争路而先，莫之能制。行半日後，抵一坡，力疲足憊，遍體汗流。迴顧馬曰：『馬兄，馬兄，吾去不得也，可爲弟搭取文〔八〕書。』馬兄諾之，遂併在馬上。馬却迴顧謂驢曰：『驢弟，我爲〔九〕你有多少伎倆，畢竟還搭在老兄身上。』」蜀主大笑。同幕皆遭凌虐〔一〇〕。及僞蜀開國，終不肯居宰輔。（中華書局版汪紹楹點校本《太平廣記》卷二五七《嘲誚五》引《王氏見聞録》，明鈔本、孫校本及《太平廣記詳節》卷二〇作《王氏見聞》）

〔一〕馮涓　南宋謝維新《古今合璧事類備要》續集卷三九《馬兄驢弟》引《王氏聞見録》作「馬涓」，誤。按：南宋計有功《唐詩紀事》卷六六《馮涓》云：「涓字信之，信都人。大中初舉進士，登宏詞科。時危，隱商山十年。昭宗以爲眉州刺史，陳田拒命，涓棄郡，於成都墨池灌園自給。王建以爲翰林學士。雖詼諧傲物，而多有補益。卒於蜀。」

〔二〕揖　明鈔本、孫校本作「攝」。《事類備要》、《廣記詳節》則作「揖」。

〔三〕撾　《事類備要》、《廣記詳節》作「逼」。

〔四〕略　《事類備要》、《廣記詳節》作「殊」。

〔五〕呈　《事類備要》、《廣記詳節》作「答」。

〔六〕遂　《事類備要》作「逆」。逆，迎也。

〔七〕斂衽　明鈔本作「斂手」。斂衽，整飭衣襟，示敬也。

〔八〕文　此字原無，據《事類備要》、《廣記詳節》補。明鈔本作「此」。

〔九〕爲　明鈔本、孫校本及《事類備要》、《廣記詳節》作「謂」。爲，通「謂」，以爲。

〔一〇〕虘　《事類備要》、《廣記詳節》作「詎」。虘，通「詎」。

封舜卿

朱梁封舜卿，文詞特異，才地兼優。恃其聰俊，率多輕薄。梁祖使聘于蜀，時岐、梁眦睚，關路不通，遂泝漢江而上。路出金州〔一〕，土人全宗朝〔二〕爲帥，封至州，宗朝致筵于公署。封素輕其山州〔三〕，多所傲睨，金之人莫敢不奉之。及執斝索伶〔四〕，曰：「《麥秀兩歧》。」伶人愕然相顧，未嘗聞之，且以他曲相同者代之。封擺頭曰：「不可。」又曰：「《麥秀兩歧》。」又曰：「《麥秀兩歧》。」復無以措手。主人恥而復惡，杖其樂將〔五〕。停盞移時，逡巡，盞在手，又曰：「《麥秀兩歧》。」既不獲之，呼伶人前曰：「汝雖是山民，亦合聞大〔六〕朝音律乎？」金人大以爲耻。

次至漢中，伶人已知金州事，憂之。及飲會，又曰：「《麥秀兩歧》。」亦如金之筵，三呼不能應。有樂將王新殿前曰：「略乞侍郎唱一遍。」封唱之未遍，已入樂工之指下矣。由是大喜，唱〔七〕此曲，訖席不易之。其樂工白帥曰：「此是大梁新翻，西蜀亦未嘗有之。請寫譜一本，急遞入蜀，具言經過二州事。」洎封至蜀，置設〔八〕，弄參軍後，長吹《麥秀兩歧》於殿前，施芟麥之具，引數十輩貧兒，襤褸衣裳，携男抱女，挈筐籠而拾麥，仍合聲唱，其詞凄楚，及其貧苦之意，不喜人聞。封顧之，面如土色，卒無一詞，慙恨而返〔九〕，乃復命。歷梁、漢、安康等道，不敢更言「兩歧」字，蜀人嗤〔一〇〕之。（中華書局版汪紹楹點校本《太平廣記》卷二五七《嘲誚五》引《王氏見聞》）

〔一〕金州　原作「全州」，據明鈔本改，下同。《五代史記注》卷六三上《前蜀世家第三》引《王氏見聞録》亦作「金州」。按：文云「岐、梁毗睚，關路不通，遂泝漢江而上，路出金州」，後又云「次至漢中」。泝漢江西北而上爲金州（治今陝西安康市），其西北爲洋州、梁州。梁州唐曾名漢中郡，治今陝西漢中市。全州，則在永州西南。

〔二〕土人全宗朝　「土」《四庫》本作「故」。「朝」明鈔本作「朗」，下同。

〔三〕山州　明鈔本無「山」字。《四庫》本作「山川」。

〔四〕伶　原作「令」，當誤，據《四庫》本改。

〔五〕主人恥而復惡，杖其樂將　《四庫》本作「主人恥之，痛杖其樂將」。

〔六〕大　《四庫》本作「天」。

〔七〕唱　原作「吹」，據明鈔本、孫校本改。

〔八〕置設　《四庫》本「置」作「至」。設，酒宴，宴席。

〔九〕返　明鈔本作「退」。

〔一〇〕嗤　明鈔本作「哈」。哈，義同，嗤笑。

按：《舊五代史》卷六八《封舜卿傳》無使蜀事。

楊錚

蜀秀才楊錚，錚音竹觥反。自言楊錚不均，驅馬奔鄭，是以字奔鄭。行惡詩〔一〕，或故作落韻，或醜穢語，取人笑翫。裝修卷軸，投謁王侯門，到者無不逢迎。雄藩大〔二〕幕，争馳車馬迎之。錚每行，僕馬甚盛，平頭騎從騾，攜書袋。偏郡小邑，尤更精意承事之，慮其謗瀆〔三〕。黔南節度使王茂權，聰明，有文武才，四方負藝之士，罔不集其門。召錚至，飭東閣，盡禮待之。時令貢惡詩，以爲歡笑。諸客請召，有不得次者，以爲怏怏。茂權一日忽屏從謂之曰：「秀才客子〔四〕，當州必欲諮留，相伴至罷鎮同歸，可乎？如可，則當奉爲卜娶，所居奉留。」錚欣然從之。權令媒氏與問名某氏之屬，至于成迎，筵宴爲備焉。仍邀諸從事赴會。錚親見女容質異常端麗。及成禮，遽遭毆辱，左右婢僕，皆是扶同，共相毀詈，不勝其苦。乃是茂權詐飭無鬚少年數輩，皆穠裝艷服以給之。然後茂權自赴會大笑。此後復就茂權，屢自乞一邑。初有難色，賓從其〔五〕諮，方許之。遂命給簡署〔六〕，及期治行李，擇良日辭謝。本邑迎候人力，自衙門外至通衢。忽有二健步，手執一牒，當街趨拽下馬，奪去巾帶，云有府斷，攝官送獄，荷校滅耳。茂權遂詐作計，贈遺二夫，令脱逃而遁。潛藏旬日，方召出之。軍州大以爲笑。（中華書局版汪紹楹點校本《太平廣記》卷二六二《嗤鄙五》引《王氏見聞》）

〔一〕詩　原譌作「思」，據《四庫》本、《筆記小説大觀》本改。

〔二〕大　原譌作「火」，據《四庫》本、《筆記小説大觀》本改。

〔三〕瀆　《四庫》本作「讟」。讟，誹謗。

〔四〕子　《四庫》本、《筆記小説大觀》本作「于」，連下讀。

〔五〕其　《四庫》本、《筆記小説大觀》本作「共」。

〔六〕簡署　「簡」原作「蕑」，據《四庫》本、《筆記小説大觀》本改。簡署，任命文書。《册府元龜》卷一七八《帝王部・姑息》：「右廂馬步都指揮使、知寧江軍節度兵馬留後張知鄴，衙内馬步都指揮使、知昭武軍節度兵馬留後李肇等，臣各已簡署列藩，委之共理。」

長鬚僧

三蜀〔一〕有長鬚長老，自言是宰相孔謙子，莫知誰何〔二〕。剃髮留鬚〔三〕，皓然垂腹。擁百餘衆，自江湖入蜀，所在甿俗，瞻駭儀表，争相騰踐而禮其足。凡所經由，傾城而出。河目海口，人莫之測。至蜀，螺鈸迎焉。先謁樞密使宋光嗣，因問曰：「師何不剃鬚？」答曰：「落髮除煩惱，留髭〔四〕表丈夫。」宋大恚曰：「吾無髭，豈是老婆耶？」遂揖出，俟剃却髭，即引朝見。徒衆既多，旬日盤桓，不得已剃髭而入。徒衆恥其失節，悉各散亡。僞蜀主問曰：「遠聞師有長鬚之號，何得如是？」對曰：「臣在江湖，嘗聞陛下已證須陀洹果，是以和鬚而來。今見陛下將證阿那含〔五〕果，是以剃鬚而見。」少主初未喻，首肯之。及近臣解釋，大爲歡笑。

後住持静亂寺，數爲大衆論訟。有上足，以不謹獲罪。伶人藏柯曲深慕空門，而不知其中猥細。謂是清静，捨俗落髮，謹事瓶鉢。漸見穢濫，詬詈而出，以袈裟掛于寺門，曰：「吾比厭俗塵，投身清潔之地，以滌其業鄣。今大師之門，甚於花柳曲，吾不能爲之。」遂復歸于樂籍。蜀人謂師曰：「一事也無〔六〕，折却長鬚。」（中華書局版汪紹楹點校本

《太平廣記》卷二六二《嗤鄙五》引《王氏見聞》，又《太平廣記詳節》卷二一引《王氏見聞》

〔一〕三蜀　《廣記詳節》作「王蜀」。

〔二〕莫知誰何　談本原作「莫知不誰何」，點校本刪「不」字。《廣記詳節》無「不」字。《四庫》本前有「究」字。《筆記小説大觀》本作「莫知其誰何」。

〔三〕剃髮留鬚　談本原脱「留」字，據《廣記詳節》補。點校本作「不剃髮鬚」，乃移上句「不」字於此，誤。

〔四〕髭　《四庫》本、《筆記小説大觀》本作「鬚」。

〔五〕阿那含　「含」原譌作「舍」。據黄校本、《四庫》本、《筆記小説大觀》本及《廣記詳節》改。按：阿那含，梵語音譯，意譯爲不還。《佛説妙好寶車經》：「汝今應當教諸衆生，普皆受持三歸五戒、十善八齋，轉身更生。盡得須陀洹道、斯陀含道、阿那含道、阿羅漢道。盡諸有漏，四道具足。」

〔六〕也無　「也」字原空闕，點校本據黄本補作「南」字，《四庫》本、《筆記小説大觀》本亦作「南」。今據《廣記詳節》補。《五代史記注》卷二六《唐臣傳第十四》引《王氏見聞録》作「俱」。按：長鬚僧在蜀一事無成而徒損長鬚，非因奉佛也。

按：《廣記詳節》標目譌作「張鬚僧」，正文開頭亦作「張鬚」，此後兩處皆作「長鬚」。

韓伸

有韓伸者，渠州人也。善飲博，長於灼龜。遊謁王侯之門，常懷一龜殼，隔宿先灼一龜，來日之兆吉，即博，不吉即已。又或云某方位去吉，即往之，諸方縱人牽之不去。即取人錢貨，如徵赤債。或經年忘其家而不歸，多於花柳之間落魄。其妻怒甚，時復自來耻頓，驅趂而同歸。如是往往有之。

又嘗遊謁于東川，經年不歸。忽一日，聚其博徒，挈飲妓而致幽會。夜坐洽樂之際，其妻又自家領女僕一兩人潛至，匿於隣舍。俟其夜會筵合，遂持棒伺于暗處。伸不知覺，遂揭〔一〕聲唱《池水清》。聲不絶，腦後一棒，打落幞頭，撲滅燈燭，伸即竄于飯床之下。有同坐客，暗中遭鞭撻一頓，不勝其苦。然〔二〕後遣二青衣，把髻子牽行，一步一棒決之，罵曰："這老漢，更〔三〕落魄不歸也。"妻〔四〕牽至燭下照之，乃是同坐客。其良人尚露〔五〕頭潛于飯床之下。蜀人大以爲歡笑矣，時輩呼韓爲"池水清"。（中華書局版汪紹楹點校本《太平廣記》卷二六四《無賴二》引《王氏見聞》，又《太平廣記詳節》卷二一引《王氏見聞》）

〔一〕揭　原作「塌」，據《廣記詳節》及北宋馬永易《實賓録》卷一四《池水清》改。揭，高也。
〔二〕然　原爲闕字，據《廣記詳節》及《實賓録》補。《四庫》本作「最」，《筆記小説大觀》本作「其」。
〔三〕更　原爲闕字，據《廣記詳節》補。許本、《四庫》本、《筆記小説大觀》作「何」。
〔四〕妻　原作「無何」，據《廣記詳節》改。
〔五〕露　原爲闕字，據《廣記詳節》及《實賓録》補。《四庫》本作「蓬」。

按：《十國春秋》卷四五《前蜀十一・韓仲傳》採入其事。

胡翽

有胡翽者，佐幕大藩，有文學稱，善草軍書，動皆中意。時大駕西幸，中原宿兵，岐、秦二藩，最爲巨屏。其飛書走檄，交聘諸夏，莫不伏其筆舌也。時大帥年幼，生殺之柄，斷在貳車張筠。其宣辭假荆州任，在張同，張同爲察巡。翽常少其帥，蔑視同輩，不爲禮。帥因藉其才，不甚加責，但令諭之而已。其輕薄自如也。常因公宴，翽被酒，呼張筠曰：「張十六。」張十六者，筠第行也。數以語言詆筠，因帥故，但銜之。他日，往荆州詣張同，同僕不識，問從者，曰：「胡大夫翽至廳，已脱衫矣。」同聞翽來，欲厚之，因命家人精意具饌。同遽出迎見，忽報曰：「大夫已去矣。」同復步至廳，但見雙椅間遺不潔而去，卒不留一辭。同亦笑而銜之。張無能加害。

時帥請翽聘于大梁，翽門下客陳評事者從行。筠密賂陳，令伺其不法。入梁果恣虚誕，或以所見密聞梁王，皆爲陳疏記之。洎歸，帥知其狂率，亦優容之。陳於是受教，搆成其惡，具以乖僻草藁，袖而白帥。帥方被酒，聞之大怒，遂盡室擁出，坑于平戎谷口，更無噍類。帥醒知〔一〕之，大驚，痛惜者久之。沈思移時曰：「殺汝者副使，非我爲之。」後草軍書不稱旨，則泣而思之。此過亦非在筠，蓋翽自掇爾。王仁裕嘗過平戎谷，有詩弔之曰：「立馬荒郊滿目愁，伊人何罪死林丘。風號古木悲長在，雨濕寒莎淚暗流。莫道文章爲衆嫉，只應輕薄是身讎。不緣魂寄孤山下，此地堪名鸚鵡洲。」（中華書局版汪紹楹點校本《太平廣記》卷二六六《輕薄二》引《王氏見聞》）

〔一〕知　明鈔本、孫校本作「報」。

按：王仁裕弔胡翽詩收入《全唐詩》卷七三六，題《過平戎谷弔胡翽》。

吴宗文

王蜀吴宗文，以功勳繼領名郡。少年富貴，其家姬僕甚多〔一〕，樂妓十餘輩，皆其精選也。其妻妬，每怏怏不愜其志。忽一日，鼓動趨朝，已行數坊，忽報云放朝。遂密戒從者，竊發關鍵〔二〕，潛入，遍幸之，至十數〔三〕輩，遂據腹而卒。（中華書局版汪紹楹點校本《太平廣記》卷二七二《妬婦》引《王氏見聞》，又《太平廣記詳節》卷二三引《王氏見聞》）

〔一〕甚多　此二字原無，據《廣記詳節》補。

〔二〕竊發關鍵　此四字原無，據《廣記詳節》補。

〔三〕十數　《廣記詳節》作「數十」，與前文「樂妓十餘輩」不合，當誤。

蜀功臣

蜀有功臣，忘其名，其妻妬忌。家畜妓樂甚多，居常即隔絶之。或宴飲，即使隔簾幞奏樂，某未嘗見也。其妻左右，常令老醜者侍之。某嘗獨處，更無侍者，而居第器服盛甚。後妻病甚，語其夫曰：「我死，若近婢妾，立當取之。」才及屬纊〔一〕，某乃召諸姬，日夜酣飲爲樂。有掌衣婢，尤屬意，即幸之。方寢息，忽有聲如霹靂，帷帳皆裂，某因驚〔二〕成疾而死。（中華書局版汪紹楹點校本《太平廣記》卷二七二《妬婦》引《王氏見聞》）

〔一〕才及屬纊　原作「及屬壙」，據明鈔本、孫校本改補。《禮記·喪大記》：「庶人深衣屬纊，以俟絶氣。」鄭玄注：「纊，今之新綿，易動摇，置口鼻之上，以爲候。」意謂臨死。

〔二〕驚　明鈔本、孫校本作「爾」。

朱少卿

王蜀時，有朱少卿者，不記其名，貧賤，客於成都。因寢於旅舍，夢中有人扣扉覔朱少卿，其聲甚厲。驚覺訪之，寂無影響。復睡，夢中又連呼之。俄見一人，手中執一〔一〕卷，云：「少卿果在此。」朱曰：「吾姓即同，少卿即不是。」其人遂卷文書兩頭，只留一行，以手遮上下，果有「朱少卿」三字。續有一人，自外牽馬一疋直入，云：「少卿領取。」

朱視之，其馬無前足，步步側蹶，匍匐而前，其狀異常苦楚。朱大驚而覺，常自惡之。後蜀王開國，有親知引薦，累至司農少卿。無何，膝上患瘡，雙足自膝下俱落，痛苦經旬，五月五日殂，乃馬夢之徵也。（中華書局版汪紹楹點校本《太平廣記》卷二七九《夢四·夢咎徵》引《王氏見聞》）

〔一〕一　明鈔本、孫校本及《永樂大典》卷一三一三九《夢馬無前足》引《王氏見聞》、《蜀中廣記》卷七九《神仙記第九》引《王氏見聞録》無此字。《分門古今類事》卷七夢兆門中《少卿領馬》引《蜀異志》（《十萬卷樓叢書》本，《四庫》本作《洞微志》）同。

功德山

唐巢寇將亂中原，汴中有妖僧功德山〔一〕，遠近桑門皆歸之，至於士庶無不降附者。能於紙上畫神鬼〔二〕，放入人家，令作禍祟，幻惑居人，通宵繼晝，不能安寢，或致人疾苦。及命功德山贈金作法，則患立除之。又畫紙作甲兵，夜夜於街坊嘶鳴，騰踐城郭，天明即無所見。又多畫其〔三〕犬，焚祝之，夜則鳴吠，相咬囓於街衢，居人不得安眠。命而贈之，即悄無影響。人既異其術，趍附〔四〕者愈衆。

又滑州亦有一僧，頗善妖術，與功德山無異，公私頗患之。時中書令王鐸鎮滑臺，遂下令曰：「南燕地分有災，宜善禳之。」遂自公衙至于諸軍營，開啓道場，延僧數千人。僧數不足，遂牒汴州，請功德山一行徒衆悉赴之。遂以幡花螺鈸迎至衙〔五〕。赴道場之夕，分選近上名德，入于公衙，其餘并令散赴諸營禮懺。洎入營，悉鍵門而坑之，方袍而死者數千人。衙中只留功德山已下酋長，訊之，並是巢賊之黨，將欲自二州相應而起，咸命誅之。（中華書局版汪紹楹點校本《太平廣記》卷二八七《幻術四》引《王氏見聞》，明鈔本作《王氏見聞録》）

〔一〕汴中有妖僧功德山　談本原錯作「汴中功德山有妖僧」，點校本據明鈔本改。張國風《太平廣記會校》據明鈔本、孫校本改作「汴中有祅僧功德山有祅術」。

〔二〕鬼　原作「寇」，據明鈔本、孫校本改。

〔三〕其　《四庫》本作「雞」。

〔四〕附　原作「術」，據孫校本改。

〔五〕衙　原譌作「衛」，據明鈔本、孫校本改。

青城道士

僞蜀青城山道士能幻術，往往入錦城施其法。有所獲，即潛挈歸洞穴。或聞其行甚穢，官吏中有識者，頗惡之。後於成都誘引富室及勳貴子弟，皆潛而隨之。或於幽僻宅院中，灑掃焚香設榻，張陳帷幌，則獨於室内作法。或召西王母，或巫山神女，或麻姑、鮑姑神仙，皆應召而至，與之盃饌寢處，生人無異。則令學者隙而窺之。歡笑罷，則自簾帷之前躡雲〔一〕而去。又忽空〔二〕中化出金樓，衆皆覩之，惑衆頗甚。其〔三〕民間少年，膏粱子弟，滿城如狂。少主知其妖，密使人擒之，累月不獲。後有人報云，已出笮橋門去。因使人逐之，乃以猪狗血齎行。至青城路上三十餘里及之，遂傾血沃之，不能施其術。及下獄訊之，云年年採民家處子住〔四〕山中，行黄帝之道，死於巖穴者，不知其數。豪貴之家，頗遭穢淫。所通詞款，指貴達之門甚多。少主不欲彰其惡，潛殺之。（中華書局版汪紹楹點校本《太平廣記》卷二八七《幻術四》引《王氏見聞》）

〔一〕雲　此字原無，據明鈔本、孫校本補。明吴大震輯《廣豔異編》卷一四幻術部一《青城道士》作「足」。

〔二〕空　原作「城」，據明鈔本改。《廣豔異編》作「於地」。
〔三〕其　明鈔本作「時」，孫校本作「則」。
〔四〕住　孫校本作「往」。

陷河神

陷河神者，嶲州嶲縣有張翁夫婦，老而無子。翁日往溪谷採薪以自給。無何，一日，於巖竇間刃傷其指，其血滂注，滴在一石穴中，以木葉窒之而歸。他日復至其所，因抽木葉視之，乃化爲一小虵。翁取於掌中，戲玩移時，此物眷眷然似有所戀。因截竹貯而懷之，至家則啖以雜肉。如是甚馴擾。經時漸長。一年後，夜盜雞犬而食。二年後，盜羊豕。鄰家頗怪失其所畜，翁嫗不言。其後縣令失一蜀〔一〕馬，尋其跡，入翁之居。迫而訪之〔二〕，已吞在虵腹矣。令驚異，因責翁蓄此毒物。翁伏罪，欲殺之。

忽一夕，雷電大震，一縣並陷爲巨湫，渺瀰無際，唯張翁夫婦獨存，其後人虵俱失。因改爲陷河縣，曰虵爲張惡子。

爾後姚萇遊蜀，至梓潼嶺上，憩于路傍。有布衣來，謂萇曰：「君宜早還秦，秦人將無主，其康濟者在君乎？」請其氏，曰：「吾張惡子也，他日勿相忘。」萇還後，果稱帝于長安。因命使至蜀求之，弗獲，遂立廟于所見之處，今張相公廟是也。僖宗幸蜀日，其神自廟出十餘里，列仗〔三〕迎駕。白霧之中，髣髴見其形。因解佩劍賜之，祝令效順，指期賊平。駕廻，廣贈珍玩，人莫敢窺。王鐸有詩刊石曰：「夜雨龍拋〔四〕三尺匣，春雲〔五〕鳳入九重城。」（中華書局版汪紹楹點校本《太平廣記》卷三一二《神二十二》引《王氏見聞》）

〔一〕蜀　明鈔本作「廄」。

〔二〕迫而訪之　明鈔本作「扃而索之」。

〔三〕列仗　「仗」原作「伏」，據孫校本、《四庫》本改。明鈔本作「俯伏」。

〔四〕拋　明鈔本作「挑」。

〔五〕雲　《四庫》本作「風」。

按：梓潼神張惡子事，北魏崔鴻《十六國春秋》卷五五《後秦録・姚萇》、北宋樂史《太平寰宇記》卷八四《劍州・梓潼縣》引《郡國志》、高承《事物紀原》卷七《靈宇廟貌部・英顯王》、南宋王象之《輿地紀勝》卷一八六《隆慶府・古迹・靈應廟》引《圖經》等皆有記。《輿地紀勝》作張亞子。《李義山詩集》卷六有《張惡子廟》詩，云：「下馬捧椒漿，迎神白玉堂。如何鐵如意，獨自與姚萇。」本條不載與姚鐵如意事。元佚名《雋永録》（《説郛》卷三〇）引《續清夜録》（南宋王銍撰）載祥符中西蜀二人至劍門張惡子廟，號英顯王，其靈響震三川。《廣記》卷四五八引《北夢瑣言》（荆南孫光憲撰）佚文作張蜑子，稱其爲巂州張生所養之蛇，又載王建世子元膺爲廟蛇之精。縣爲蛇所陷事，本後漢李膺《益州記》（《太平御覽》卷七九一及《太平寰宇記》卷七五《邛州·臨邛縣》引）、唐焦璐《窮神祕苑》（《廣記》卷四五六引）。

本條末引王鐸詩二句，全詩見《全唐詩》卷五五七，題《謁梓潼張惡子廟》，云：「盛唐聖主解青萍，欲振新封濟順名。夜雨龍拋三尺匣，春雲鳳入九重城。劍門喜氣隨雷動，玉壘韶光待賊平。惟報關東諸將相，柱天功業賴陰兵。」張惡子廟今猶存，在四川綿陽市梓潼縣北七曲山，今稱文昌宫，傳爲晉人張亞子事。明王世貞《弇州四部稿》卷一七四《説部·宛委餘編十九》云：「今文昌祠所祀梓潼帝君，即張惡子神也。」

王宗信

唐末，蜀人攻岐還，至於白石鎮。裨將王宗信，止普安禪院僧房。時嚴冬，房中有大禪爐，熾炭甚盛。信擁妓女十餘人，各據僧牀寢息。信忽見一姬飛入爐中〔一〕，宛轉於熾炭之上。宗信忙遽救之，及離火，衣服並不燋灼。又一姬飛入如前，又救之。頃之，繼踵而入，宗信亦迷罔。或沃水數石，交流如河〔二〕。諸妓或出或入，各迷悶失音。有親吏隔驛牆告都招討使王宗儔。宗儔至，則徐入〔三〕，一一提臂而出，視之，衣裾纖毫不熌，但驚悸不寐。訊之，云被胡僧提入火中，所見皆同。宗信大怒，悉索諸僧立於前，令妓識之。有周和尚者，身長貌胡，皆曰是此也。宗信遂鞭之數百，云〔四〕有幻術。此僧乃一村夫，新落髮，一無所解。又縛手足，欲取熾炭爇之。宗儔知其屈，遂解之使逸。訖不知何妖怪。（中華書局版汪紹楹點校本《太平廣記》卷三六六《妖怪八》引《王氏見聞》）

〔一〕信忽見一姬飛入爐中　《蜀中廣記》卷九〇《高僧記第十・附録》引《王氏見聞録》前有「夜半」二字。

〔二〕「繼踵而入」至此　此數句原無，張國風《太平廣記會校》據沈本（即明鈔本）補，且云孫本與沈本同，惟「宗信」作「人言」。《蜀中廣記》作「諸妓繼踵而入，宗信亦迷悶。沃水數石，其火不息」。

〔三〕則徐入　《蜀中廣記》下有「房中」二字。

〔四〕云　《蜀中廣記》作「疑其」。

按：《廣豔異編》卷三一妖怪部輯入，題《王宗信》。《十國春秋》採此事入卷三九《前蜀五·王宗儔傳》。

野賓

王仁裕〔一〕嘗從事于漢中，家于公署。巴山有採捕者，獻猿兒焉。憐其小而慧黠，使人養之，名曰野賓，呼之則聲聲應對。經年則充博壯盛，縻縶稍解。逢人必齧之，頗亦爲患。仁裕叱之，則弭伏而不動，餘人縱鞭箠，亦不畏。其公衙子城繚繞，並是榆槐雜樹。漢高廟有長松古柏，上烏巢不知其數。時中春日，野賓解逸，躍入叢林，飛趠〔二〕于樹梢之間，遂入漢高廟，破烏巢，擲其雛卵于地。是州衙門有鈴架，群烏遂集架引鈴。主使令尋烏所來，見野賓在林間，即使人投瓦礫彈射，皆莫能中。薄暮腹枵，方餒而就縶。

乃遣人送入巴山百餘里溪洞中。人方回，詢問未畢，野賓已在厨内謀餐矣。又復縶之。忽一日解逸，入主帥厨中，應動用食器之屬，並遭掀撲穢污。而後登屋，擲瓦拆塼。主帥大怒，使衆箭射之。野賓騎屋脊而毁拆塼瓦，箭發如雨，野賓目不妨視，口不妨呼，手拈足擲，左右避箭，竟不能損其一毫。有使院老將馬元章曰：「市上有一人，善弄胡猻。」乃使召至，指示之曰：「速擒來。」于是大胡猻躍上衙屋趕之，踰垣驀巷，擒得至前。野賓流汗體浴而伏罪，主帥亦不甚詬怒，衆皆看而笑之。于是頸上係紅綃一縷，題詩送之曰：「放爾丁寧復故林，舊來行處好追尋〔三〕。月明巫峽堪憐靜，路隔巴山莫厭深〔四〕。棲宿〔五〕免勞青嶂夢，躋攀應愜碧〔六〕雲心。三秋果熟松梢健，任抱〔七〕高枝徹曉吟。」又使人送入孤雲兩角山，且使縶在山家，旬日後方解而縱之，不復再來矣。

後罷職入蜀，行次嶓冢廟前。漢江之壖〔八〕，有群猿自峭巖中連臂而下，飲于清流。有巨猿捨群而前，于道畔古木之間，垂身下顧，紅綃彷彿而在。從者指之曰：「此野賓也。」呼之，聲聲相應。立馬移時，不覺惻然。及聳轡之際，哀叫數聲而去。及陟山路，轉壑回溪之際，尚聞嗚咽之音，疑其腸斷矣。遂繼之一篇曰：「嶓冢祠邊〔九〕漢水濱，此〔一〇〕猿連臂下嶙峋。漸來子細窺行客，認得依稀是野賓。月宿縱勞羈絏夢〔一一〕，松餐非復稻粱身〔一二〕。數聲腸斷和雲叫，識是前年〔一三〕舊主人。」（中華書局版汪紹楹點校本《太平廣記》卷四四六《畜獸十三·猿下》引《王氏見聞》）

〔一〕王仁裕　原文當作「余」、「予」等，《廣記》改。

〔二〕趌　黄校本、《四庫》本作「趄」，《筆記小説大觀》本作「越」。

〔三〕舊來行處好追尋　《全唐詩》卷七三六王仁裕《放猿》注：「一作『舊時侶伴好相尋』。」

〔四〕月明巫峽堪憐静，路隔巴山莫厭深　《全唐詩》注：「一作『耐寒不憚霜中宿，隱跡從教霧裏深』。」

按：此當據明王良臣《詩評密諦》卷四或清褚人穫《堅瓠八集》卷一《野賓》。

〔五〕棲宿　《全唐詩》注：「一作『歸去』。」

〔六〕碧　北宋阮閲《詩話總龜》前集卷二七《書事門》引《脞説後集》（北宋張君房撰）、《全唐詩》作「白」。

〔七〕抱　《脞説後集》作「爾」。

〔八〕壖　《脞説後集》作「陰」。

〔九〕邊　《全唐詩》王仁裕《遇放猿再作》作「前」。

〔一〇〕此　《脞説後集》作「山」，《全唐詩》作「飲」。

〔一一〕月宿縱勞羈絏夢　《脞説後集》作「月宿應勞羈旅夢」。

〔一二〕松餐非復稻粱身　《脞説後集》作「松棲那復稻粱身」。

〔一三〕識是前年　「是」《脞説後集》作「得」。「年」《全唐詩》作「時」。

按：《廣記》原題《王仁裕》，今改作《野賓》。此爲王仁裕從事漢中時事，漢中即興元府。文中又云「後罷職入蜀」，皆合仁裕履歷。仁裕二詩輯入《全唐詩》卷七三六。

王思同

後唐少帝朝，清泰王起于岐陽，朝廷詔西京留守王思同統禁旅征之。王師西出之後，尋聞劘壘，雍京僚屬日登西樓，望其捷書。忽一日，官僚凭檻西向，見羊馬城上有二大蛇，東西以首相向，爲從者輩遥擲彈丸以警之。于時一人擲中東蛇之腦，蜿蜒然墮于牆下，挺然不動。使人視之，已卒矣。其西蛇，徐徐入于穴隟之間。識者竊議之曰：「潞王乙巳生，統帥王公亦乙巳生，俱爲蛇相。今東蛇中腦而卒，豈非王師不利乎？」未逾旬日，群師〔一〕叛歸潞王。思同腹心都將王彦暉已下，並投岐城納欵，同單馬而遯，竟没于王事焉。蛇亡之兆，得不明乎？（中華書局版汪紹楹點校本《太平廣記》卷四五九《蛇四》引《王氏見聞》）

〔一〕師　原作「帥」，據黄校本、《四庫》本、《筆記小説大觀》本改。

按：清泰王即後唐李從珂，長興三年（九三二）爲太尉、鳳翔節度使，明年封潞王。應順元年（九三四）起兵，廢閔帝李從厚，即帝位，改元清泰。時王仁裕爲西京留守王思同判官，參贊留務。思同敗死，潞王聞仁裕名，留置軍中。

姜太師

蜀有姜太師者，失其名，許田人也。幼年爲黄巾所掠，亡失父母。從先主征伐，屢立功勳。後繼領數鎮節鉞，官至極品。有掌厩夫姜老者，事芻秣數十年。姜每入厩，見其小過，必笞之。如是積年，計其數，將及數百。後老不任鞭箠，因泣告夫人，乞放歸鄉里。夫人曰：「汝何許人？」對曰：「許田人。」「復有何骨肉？」對曰：「當被掠之時，一妻一男，迄今不知去處。」又問其兒小字，及妻姓氏行第，並房眷近親，皆言之。及姜歸宅，夫人具言姜老欲乞假歸鄉，因問得所失妻男〔一〕親屬姓名。姜大驚，疑其父也。使人細問之，其男身有何記驗，曰：「我兒脚心上有一黑子，餘不記之。」姜大哭，密遣人送出劍門〔二〕之外。奏先主曰：「臣父近自關東來。」遂將金帛車馬迎入宅，父子如初。姜報撻父之過，齋僧數萬，終身不撻從者。（中華書局版汪紹楹點校本《太平廣記》卷五〇〇《雜録八》引《王氏見聞》）

〔一〕妻男　原作「男女」，據陳校本及《古今合璧事類備要》外集卷一九《廄夫笞責》引《王氏見聞》改。

〔二〕門　陳校本作「門」作「闕」，《事類備要》作「關」。

按：《天中記》卷一九《笞父》引《王氏見聞》，云：「《玉堂閑話》長興中侍衛使康義誠事畧同。」康義誠事《廣記》本卷引。《北夢瑣言》卷二〇載此爲姜誌事，父名春。末云：「此事川蜀皆知。」稱姜誌許昌人，許昌即許田。後唐避其先祖李國昌（李克用父）諱改爲許田。

沈尚書妻

有沈尚書，失其名，常爲秦帥親吏。其妻狼〔一〕戾而不謹，又妬忌，沈常如在狴牢之中。後因閒退，挈其妻孥寄于鳳州，自往東川遊索，意是與怨偶永絶矣。華洪鎮東蜀，與沈有布衣之舊，呼爲兄。既至郊迎，執手叙其契濶，待之如親兄〔二〕。遂特創一第，僕馬金帛器玩，無有闕者。送姬僕十餘輩，斷不令歸北。沈亦微訴其事，無心還家。及經年，家信至，其妻已離鳳州，自至東蜀。沈聞之大惧，遂白于主人，及遣人却之。其妻致書，重設盟誓，云：「自此必改從前之性，願以偕老。」不日而至。其初至，頗亦柔和。涉旬之後，前行復作，諸姬婢僕悉鞭箠星散，良人頭面皆拏擘破損。華洪聞之，召沈謂之曰：「欲爲兄殺之，如何？」沈不可。如是旬日後又作，沈因入衙，精神沮喪。洪知之，密遣二人提劍，牽出帷房，刃于階下，棄尸于潼江，然後報沈。沈聞之，不勝驚悸，遂至失神。其尸住急流中不去，遂使人以竹竿撥之，便隨流。來日，復在舊湍之上。如是者三，洪使繫石縋之。沈亦不逾旬，失魂而逝，得非怨偶爲仇也〔三〕。悲哉！沈之宿有讎乎？（中華書局版汪紹楹點校本《太平廣記》卷五〇〇《雜録八》引《王氏見聞》）

〔一〕狼　《蜀中廣記》卷九〇《高僧記第十・附録》引《王氏聞見録》作「很」，《五代史記注》卷六三上《前蜀世家第三》引《王氏見聞録》作「狠」。狼，狠也。很，同「狠」。

〔二〕親兄　《蜀中廣記》作「骨肉」。

〔三〕沈亦不逾旬，失魂而逝，得非怨偶爲仇也　《四庫》本作「沈亦不逾旬日，魂神失措，知怨偶爲仇也」。

陳延美

有陳延美者，世傳殺人，人莫有知者。清泰朝，僑居鄴下御河之東，僦大第而處。

少年聰明，衣着甚侈，薰浥蘭麝，鞴馬華麗。其居第，内外張陳，如公侯之家。妻妾三兩人，皆端嚴婉淑。有妹，曰李郎婦，甚有顏色，生一子，未晬歲，十指皆跰，俱善音律。延美亦能絃管。常乘馬引一僕，於街市或登樓或密室狎遊，所接者皆是膏粱子弟，曲盡譚笑章程。或引朋儕至家，則異禮延接，出妻與妹，令按絲吹竹，以極其歡，客則戀戀而不能已也。

時劉延皓帥鄴，偶失一都將，訪之經時，卒無影響，責其所由甚急。陳密攜家南渡，詣大梁高頭街，僦宅而居，復華飾出入。未涉旬〔二〕，因送客出封丘門，餞賓之次，鄴之捕逐者至，擒之于座。洎繫于黄砂以訊之，具通除勦鄴中都將外，經手者近百人。居高頭宅未三五日，陳不在家，偶有盲僧丐食于門。其妹怒其狨，使我不利市，召入勸之，瘞于卧床之下。及敗，官中使人斸出之，荷至鄴下。搜其舊居，果於床下及屋内，積疊瘞屍，更無容針之所。以至隣家屋下，每被傍探爲穴，藏屍于内。每客坐要殺者，令啜湯一椀，便瞢然無所知。或用繩縊，或行鐵鎚，然後截割盤屈之，占地甚少。蓋陳、李與僕者一人，妹及妻等，争下手屠割。如是年月極深，今偶記得者，試略言之。

先有二人貨絲者，相見於塼門之下，誘之曰：「吾家織錦，甚要此絲，固不争價矣。」遂俱引至家，雙斃而没其貨。又曾於内黄納一風聲人，尋亦斃於此屋之下。又有持鉢僧一人，誘入而死之。又於趙家菓園，見一貧官人，有破囊劣驢，繫四跨銅帶，哀而誘之至家，亦斃于此屋。又有二軍人，言往定州去，亦不廣有緇囊，遂命入酒肆飲之，告曰：「某有親情在彼，欲達一緘。」數内請，一人同至其家取書，至則點湯一甌，啜呷未已，繩篕已在項矣。未及剉截之間，其伴呼于門外，急以布幕蓋屍于牆下，令李郎出應之，曰：「修書未了，且屈入來。」陳執鐵鎚於扉下候之，後脚纔逾〔二〕門限，應鎚而殪于地。後欵曲剉斫而瘞之。其膏粱子弟及富商之子，死者甚衆，不一一記之。洎令所由發撅之，則積屍不知其數。

有母在河東，密差人就擒之。老嫗聞之愕然，嗟歎曰：「吾養此子大不肖，渠父殺數千人，舉世莫能有知者，竟就枕而終。此不肖子殺幾箇人，便至敗露。」遂搜索其家，見大瓮内鹽浥人腿〔三〕數隻，嫗恒啗之。因至鄴下，見其子，不顧而唾之。自言其向來所殺，不知其數，此敗偶然耳。時盛夏，一家並釘于衙門外，旬日于〔四〕殂。（據韓國學古房影印朝鮮成任編《太平廣記詳節》卷二二《酷報》引《王氏見聞》）

〔一〕旬　此字原脱，據《廣記》後印本卷二六九、《永樂大典》卷九一三《殺人埋屍》引《太平廣記》補。

〔二〕逾　此字原脱，據《廣記》後印本、《大典》補。

〔三〕腿　原作「腿」。按：腿，脚腫。據《廣記》後印本、《大典》改。

〔四〕于　《廣記》後印本、《大典》作「而」。

按：《廣記》談愷初印本卷二六九《酷報三》卷首目録有此條，正文闕，後印本有。張國風《太平廣記會校》據後印本録入。

玉堂閑話

玉堂閑話卷一

顔真卿

顔魯公遭難〔一〕，其後十餘年，顔氏之家，自雍遣家僕往鄭州，徵庄租。廻及洛京，此僕偶到同德寺，見魯公衣長白衫，張蓋，在佛殿上立〔二〕。此僕遽欲近前拜之，公遂轉身去，仰觀佛壁，僕〔三〕亦左右隨之，終不令僕見其面。乃下佛殿，出寺去，僕亦步〔四〕隨之。徑歸城東北隅荒菜園中，有兩間破屋〔五〕，門上懸箔子，公便〔六〕揭箔而入。僕遂隔箔子唱喏，公曰：「何人？」僕對以名。公曰：「入來。」僕既入拜，輒擬哭，公遽止之，遂略問一二兒姪了。公探懷中，出金十兩付僕，以救家焉〔七〕。仍遣速去，歸勿與人説，後時〔八〕家内闕，即再來。僕還雍，其家大驚。貨其金，乃真金也。顔氏子便市鞍馬，與向僕疾來省覲。復至前處，但滿眼榛蕪，一無所有。時人皆稱魯公屍解得道焉。（中華書局版汪紹楹點校本《太平廣記》卷三二《神仙三十二》引《仙傳拾遺》及《戎幕閑譚》、

《玉堂閑話》)

〔一〕顔魯公遭難　此句據《類説》卷五四王仁裕撰(此四字據明嘉靖伯玉翁舊鈔本)《玉堂閑話·顔魯公尸解》補。

〔二〕立　原作「坐」,據明鈔本、孫校本及《勸善書》卷三改。

〔三〕僕　此字原無,據《勸善書》補。

〔四〕步　《勸善書》作「步步」。

〔五〕兩間破屋　《類説》作「破屋數間」。

〔六〕便　明鈔本、孫校本作「使」。按:《勸善書》亦作「使」,作「使」當譌。

〔七〕焉　原作「費」。據明鈔本、孫校本及《勸善書》改。

〔八〕時　此字原無,據明鈔本、孫校本及《勸善書》補。

按:《廣記》所引出於三書,《類説》節本《玉堂閑話·顔魯公尸解》,事在《廣記》末節,則此節似出本書。蒲向明《玉堂閑話評注》(北京:中國社會出版社,二〇〇七)據《廣記》輯入全文,謂:「至于哪些出于《玉堂閑話》,不好定論。陳尚君輯録《玉堂閑話》,未録本篇,附録于出自《類説》卷五四的《顔魯公尸解》一則以後。」蒲輯本又輯入《顔魯公尸解》,未當。

《紺珠集》卷五、《類説》卷二一、李德裕《明皇十七事》（即李德裕《次柳氏舊聞》）亦載顏真卿死爲地仙事。顏真卿，兩《唐書》卷一二八、卷一五三有傳，代宗時封魯郡公，人稱顏魯公。

伊用昌

熊皦〔一〕補闕説：頃年有伊用昌者，不知何許人也。其妻甚少，有殊色，音律女工之事，皆曲盡其妙。夫雖饑寒丐食，終無愧意。或有豪富子弟，以言笑戲調，常有不可犯之色。其夫能飲，多狂逸，時人皆呼爲「伊風子」。多遊江左、廬陵、宜春等諸郡。出語輕忽，多爲衆所毆擊。愛作《望江南詞》，夫妻唱和。或宿於古寺廢廟間。遇物即有所詠，其詞皆有旨。熊只記得《詠鼓詞》云：「江南鼓，梭肚兩頭欒。釘着不知侵骨髓，打來只是没心肝。空腹被人漫。」餘多不記。

江南有芒草，貧民採之織屨。緣地土卑濕，此草耐水，而貧民多着之。伊風子至茶陵縣門，大題云：「茶陵一道好長街，兩畔栽柳不栽槐。夜後不聞更漏鼓，只聽鎚芒織草鞋。」時縣官及胥吏，大爲不可，遭衆人亂毆，逐出界。江南人呼輕薄之詞爲「覆窠」，其妻告曰：「常言小處不要覆窠，而君須〔二〕要覆窠之。譬如騎惡馬，落馬足穿鐙，非理傷墮一等。君不用苦之。」如是夫妻俱有輕薄之態。

天祐癸酉年，夫妻至撫州南城縣〔三〕所。有村民斃一犢〔四〕，夫妻丐得牛肉一二十觔，於鄉校内烹炙，一夕俱食盡。至明，夫妻爲肉所脹，俱死于鄉校内。縣鎮吏民以蘆〔五〕蓆裹尸，於縣南路左百余〔六〕步而瘞之。其鎮將姓丁，是江西廉使劉公親隨。一年後得替歸府，劉公已薨。忽一旦，於北市棚下，見伊風子夫妻，唱《望江南詞》乞錢。既相見甚喜，便叙舊事。執丁手上酒樓，三人共飲數㪷。丁大醉而睡，伊風子遂索筆題酒樓壁，云：「此生生在此生先，何事從玄不復玄。已在淮南雞犬後，而今便到〔七〕玉皇前。」題畢，夫妻連臂高唱而出城。

遂渡江，至遊帷觀，題真君殿後，其銜云「定億萬兆恒沙軍國主、南方赤龍神王伊用昌」。詞云：「日日祥雲瑞氣連，應儂家作〔八〕大神仙。筆頭灑起風雷力，劒下驅馳〔九〕造化權。更與戎夷添禮樂，永教胡虜〔一〇〕絶烽烟。列仙功業只如此，直上三清第一天。」題罷，連臂入西山，時人皆見躡虚而行。自此更不復出。

其丁將於酒樓上醉醒，懷内得紫金一十兩，其金並送在淮海南城縣。後人開其墓，只見蘆蓆兩領，裹爛牛肉十餘觔，臭不可近，餘更無别物。熊言六七歲時，猶記識伊風子，或着道服，稱伊〔一一〕尊師。熊嘗於項〔一二〕上患一癰癤，疼痛不可忍。伊尊師含三口水噀，其癰便潰，並不爲患，至今尚有痕在。熊言親覩其事，非〔一三〕謬説也。（中華書局版汪紹楹點校本《太平廣記》卷五五《神仙五十五》引《玉堂閑話》）

〔一〕熊皦　《永樂大典》卷六六二引《太平廣記·玉堂閑話》作「熊皎」。《廣記》卷三九七引《玉堂閑話·上霄峰》亦云「補闕熊皎云」。按：元辛文房《唐才子傳》卷一〇《熊皎》：「皎，九華山人。唐清泰二年進士。劉景巖節度延安，辟爲從事。」周祖譔、賈晉華《校箋》云：「熊皦、熊皎本爲一人，皦、皎字通。……但其名當從《新五代史》、《郡齋》、《直齋》，以皦爲是。」（《唐才子傳校箋》第四册）

〔二〕須　孫校本作「頃」。按：須，却也。頃，同「傾」，偏也。

〔三〕撫州南城縣　元趙道一《歷世真仙體道通鑑》卷四六《伊用昌》「撫州」作「建昌」。按：此改用宋元地名，宋元時南城縣（今屬江西）爲建昌軍治所。

〔四〕斃一犢　孫校本作「死却犢」。

〔五〕蘆　明鈔本、孫校本作「菅」，下同。

〔六〕余　孫校本、黄校本、《四庫》本、《筆記小説大觀》本作「餘」。余，通「餘」。

〔七〕到　南宋洪邁《萬首唐人絶句》卷六四伊用昌《題酒樓壁》作「在」。

〔八〕應儂家作　《全唐詩》卷八六一伊用昌《題遊帷觀真君殿後》作「儂家應作」。

〔九〕馳　孫校本作「成」。

〔一〇〕胡虜 《四庫》本避嫌改作「邊塞」，《全唐詩》改作「邊徼」。

〔一一〕伊 明鈔本、孫校本及《大典》作「伊業」。

〔一二〕項 原作「頂」，據孫校本、《大典》改。

〔一三〕非 孫校本前有「初」字。初，本來。

按：中云天祐癸酉年，乃吴楊隆演天祐十年（仍用唐末年號），當梁乾化三年（九一三）。伊用昌四詩輯入《全唐詩》卷八六一，《望江南·詠鼓詞》又輯入卷九〇〇，作《憶江南》。北宋阮閱《詩話總龜》前集卷四六《神仙門上》引《雅言雜載》載伊用昌事（人民文學出版社周本淳校點本），南宋闕名《錦繡萬花谷》後集卷二七引伊用昌詩，與此不同。《詩話總龜》云：

伊用昌遊江浙間，散誕放逸，不拘細謹。善飲，每醉行歌市中，其言皆物外汗漫之辭，似不可曉。亦能爲詩，《留題閣皂觀》云：「花洞門前吠似雷，險聲流斷俗塵埃。雨噴山脚毒龍起，月照松梢孤鶴回。羅幕秋高添碧翠，畫簾時卷對樓臺。雨壇詩客何年去，去後門關更不開。」後入湖南謁馬氏。時方設齋，獨不請用昌，自造之，據其坐。洎食畢，則大聲吟詩云：「誰人能識白元君，上士由來盡見聞。避世早空南火宅，植田高種北山雲。雞能抱卵心常聽，蟬到成形殼自分。學取大羅些子術，免教松下作孤墳。」詩畢，拂衣而起。衆訝奇異，乃逼問無對，出門不見。

權師

唐長道縣山野間，有巫曰權師，善死〔一〕卜。至於邪魅鬼怪，隱伏逃亡，地祕山藏，生期死限，罔不預知之。或人〔二〕請命，則焚香呼請神〔三〕，僵仆於茵褥上，奄然而逝。移時方喘息，瞑目而言其事。秦〔四〕師之親曰郭九舅，豪俠强梁，積金甚廣。妻臥病數年，將不濟，召令卜之。閉目而言曰：「君堂屋後有伏屍，其數九。」遂令斸之，依其尺寸獲之，不差其一。旋遣去除之，妻立愈。贈錢百萬，却而不受。强之，方受一二萬，云神不令多取。

又一日，臥於民家，瞑目輪十指云：「算天下死簿，數其遐邇州縣死數甚多。次及本州村鄉，亦十餘人合死者。内有豪士張夫子，名行儒，與焉。」人有急告行儒者，聞而懼，遂命之至。謂張曰：「可以奉爲牒閻羅山〔五〕免之。」於是閉目，於紙上書之，半如篆籀，祝焚之。既訖，張以含胎馬奔奉之，巫曰：「神只許其母，子即奉還，以俟異日。」所言本州十餘人算盡者，應期而殁，惟張行儒免之。及牝誕駒，遂還其主。其牝呼爲「和尚」，云：「此馬曾爲僧不了，有是報。」自爾爲人延算者〔六〕不少，爲人掘取地下隱伏者亦多。言人算盡者，不差晷刻。以至其家大富，取民家牛馬資財，遍山盈室。（中華書局版汪紹楹點校本《太平廣記》卷七九《方士四》引《玉堂閑話》）

〔一〕死　明鈔本、孫校本無此字。《天中記》卷四〇《爲人延筭》引《玉堂閑話》作「巫」。

〔二〕或人　明鈔本、孫校本作「人或」。

〔三〕神　明鈔本、孫校本作「諸神」。

〔四〕秦　原作「奏」，當爲「秦」字形譌，今改。按：秦指秦州，長道縣屬秦州。王仁裕梁開平元年（九〇七），曾爲天雄軍節度使、秦州刺史李繼崇判官。

〔五〕閻羅山　「羅」原譌作「罪」，據明鈔本、孫校本及《天中記》改。孫校本無「山」字。按：閻羅即閻羅王，「山」當指泰山，古以泰山爲地獄所在。

〔六〕者　明鈔本、孫校本作「限」。

趙聖人

僞蜀有趙温珪〔一〕，善袁許術，占人災祥，無不神中，蜀謂之「趙聖人」。武將王暉事蜀先主，累有軍功，爲性凶〔二〕狷。至後主時，爲一二貴人擠抑，久沈下位，王深銜之。

嘗一日，於朝門逢趙公，見之驚愕。乃屏人告之曰：「今日見君面有殺氣，懷兵刃，欲行陰謀。但君將來當爲三任郡守，一任節制。自是晚達，不宜害人，以取殃禍。」王大駭，乃於懷中探一匕首擲於地，泣而言曰：「今日比欲刺殺此〔三〕子，便自引決。不期逢君爲開釋〔四〕，請從此而止。」勤勤拜謝而退。王尋爲郡，遷秦州節度。蜀亡，老於咸陽。宰相范質親見王，話其事。（中華書局版汪紹楹點校本《太平廣記》卷八〇《方士五》引《玉堂閑話》）

〔一〕趙温珪　「珪」原作「圭」，《永樂大典》卷二九七三《趙聖人》引《太平廣記》同。《蜀中廣記》卷七八《方術》引《玉堂閑話》譌作「主」。按：《十國春秋》卷四五《前蜀十一·趙温珪傳》作「珪」。杜光庭《廣成集》卷一《賀黄雲表》云「臣某伏覩鴻臚卿趙温珪」，《資治通鑑》卷第二六八《後梁紀三》載乾化元年三月，「蜀主以宗侃（王宗侃）爲北路行營都統，司天少監趙温珪諫……」皆亦作「珪」。王仁裕仕蜀，不應誤其名，今改作「珪」。

〔二〕凶　孫校本及《蜀中廣記》作「獷」。

〔三〕此　明鈔本、孫校本及《蜀中廣記》作「數」。

〔四〕爲開釋　孫校本作「爲我明釋」，《大典》作「爲我開釋」。

按：末云「宰相范質親見王，話其事」，范任宰相在周廣順初。《十國春秋》卷四五《前蜀·趙温珪傳》採入此事。

法本

晉天福中，考功員外趙洙言：近日有僧自相州來，云：「貧道於襄州禪院内，與一僧名法本同過夏，朝昏共處，心地相洽。法本常言曰：『貧道於相州西山中住持竹林寺，寺前有石柱，他日有暇，請必相訪。』」其僧追念此言，因往彼尋訪。洎至山下村中，投一蘭若寄宿。問其村僧曰：「此去竹林寺近遠？」僧乃遥指孤峰之側曰：「彼處是也。古老相傳，昔聖賢所居之地，今則但有名存焉，故無院舍。」僧疑之，詰朝而往。既至竹林叢中，果有石柱，罔然不知其涯涘。當法本臨别云，但扣其柱，即見其人。其僧乃以小杖〔一〕扣柱數聲。乃風雨〔二〕四起，咫尺莫窺。俄然耳目豁開，樓臺對峙〔三〕，身在三門之下。逡巡，法本自内而出，見之甚喜，問南中之舊事。乃引其僧度重門，升秘殿，参其尊宿。尊宿問其故，法本云：「早年相州同過夏，期此相訪，故及山門也。」尊宿曰：「可飯後請出，在此無座位。」食畢，法本送至山門〔四〕相别。既而天地昏暗，不知所進。頃之，宛在竹叢中石柱之側，餘並莫覩。即知聖賢之在世，隱顯難涯，豈金粟如來獨能化見者乎？（中華書局版汪紹楹點校本《太平廣記》卷九八《異僧十二》引《玉堂閑話》）

〔一〕杖　孫校本、明成祖御製《神僧傳》卷九《法本》作「枝」。按：北宋釋贊寧《宋高僧傳》卷二二《晉襄州亡名傳》作「杖」。

〔二〕雨　《永樂大典》卷八七八二《僧》引《太平廣記》（末注出《玉堂閑話》）、《宋高僧傳》、《神僧傳》作「雲」。

〔三〕峙　明鈔本、孫校本及《大典》、《宋高僧傳》、《神僧傳》作「聳」。

〔四〕山門　明鈔本、孫校本及《大典》、《宋高僧傳》、《神僧傳》作「三門」。按：佛寺大門曰山門，又曰三門。

渭濱釣者

清渭之濱，民家之子有好垂釣者，不農不商，以香餌爲業。自壯及中年，所取不知其紀極。仍得任公子之術，多以油煎燕肉置於纖鉤，其取鮮鱗如寄之於潭瀨。其家數口衣食，綸竿是賴。忽一日，垂釣於大涯硤，竟日無所得。將及日晏，忽引其獨繭，頗訝沉重。迤邐挽之，獲一銅佛像。既悶甚，擲之於潭心。遂移釣於別浦，亦無所得。移時，又牽出一銅佛。於是折其竿，斷其綸，終身不復其業。（中華書局版汪紹楹點校本《太平廣記》卷一〇一《釋證三》引《玉堂閑話》）

贅肉

釋氏因果，時有報應。近歲有一男子，既貧且賤，於上吻忽〔一〕生一片贅肉，如展兩手許大，下覆其口，形狀醜異，殆不可言。其人每飢渴，則揭贅肉以就飲啜，頗甚苦楚。或問其所因，則曰：「少年無賴，曾在軍伍。常於佛寺安下，同火共封一羊，分得少肉。旁有一佛像，上吻間可置之〔二〕。不數日嬰疾，遂生此贅肉焉。」（中華書局版汪紹楹點校本《太平廣記》卷一一六《報應十五》引《玉堂閑話》）

〔一〕忽　明鈔本、孫校本及《勸善書》卷一九作「連」。

〔二〕上吻間可置之　《勸善書》作「吾以置其上吻間」。

西明寺鐘

長安城西明寺有〔一〕鐘，寇亂之後，緇徒流離，闃其寺者數年。有貧民利其銅，袖〔二〕

鎚鏨往竊鑿之，日獲一二斤，鬻於闤闠。如是經年，人皆知之，官吏不禁。後其家忽失所在，市銅者亦訝其不來。後官欲徙其鐘於別寺，見寺鐘平墮在閣上。及仆之，見盜鐘者抱鎚鏨，儼然坐於其間，即已乾枯矣。（中華書局版汪紹楹點校本《太平廣記》卷一一六《報應十五》引《玉堂閑話》）

〔一〕有　此字原無，據明鈔本、孫校本及《勸善書》卷一六補。

〔二〕袖　《勸善書》作「就」。

按：《廣記》原題《西明寺》，今加「鐘」字，以切文意。

明相寺

鳳州城南有明相寺，寺有〔一〕佛數尊，皆飾以金焉。亂罹〔二〕之後，有貧民刮金，鬻而自給。迨至時寧，金彩已盡。於是遍身生癬，癢不可忍，常須以物自刮。皮盡至肉，肉盡至骨而死焉。毀佛之咎，昭報如此。（中華書局版汪紹楹點校本《太平廣記》卷一一六《報應十

五》，談本注出《冥祥記》，明鈔本作《玉堂閑話》，是也）

〔一〕寺有　此二字原脱，據《勸善書》卷一九補。

〔二〕罹　《勸善書》作「離」。

按：談本注出《冥祥記》，南齊王琰撰。鳳州治今陝西寶雞市鳳縣東北鳳州鎮。唐李吉甫《元和郡縣圖志》卷二二五《山南道·鳳州》載：西魏廢帝三年（五五四）改南岐州爲鳳州，隋大業三年（六〇七）改爲河池郡，唐武德元年（六一八）復爲鳳州。五代初鳳州屬岐，後屬蜀，在秦州東南。王琰不當記此，談本誤。

此條陳尚君、蒲向明輯本未輯。

李彦光

李彦光爲秦州〔一〕内外都指揮使，主帥中書令李繼崇〔二〕委任之，專其生殺〔三〕，虐酷黷貨，遭枉害者甚衆。部將樊某者，有騾一頭，甚駿。彦光使人達意求之，樊恡之不與，因而蓄憾，以他事搆而囚之。僞通辭款〔四〕，承〔五〕主帥醉而呈之，帥不復詳察，光即矯命斬之。樊臨刑曰：「死若無知則已，死若有知，當刻日而報。」及死未浹旬，而彦光染疾。樊則形見，晝夜不去。或來自屋上，或出自牆壁間。持杖而前，親行鞭箠，左右長幼皆散走。于是便聞決罪〔六〕之聲，不可勝忍，唯稱死罪。如是月餘方卒。自爾持權者頗以爲戒。（中華書局版汪紹楹點校本《太平廣記》卷一二四《報應二十三·冤報》引《玉堂閑話》）

〔一〕秦州　原無「州」字，據孫校本及《勸善書》卷一六補。按：秦即指秦州。

〔二〕李繼崇　原脱「繼」字，《勸善書》同，今補。按：説詳後條《劉自然》校記〔二〕。

〔三〕專其生殺　黄校本、《四庫》本、《筆記小説大觀》本前有「權」字。按：《勸善書》無此字。

〔四〕僞通辭款　《勸善書》作「僞爲伏辭」。

〔五〕承　《勸善書》作「因」。承，通「乘」。

〔六〕罪　《勸善書》作「罰」。

侯温

梁朝與河北相持之時，有偏將侯温者，軍中號爲驍勇。賀瓌爲統率，專制忌刻〔一〕，以事害之。其後瓌寢疾，彌留之際，左右只〔二〕聞公呼侯九者數日，頗有祈請之詞，深自尅〔三〕責。有侍者見一丈夫自壁間出，曳瓌於地。侍者驚呼，左右俱至，瓌已死矣。昔漢竇嬰、灌夫爲武安侯田蚡所搆而死，及蚡疾，巫者視鬼，見竇、灌夾而笞之，蚡竟卒。事相類耳。（中華書局版汪紹楹點校本《太平廣記》卷一二四《報應二十三·冤報》引《玉堂閑話》）

〔一〕刻　原作「前」，當謁，據《勸善書》卷一七改。《四庫》本改作「温」。

〔二〕只　《勸善書》作「時」。

〔三〕尅　點校本作「克」，談本原作「尅」，《勸善書》同，今改。

馬全節婢

魏帥侍中馬全節，嘗有侍婢，偶不愜意，自擊殺之。後累年染重病。忽見其婢立於前，家人但訝全節之獨語，如相問答。初云：「爾來有何意？」又云：「與爾錢財。」復曰：「爲爾造像書經。」哀祈移時，其亡婢不受，但索命而已。不旬日而卒。（中華書局版汪紹楹點校本《太平廣記》卷一三〇《報應二十九》引《玉堂閑話》）

按：《舊五代史》卷九〇《晉書》有《馬全節傳》。馬全節鎮魏，在後晉開運元年（九四四），見朱玉龍《五代十國方鎮年表・魏州》（中華書局，一九九七）。

劉自然

唐天祐中，秦州有劉自然者，主管義軍桉〔一〕，因連帥李繼崇〔二〕點鄉兵捍蜀。成紀縣百姓黃知感者，妻有美髮，自然欲之，謂知感曰：「能致妻髮，即免是行。」知感之妻曰〔三〕：「我以弱質託於君，髮有再生，人死永訣矣。君若南征不返，我有美髮何爲焉？」言訖，攬髮剪之。知感深懷痛愍〔四〕，既迫于差點，遂獻于劉。知感竟亦不免繇戍，尋歿于金沙之陣，黃妻晝夜禱天號訴。是歲，自然亦亡。

後黃家牝驢忽産一駒，左脇〔五〕下有字，云「劉自然」。邑人傳之，遂達于郡守。郡守召其妻子識認，劉自然長子曰：「某父平生好飲酒食肉，若能飲啖，即是某父也。」驢遂飲酒數升〔六〕，啖肉數臠。食畢，奮迅長鳴，淚下數行。劉子請備百千〔七〕贖之，黃妻不納，日加鞭捶，曰：「猶足以報吾夫也。」後經喪亂，不知所終。劉子竟慚憾〔八〕而死。（中華書局版汪紹楹點校本《太平廣記》卷一三四《報應三十三・宿業畜生》引《儆戒録》）

〔一〕桉　後蜀何光遠《鑑誡録》卷一〇《見世報》、《勸善書》卷一八、作「案」，字同。

〔二〕李繼崇　「崇」原作「宗」，誤。《鑑誡録》作「崇」，是也。按：《舊五代史》卷一三《梁書·劉知俊傳》云「茂貞（李茂貞）猶子繼崇鎮秦州」，《資治通鑑》卷二六八《後梁紀三》載乾化元年八月「岐王使劉知俊、李繼崇將兵擊蜀」。《通鑑》卷二六五《唐紀八十一》載天祐元年七月李茂貞遣判官趙鍠如西川，爲其姪天雄（秦州）節度使繼勳求昏，繼勳則係繼崇之誤。《五代十國方鎮年表·秦州》亦作李繼崇。今改。

〔三〕知感之妻曰　《勸善書》作「知感歸以其言語妻，妻曰」。

〔四〕痛愍　《勸善書》作「憐憫」。

〔五〕左脇　明鈔本作「右肋」，孫校本作「左肋」。

〔六〕驢遂飲酒數升　《勸善書》作「遂取試之，驢即飲酒數升」。

〔七〕百千　《勸善書》作「百錢」，當誤。百千，百貫。

〔八〕憾　《勸善書》作「愧」。

按：《廣記》注出《儆戒録》。《儆戒録》後蜀周珽撰，所載爲兩蜀事，此爲天祐中秦州事，不合。後蜀何光遠《鑑誡録》卷一〇《見世報》載此事，知《儆戒録》乃《鑑誡録》之誤。然下條《劉鑰匙》末云：「蓋與劉自然之事髣氟矣。」是則本書亦載此事。觀其所載爲秦州事，而仁裕喜言秦事也。但對校《廣記》與《鑑誡録》，文字頗不同，相合者甚少，頗疑何光遠參考仁裕所記而自作記述。然則《廣記》出處或誤，疑當作《玉堂閑話》也。茲將何書所記録左，以資比對：

天祐中，秦州劉自然主押義軍案，因連帥李中令繼崇點鄉丁而西捍蜀師。有成紀縣百姓黄知感，詣劉求免，自然許之。自然之妻謂其夫曰：「黄知感之妻美髮，儻得爲妾之髢，即與免之。」知感得劉指蹤，與妻平議。黄妻可謂賢也，語其夫曰：「妾今幸以弱質得附於君，髮有再生，人死永矣。君若南征不返，妾有美髮何爲？」言訖，攬髮翦之。知感亦懷痛切，既迫於差點，遂獻于劉。劉亦貪殘，猶爲不足，春獲其免，秋復差行。軍須急難，莫敢申雪。於是没於金沙之陣，劉亦是歲云亡。黄妻但有靈祠，陳狀呪詛。後黄家牝衛忽生一駒，及堪乘騎，方覺左脇下有「劉自然」之字。多般辯驗，字益分明。邑人傳之，遂達廉問（蜀平秦之後，王太尉宗儔制置）。元戎乃召其妻子識認，劉之長子曰：「某父平生唯好酒肉，但能飲酒食肉，是某父也。」驢遂飲酒數升，啖肉數臠，仍以頭揩詎其子，淚下如繩。劉子請備百千贖之，黄妻竟爲不可，出入鞭打，以報夫讎。劉子恥於姻親，鬱咽而卒。後累經喪亂，無復聞焉。（《知不足齋叢書》本）

明詹詹外史《情史》卷一六情報類亦輯入《劉自然》。

劉鑰匙

隴右水〔一〕門村有店人曰劉鑰匙者，不記其名〔二〕。以舉債爲業，家累千金〔三〕。能於規求，善聚難得之貨，取民間資財，如秉鑰匙開人箱篋帑藏，盜其珠珍不異也，故有「鑰匙」之號。鄰家有殷富者，爲鑰匙所餌，放債與之，積年不問。忽一日，執券而算之，即倍數極廣。既償之未畢，即以年繫利，略無期限。遂至資財物産，俱歸鑰匙，負債者怨之不已。後鑰匙死，彼家生一犢，有鑰匙姓名在膁肋之間，如毫墨書出。乃爲債家鞭箠使役，無完膚。鑰匙妻男，廣以重貨購贖之，置于堂室之内，事之如生。及斃，則棺斂葬之于野。蓋與劉自然之事髣髴矣。此則報應之道，其不誣矣。（中華書局版汪紹楹點校本《太平廣記》卷一三四《報應三十三・宿業畜生》引《玉堂閑話》）

〔一〕水　《實賓録・劉鑰匙》（《説郛》卷三）引《玉堂閑話》、《勸善書》卷一八作「木」。

〔二〕不記其名　按：談本原爲雙行小字注，點校本作正文，今據談本改。

〔三〕以舉債爲業，家累千金　原作「以舉債爲家，業累千金」，據孫校本及《勸善書》改。《實賓録》亦作「以舉債爲業」。

上公

宜春郡東安仁鎮有齊覺寺，寺有一老僧，年九十餘，門人弟子有一二世者，彼俗皆只呼爲上公，不記其法名也。其寺常住莊田，孳畜甚多。上公偶一夜，夢見一老姥〔一〕，衣青布之衣，拜辭而去，云只欠寺内錢八百。上公覺而異之，遂自取筆書于寢壁，同住僧徒亦無有知之者。不三五日後，常住有老牸牛一頭，無故而死。主事僧於街市鬻之，只酬錢八百。如是數處，不移前價。主事僧具白上公云：「常住牛死，欲貨之，屠者數輩，皆酧價八百。」上公歎曰：「償債足矣。」遂令主事僧入寢所，讀壁上所題處，無不嗟歎。（中華書局版汪紹楹點校本《太平廣記》卷一三四《報應三十三・宿業畜生》引《玉堂閑話》）

〔一〕姥　《永樂大典》卷一三一三六《夢老嫗》引《太平廣記》作「嫗」。

按：《勸善書》卷一九亦載，文同。

晉高祖

清泰中，晉高祖潛龍于并部也。常一日從容謂賓佐云：「近因晝寢，忽夢若頃年在洛京〔一〕時，與天子連鑣于路，過舊第，天子請某入其第。某遜讓者數四，不得已，即促轡而入。至廳事下馬，升自阼階，西向而坐，天子已馳車去矣。」其夢如此，群僚莫敢有所答。是年冬，果有鼎革之事。（中華書局版汪紹楹點校本《太平廣記》卷一三六《徵應二·帝王休徵》引《玉堂閑話》）

〔一〕洛京　明鈔本、孫校本作「洛市」，洛陽街市也。

按： 晉高祖石敬瑭借助契丹於清泰三年（九三六）十一月稱帝於太原，改元天福。率兵南下入洛陽，後唐末帝李從珂舉族與皇太后曹氏自燔於洛陽玄武樓。

孫偓

長安城有孫家宅，居之數世，堂室甚古。其堂前一柱忽生槐枝，孫氏初猶障蔽之，不欲人見。朞年之後，漸漸滋茂，以至柱身通體而變，壞其屋上衝，祕藏不及。衣冠士庶之來觀者，車馬填咽。不久，偓處巖廊，儲居節制，人以爲應三槐之朕，亦甚異也。近有孫煒，乃偓之嗣，備言其事。（中華書局版汪紹楹點校本《太平廣記》卷一三八《徵應四·人臣休徵》引《玉堂閑話》）

按：《新唐書》卷一八三《孫偓傳》云：「孫偓，字龍光。父景商，爲天平軍節度使。偓第進士，歷顯官，以户部侍郎同中書門下平章事，遷門下，爲鳳翔四面行營都統。俄兼禮部尚書、行營節度諸軍都統招討處置等使。始，家第堂柱生槐枝，期而茂。既而偓秉政，封樂安縣侯。……兄儲，歷天雄節度使，終兵部尚書。」

玉堂閑話卷二

毛璋

梁朝將戴思遠，任浮陽〔一〕日，有部曲毛璋，爲性輕悍。常與數十卒追捕盜賊，還宿於逆旅。毛枕劍而寢，夜分，其劍忽大吼，躍出鞘外。從卒聞者，愕然驚異，毛亦神〔二〕之。乃持劍呪曰：「某若異日有此山河，爾當更鳴躍，否則已。」毛復寢未熟，劍吼躍如初，毛深自負之。其後戴離鎮，毛請留，戴從之。未幾，毛以州歸命於唐莊宗，莊宗以毛爲其州刺史。後竟帥滄海。（中華書局版汪紹楹點校本《太平廣記》卷一三八《徵應四·人臣休徵》引《玉堂閑話》）

〔一〕浮陽　孫校本作「潯陽」，誤。按：《舊五代史》卷七三《唐書·毛璋傳》云：「毛璋，本滄州小校。梁將戴思遠帥滄州，時莊宗已定魏博，思遠勢蹙，棄州遁去，璋據城歸莊宗。」《舊五代史考異》引《玉堂閑話》作「浮陽」。浮陽縣西漢置，隋改清河縣，唐爲滄州治所。

〔二〕神　明鈔本、孫校本作「神怪」。

按：《廣記》原題《載思遠》，今改曰《毛璋》。

張籛

密牧張籛少年時，常有一飛鳥，狀若尺鷃，銜一青銅錢，墮於張懷袖間。張異之，常繫錢於衣帶〔一〕間。其後累財巨萬，至死物力不衰，即飛鳥墮錢將富之祥也。（中華書局版汪紹楹點校本《太平廣記》卷一三八《徵應四·人臣休徵》引《玉堂閑話》）

〔一〕帶　原作「冠」，據明鈔本、孫校本改。明胡我琨《錢通》卷一九《神物》引《玉堂閑話》作「衿」。

按：張籛爲密州刺史，在晉高祖天福二年（九三七）。見《舊五代史》卷九〇《晉書·張籛傳》。《册府元龜》卷八一二《總録部·富》云張籛「後終密州刺史」。《晉書》本傳及《册府元龜》亦載張籛獲鳥墮銅錢事，然與本書頗異。《晉書》本傳云：「籛始在雍州，因春景舒和，出游近郊，憩於大塚之上，忽有黄雀銜一銅錢置於前而去。未幾，復於衙院晝卧，見二鵲相鬬，畢，各銜一錢落於籛首。籛前後所獲三錢，嘗秘於巾箱，識者以爲大富之徵。」《册府元龜》文同。事亦見《太平御覽》卷八三六引《晉書》、北宋孔平仲《續世説》卷九《汰侈》。《晉書》本傳前復云：「同光末，筠隨魏王繼岌伐蜀，奏籛權知西京留守事。蜀平，王衍挈族入朝，至秦川驛，莊宗遣中使向延嗣乘驛騎盡戮王衍之族，所有奇貨，盡歸於延嗣。俄聞莊宗遇内難，繼岌軍次興平，籛乃斷咸陽浮橋。繼岌浮渡至渭南死之，一行金寶妓樂，籛悉獲之。俄而明宗使人誅延嗣，延嗣暗遁，衍之行裝復爲籛有，因爲富家，積白金萬鎰，藏於窟室。明宗即位，籛進王衍犀、玉帶各二，馬一百五十匹，魏王打毬馬七十匹，旋除沂州刺史，入爲西衛將軍。高祖即位之明年，加檢校太保，出典密州。未幾，復居環衛。時湖南馬希範與籛有舊，奏朝廷請命籛爲使，允之。籛密齎蜀之奇貨往售，又獲十餘萬緡以歸。籛出入以庖者十餘人從行，食皆水陸之珍鮮，厚自奉養，無與爲比。少帝嗣位，詔遣往西蕃。及迴，以其馬劣，爲有司所糾，復當路有不足者，遂有詔徵其舊價。籛上言請貨故京田業，許之，因憤惋成病而卒。」《册府元龜》亦載。

齊州民

齊州有一富家翁，郡人呼曰劉十郎，以鬻醋油爲業。自云壯年時窮賤至極，與妻傭舂以自給。忽一宵舂未〔一〕竟，其杵忽然有聲，視之，已中折矣。夫婦相顧愁歎，久之方寐。淩旦既寤，一新杵在臼旁，不知自何而至。夫婦前視，且驚且喜。自是因穿地，頗得隱伏之貨。以碓杵爲神鬼所賜，乃寶而藏之。遂棄舂業，漸習商估，數年之内，其息百倍，家累千金。夫婦神其杵，即被以文繡，置於匱匣中，四時致祭焉。自後夫婦富且老，及其死也，物力漸衰，今則兒孫貧乏矣。（中華書局版汪紹楹點校本《太平廣記》卷一三八《徵應四・人臣休徵》引《玉堂閑話》）

〔一〕未　孫校本作「米」。

秦城芭蕉

天水之地，邇於邊陲，土寒，不産芭蕉。戎帥〔一〕使人於興元求之，植二本于亭臺間。每至入冬，即連土掘取之，埋藏于地窟，候春暖即再植之。庚午、辛未之間，有童謡曰：「花開來裹，花謝來〔二〕裹。」而又節氣變而不寒，冬即〔三〕和煦，夏即暑毒，甚於南中，芭蕉於是花開。秦人不識，遠近士女來看者，填咽衢路。尋則蜀人犯我封疆，自爾年年一來，不失芭蕉開謝之候。乙亥歲，岐隴援師不至，自隴之西，竟爲蜀人所有。暑濕之候，一如巴邛者。蓋劒外節氣，先布於秦城。童謡之言，不可不察。（中華書局版汪紹楹點校本《太平廣記》卷一四〇《徵應六・邦國咎徵》引《玉堂閑話》，按邦國咎徵四字據孫校本補）

〔一〕帥　原作「師」，據明鈔本、《天中記》卷五三《移植》引《玉堂閑話・徵應》、《五代史記注》卷四〇《雜傳第二十八》引《玉堂閑話》改。帥指天雄軍（秦州）節度使李繼崇。

〔二〕來　《全唐詩》卷八七八《秦城芭蕉謡》作「也」。

〔三〕即　黄校本、《四庫》本、《筆記小説大觀》本作「節」，下句同。

按：中云庚午、辛未、乙亥，乃梁開平四年（九一〇）、乾化元年（九一一）、貞明元年（九一五）。貞明元年，王仁裕隨天雄軍節度使、秦州刺史李繼崇降蜀。

睿陵僧

睿陵之側，有貧僧居之，草衣芒屨，不接人事。嘗燔木取灰貯之，亦有施其資鏹者，得即藏於灰中，無所使用。出入必輓一拖車，謂人曰：「此是駟馬車，汝知之乎？他日必有龍輿鳳輦，萃於此地。」居人罔測其由。及漢高祖皇帝因山於此，陵寢陶器所用須灰，僧貯灰甚多，至于畢功，資用不闕。又於灰積中頗獲資鏹，輦輅之應，不差毫釐。因山既畢，僧亦化滅。睿陵行禮官僚，靡不知者。（中華書局版汪紹楹點校本《太平廣記》卷一四〇《徵應六·邦國咎徵》引《玉堂閑話》，按邦國咎徵四字據孫校本補）

按： 漢高祖即劉知遠，即位後改名暠。《舊五代史》卷一〇〇《漢書·高祖紀下》載：乾祐元年（九四八）二月，帝崩于萬歲殿，上謚曰睿文聖武昭肅孝皇帝，廟號高祖，十一月葬于睿陵。

龐從

唐昭宗乾寧丙辰歲，朱梁太祖誅不附己者。兖帥〔一〕朱瑾亡命淮海，梁祖命徐帥龐從舊名師古會軍五萬于清口〔二〕。東晉命謝安伐青州，堰吕梁水，樹栅，立七埭爲派〔三〕，擁其流以利運漕，故謂之青州派，其實泗水也。浮磬石在下邳。所屯之地，蓋兵書謂之絶地。人不駕肩，行一舍，方至夷坦之處。時梁祖命腹心者監護之，從師莫敢自主〔四〕。未信宿，朱瑾果自督數萬而至，從聞瑾親至，一軍喪魄。及戰，無敢萌鬪志，或溺或浮，唯一二獲免。

先是瑾軍未至前，部伍虚驚，尤多怪異，刁斗架自行於軍帳之前〔五〕。家屬在徐州，亦凶怪屢見。使宅之後，素有妖狐之穴，或府主有災即見，時命僧於鵰堂建道場。蓋多狐妖，故畫鵰於中。從〔六〕未亡之前，家人望見鳶子樓上，有婦人衣紅，白晝凭欄而立。見人窺之，漸移身退後而没。時登樓之門，皆扃鐍之。不數日，凶問至〔七〕。（中華書局版汪紹楹點校本《太平廣記》卷一四四《徵應十・人臣咎徵》引《玉堂閑話》）

〔一〕帥　原作「師」，據明鈔本、《四庫》本、《筆記小説大觀》本改。下文「徐帥」同。

〔二〕清口　「清」原作「青」。按：《舊五代史》卷二一《梁書・龐師古傳》云：「（乾寧四年）十一月，師古寨於清口。」《考異》引《玉堂閑話》亦作「清口」。據改。

〔三〕泒　《四庫》本作「派」，下同。泒、派字同，支流也。

〔四〕從師莫敢自主　原作「統師末之能禦」，孫校本「統師」作「統帥」，《四庫》本作「從師」，是，謂龐從之軍也。據改。明鈔本作「統師莫敢自主」（統當作從），據改。

〔五〕前　明鈔本作「中」。

〔六〕從　原作「統」，據《四庫》本改。

〔七〕按：張國風《太平廣記會校》云，「使宅之後」以下明鈔本作：「使宅白晝見燕子樓上有婦人，衣紅，白晝凭欄而立。見人窺視，漸退而没。其宅表（素）多妖狐，凡府主有災則見，此其兆與？」

按：龐從乾寧四年三月爲武寧軍（徐州）留後，尋授武寧軍節度使，改名師古，是年十一月没於討楊行密陣中。見《舊五代史・龐師古傳》及吳廷燮《唐方鎮年表・感化（武寧）》。此作三年，蓋記憶有誤。《舊五代史・龐師古傳》注引《九國志・侯瓚傳》云：「時兵起倉卒，加以陰寒，士皆飲冰餐雪而行。甫及梁營，則豎戈植足，鬬志未決。朱瑾與瓚率五十騎潛濟淮，入自壘北，舞槊而馳，囂聲雷沸，梁兵皆殞眩不能舉，遂斬龐從，大將繼之，死者大半。」

桑維翰

魏公桑維翰尹開封，一日〔一〕，嘗中夜於正寢獨坐，忽大驚悸，如有所見，向空厲聲云：「汝焉敢此來！」如是者數四，旬日憤懣不已，雖齊體〔二〕亦不敢有所發問。未幾，夢己整衣冠，嚴車騎，將有所詣。就乘之次，忽所乘馬亡去，追尋莫知所在。既寤，甚惡之，不數日及難。（中華書局版汪紹楹點校本《太平廣記》卷一四五《徵應十一・人臣咎徵》引《玉堂閑話》）

〔一〕一日　明鈔本、孫校本無「一」字，從上讀。

〔二〕齊體　明鈔本作「貼體」。按：齊體，妻也。東漢班固《白虎通義》卷下《嫁娶》：「妻者何謂？妻者，齊也，與夫齊體。自天子下至庶人，其義一也。」明鈔本作「貼體」，猶言貼心。

按：《舊五代史》卷八九《桑維翰傳》載，晉開運三年（九四六）十二月十八日夜，爲張彦澤所害，時年四十九。《新五代史》卷二九本傳云：

「夜彥澤使人縊殺之」。《舊五代史》卷九八《張彥澤傳》載：「少帝即位，桑維翰復舉之，尋出鎮安陽。……開運三年冬，契丹既南牧，杜重威兵次瀛州。彥澤爲契丹所啖，密已變矣，乃通款於戎王，請爲前導。……是歲十二月十六日夜，自封丘門斬關而入，以兵圜宮城。翌日，遷帝於開封府舍，凡内帑奇貨，悉輦歸私邸。仍縱軍大掠，兩日方止。時桑維翰爲開封尹，彥澤召至麾下，待之不以禮。維翰責曰：『去年拔公於罪人之中，復領大鎮，授以兵權，何負恩一至此耶？』彥澤無以對。是夜殺維翰，盡取其家財。」

房知温

故青帥房公知温，少年與外弟徐裀〔一〕，爲盜於兖、鄆之境，晝則匿於古冢。一夕遇雨未出間〔二〕，二鬼至。一鬼曰：「此有節度土主〔三〕，宜緩之。」與外弟俱聞之。二人相問曰：「適聞外面語否？」徐曰：「然。」房曰：「吾與汝未知孰是，來宵汝當宿於他所，吾獨在此以驗之。」迨夕，二鬼又至，一鬼復曰：「昨夜貴人尚在矣。」房聞之喜。後果節制數鎮，官至太師、中書令、東平王。則知《晉書》説魏陽元聞鬼以三公呼之，爲不謬矣。

（中華書局版汪紹楹點校本《太平廣記》卷一五八《定數十三》引《玉堂閑話》）

〔一〕徐裀　「裀」字原闕，點校本據明鈔本補。《舊五代史》卷九一《晉書·房知温傳》，《考異》引《玉堂閑話》補作「某」字。

〔二〕間　《四庫》本作「聞」，從下讀。

〔三〕土主　原作「上主」，據明鈔本改。孫校本無此二字。按：《舊五代史》卷九一《晉書·房知温傳》載，房知温兗州瑕丘人，後唐天成元年（九二六）授兗州節度使。土主者當指此，謂本土之主也。上主則猶言明君。

按：房知温卒於晉天福元年（九三六），見《舊五代史》卷九一、《新五代史》卷四六本傳。

竇夢徵

朱梁翰林竇學士夢徵，以文學稱於世。時兩浙錢尚父有元帥之命，竇以錢公無功於本朝，僻在一方，坐邀渥澤，不稱是命，乃抱麻哭於朝。翌日，竇謫掾於東州。及失意被譴，嘗〔一〕鬱鬱不樂。曾夢有人謂曰：「君無自苦，不久當復故職。然將來慎勿爲丞郎〔二〕，苟有是命，當萬計避之。」其後竇復居禁職，有頃，遷工部侍郎。竇忽憶夢中所言，深惡其事。然已受命，不能遜避，未幾果卒。（中華書局版汪紹楹點校本《太平廣記》卷一五

八《定數十三》引《玉堂閑話》

〔一〕嘗　明鈔本、孫校本作「常」。嘗、常互通。

〔二〕丞郎　「郎」原作「相」，誤，據明鈔本、孫校本、陳校本改。丞郎指尚書省左右丞與六部侍郎。

按： 竇夢徵卒於後唐長興二年（九三一），見《舊五代史》卷四二《唐書·明宗紀八》。

許生

汴州都押衙朱仁忠，家有門客許生暴卒。隨使者入冥，經歷之處皆如郡城。忽見地堆粟千石，中植一牌〔一〕曰：「金吾將軍朱仁忠食禄。」生極訝之。洎至公署，使者引入一曹司。主吏按其簿曰：「此人乃誤追之矣。」謂生曰：「汝可止此，吾將白於陰君。然慎勿窺吾簿。」吏既出，生潛目架上有簽牌，曰「人間食料簿」。生潛憶主人朱仁忠不食醬，可知其由，遂披簿求之，多不曉其文。逡巡，主吏大怒，已知其不慎，瞋目責之。生恐懼謝過，告吏曰：「某乙平生受朱仁忠恩，知其人性不食醬，是敢竊食簿驗之。顧恕其罪。」吏怒稍解，自取食簿，於仁忠名下注「大豆三合」。吏遂遣前使者引出放還。

其徑路微細，隨使者而行。忽見一婦女，形容顑頷，衣服繿縷，抱一孩子拜於道傍，謂生曰：「妾是朱仁忠亡妻，頃年因産而死，竟未得受生，飢寒〔二〕尤甚，希君濟以資緡數千貫。」生以無錢辭之，婦曰：「所求者楮貨也。君還魂後，可致而焚之。兼望仁忠與寫《金光明經》一部懺之，可指生路也。」既而先行，直抵相國寺，將踰其閾，爲使者所推，踣地而寤。仁忠既悲喜，問其冥間之事。生曰：「君非久必任金吾將軍。」言其牌粟之事。又話見君亡妻，言其形實無差。後與仁忠同食，乃言：「自君亡後，忽覺醬香，今嗜之頗甚。」乃是注「大豆三合」之驗也。自爾朱寫經畢，許生燔紙數千。其婦於夢〔三〕中辭謝而去，云：「今得超生矣〔四〕。」朱果爲金吾將軍。顯晦之事，不差毫釐矣。（中華書局版汪紹楹點校本《太平廣記》卷一五八《定數十三》引《玉堂閑話》）

〔一〕牌　《勸善書》卷一四作「碑」，下同。

〔二〕寒　明鈔本、孫校本及《勸善書》作「貧」。

〔三〕夢　原作「寐」，據《勸善書》改。

〔四〕云今得超生矣　此六字原無，據《勸善書》補。

陰君文字

頃歲有一士人，嘗於寢寐間若被官司追攝，因隨使者而去。行經一城，云是鎮州，其間人物稀少。又經一城，云是幽州，其間人物衆廣。士人乃詢使者曰：「鎮州蕭疏，幽州繁盛，何其異乎？」使者曰：「鎮州雖然少人，不日亦當似幽州矣。」有頃至一處，有若公府。中有一大官，見士人至前即曰：「誤追此人來，宜速放去。」士人知是陰司，乃前啓陰官曰：「某雖蒙放還，願知平生官爵所至。」陰官命取紙一幅，以筆墨畫紙，作九箇圍子。别取青筆，於第一箇圍子中點一點而與之。士人置諸懷袖，拜謝而退。及寤，其陰君所賜文字，則宛然在懷袖間，士人收藏甚秘。其後鎮州兵士，相繼殺傷甚衆，故知陰間鎮州即日人衆，當不謬耳。其士人官至冀州録事參軍，繼縷而卒。陰官畫九圍子者，乃九州也。冀州爲九州之第一，故點之。其點青者，言士人只止於録事參軍，緑袍也。（中華書局版汪紹楹點校本《太平廣記》卷一五八《定數十三》引《玉堂閑話》）

貧婦

諺云：「一飲一啄，繫之於分。」斯言雖小，亦不徒然。常見前張賓客澄言，頃任鎮州判官日，部内有一民家婦，貧且老，平生未嘗獲一完全衣。或有哀其窮賤，形體袒露，遺一單衣。其婦得之，披展之際而未及體，若有人自後掣之者，舉手已不知衣所在。此蓋爲鬼所奪也。（中華書局版汪紹楹點校本《太平廣記》卷一五八《定數十三》引《玉堂閑話》）

灌園嬰女

頃有一秀才，年及弱冠，切於婚娶。經數十處，託媒氏求問〔一〕，竟未諧偶。乃詣善《易》者以決之，卜人曰：「伉儷之道，亦繫宿緣。君之室，始生二歲矣。」又問當在何州縣，是何姓氏，卜人曰：「在滑州郭之南，其姓某氏，父母見灌園爲業，只生一女，當爲君嘉偶。」其秀才自以門第才望，方求華族，聞卜人之言，懷抱鬱快，然未甚信也，遂詣滑質其事。至則於滑郭之南尋訪，果有一蔬圃，問老圃〔二〕姓氏，與卜人同。又問有息否，則曰：「生一女，始二歲矣。」秀才愈不樂。一日，伺其女嬰父母出外，遂就其家，誘引女嬰使前，即以細針内於顖〔三〕中而去。尋離滑臺，謂其女嬰之〔四〕死矣。

是時，女嬰雖遇其酷，竟至無恙。生五六歲，父母俱喪。本鄉縣以孤女無主，申報廉使，廉使即養育之。一二〔五〕年間，廉使憐其黠慧，育爲己女，恩愛備至。廉使移鎮他州，女亦成長。其問卜秀才，已登科第，兼歷簿官，與廉使素不相接。因行李經由，投刺謁廉使，一見慕其風采，甚加禮遇。問及婚娶，答以未婚。廉使知其衣冠子弟，且慕其爲人，乃以幼女妻之，潛令道達其意，秀才欣然許之。未幾成婚，廉使資送甚厚。其女亦有殊色，秀才深過所望。且憶卜者之言，頗有責其謬妄耳。

其後每因天氣陰晦，其妻輒患頭痛，數年不止。爲訪名醫，醫者曰：「病在頂腦間。」即以藥封腦上。有頃，内〔六〕潰出一針，其疾遂愈。因潛訪廉使之親舊，問女子之所出，方知圃者之女，信卜人之不謬也。襄州從事陸憲嘗話此事。（中華書局版汪紹楹點校本《太平廣記》卷一六〇《定數十五·婚姻》引《玉堂閑話》）

〔一〕問　原作「間」，據黄校本、《四庫》本、《筆記小說大觀》本、朝鮮成任編《太平廣記詳節》卷一一及《太平通載》卷一九引《太平廣記》改。

〔二〕 圃　明鈔本、孫校本作「人」。
〔三〕 頗　《廣豔異編》卷一七《灌園女》作「腦」。按：頗，同「囟」。
〔四〕 之　《廣豔異編》作「必」。
〔五〕 一二　明鈔本、孫校本作「三」。
〔六〕 内　《廣記詳節》、《太平通載》作「肉」。

按：《廣豔異編》卷一七《灌園女》，輯自《廣記》，删末句。

王暉

西蜀將王暉，嘗任集州刺史。集州城中無水泉，民皆汲於野外。值岐兵急攻州城，且絶其水路，城内焦渴，旬日之間，頗有死者。王公乃中夜有所祈請，哀告神祇。及寐，夢一老父告曰：「州獄之下當有美〔一〕泉。」言訖而去，王亦驚寤。遲明，且命畚鍤，於所指之處掘數丈，乃有泉流。居人飲之，蒙活甚衆。岐兵比知城中無水，意將坐俟其斃。王公命汲泉水數十甖，於城上揚而示之，其寇乃去。是日神泉亦竭。豈王公精誠之所感耶？踈勒拜井之事，固不虚耳。王後致仕，家於雍州。嘗言之，故記耳。（中華書局版汪紹楹點校本《太平廣記》卷一六二《感應二》引《玉堂閑話》）

〔一〕美 《天中記》卷一〇《祈泉》引《玉堂閑話》及《十國春秋》卷四三《前蜀·王暉傳》作「靈」。

按：本書《趙聖人》亦記武將王暉事。《重編説郛》弖一七輯《玉溪編事》（後蜀金利用撰）六條，中《祈泉》乃濫取本書此條，文有删削。

裴度

元和中，有新授湖州録事參軍，未赴任遇盗，劚剽殆盡，告敕歷任文薄〔一〕，悉無子遺。遂於近邑求丐故衣，迤逶假貸，却返逆旅。旅舍俯逼裴晉公第，時晉公在假，因微服出遊側近邸，遂至湖糺之店。相揖而坐，與語周旋。問及行止，糺曰：「某之苦事，人不忍聞。」言發涕零。晉公憫之，細詰其事，對曰：「某主〔二〕京數載，授官江湖，遇寇盪盡，唯殘微命。此亦細事爾，其如某將娶而未親迎，遭郡牧强以致之，獻於上相裴公，位亞國號矣。」裴曰：「子室之姓氏何也？」答曰：「姓某，字黄娥。」裴時衣紫袴衫，謂之曰：「某即晉公親校也，試爲子偵之〔三〕。」遂問姓名而往。糺復悔之，此或中令之親近，入而白之，當致其禍也。寢不安席。

遲明，詣裴之宅偵之，則裴已入内。至晚，有賴衣吏詣店，頗怱遽，稱令公召〔四〕。糺聞之惶懼，倉卒與吏俱往。至第斯須，延入小廳，拜伏流汗，不敢仰視。即延之坐，竊視之，則昨日紫衣押牙也，因首過再三。中令曰：「昨見所話，誠心惻然，今聊以慰其憔悴矣。」即命箱中官誥授之，已再除湖糺矣。喜躍未已，公又曰：「黄娥可于飛之任也。」特令送就其逆旅，行裝千貫，與偕赴所任。（中華書局版汪紹楹點校本《太平廣記》卷一六七《氣義二》引《玉堂閑話》）

〔一〕薄 《四庫》本、《筆記小説大觀》本及《玉芝堂談薈》卷六《贈妾》（無出處）、《情史》卷四情俠類《裴晉公》引《玉堂閑話》作「簿」。薄，通「簿」。

〔二〕主 明鈔本作「在」，孫校本作「往」，《玉芝堂談薈》、《情史》作「住」。按：主，寓居。《史記》卷四七《孔子世家》：「孔子遂至陳，主於司城貞子家。」沈亞之《秦夢記》：「晝夢入秦，主内史廖家。」

〔三〕之 此字原無，據孫校本補。

〔四〕召　明鈔本下有「參軍」二字。孫校本作「糾」。按：糾即録事參軍事，州府佐官，掌正違失，莅符印。見《新唐書·百官志四下·外官》。

按：明馮夢龍《古今小説》卷九《裴令公義還原配》演爲話本，並插入裴度還帶事。還帶事載於唐丁用晦《芝田録》（《類説》卷一一）、五代王定保《唐摭言》卷四、北宋王讜《唐語林》卷六、《分門古今類事》卷一九引《摭遺集》（北宋劉斧撰）。元關漢卿《裴度還帶》（元鍾嗣成《録鬼簿》卷上）、明賈仲明《山神廟裴度還帶》（《孤本元明雜劇》）、沈采《裴度香山還帶記》（《古本戲曲叢刊初集》）皆演之。

發塚盜

光啓、大順之際，褒中有盜發塚墓者，經時搜索不獲，長吏督之甚嚴。忽一日擒獲，寘於所司。淹延經歲，不得其情，拷掠楚毒，無所不至。款占〔一〕既具，連及數人，皆以爲得之不謬矣。及臨刑，傍有一人攘袂大呼曰：「王法豈容枉殺平人者乎？發塚者我也。我日在稠人之中，不爲獲擒，而斯人何罪，欲殺之？速請釋放。」旋出丘中所獲之贓，驗之，略無差異。具獄者亦出其贓，驗之無差。及藩帥躬自誘而問之，曰：「雖自知非罪，而受箠楚不禁，遂令骨肉僞造此贓，希其一死。」藩帥大駭，具以聞於朝廷。坐其獄吏，枉陷者獲免，自言者補衙職〔二〕而賞之。（中華書局版汪紹楹點校本《太平廣記》卷一六八《氣義三》引《玉堂閑話》）

〔一〕款占　「占」原譌作「古」，據陳校本、《四庫》本改。《筆記小説大觀》本作「狀」。款占，供詞。

〔二〕衙職　明鈔本作「衛職」，孫校本作「衙衛職」。

鄭致雍

鄭致雍〔一〕學士未第時，求婚於白州崔相公遠。纔允許，而博陵有事，女則隨例填宮。至朱梁開平之前，崔氏在內託疾，敕令出宮，還其本家。鄭則復託媒氏致意，選日親迎。士族婚禮，隨其豐儉，亦無所闕。尋有莊盆之慼，又杖絰〔二〕朞周，莫不合禮。士林以此多之，美稱籍甚。場中翹足望之，一舉中甲科〔三〕。封尚書牓下。脱白，授秘校，兼內翰，與丘門同敕入。不數載而卒。（中華書局版汪紹楹點校本《太平廣記》卷一六八《氣義三》引《玉堂閑話》）

〔一〕鄭致雍　原脱「致」字，今據北宋錢易《南部新書》庚卷補。按：《舊五代史》卷六八《唐書·封舜卿傳》：「仕梁爲禮部侍郎，知貢舉。開平三年奉使幽州，以門生鄭致雍從行。」南宋洪遵編《翰苑群書》卷八蘇易簡《續翰林志》上：「梁開平中，以前進士鄭致雍爲學士。」

〔二〕杖絰　「絰」原譌作「經」，據《南部新書》改。按：絰，服喪所用麻帶。《儀禮·喪服》：「喪服，斬衰裳，苴絰、杖、絞帶。」鄭玄注：「麻在首在要皆曰絰。」

〔三〕中甲科　《南部新書》作「狀頭」，即狀元。

王殷

王殷，梁開封尹瓚之猶子也。乾化中，爲徐州連率。衆叛拒命，殺害使臣，點閲市井而授甲焉。有親隨苗温與數輩，度其必不濟，竊謀作亂。事〔一〕泄被擒，刳心而死。其妻配隸別部軍校，殊不甘，挾短刃，割乳而殞。聞者無不嗟尚。（中華書局版汪紹楹點校本《太平廣記》卷一六八《氣義三》引《玉堂閑話》）

〔一〕事　原作「吏」，據明鈔本、《四庫》本改。

玉堂閑話卷三

劉崇龜

劉崇龜〔一〕鎮南海之歲，有富商子，少年而白皙，稍殊於裨販〔二〕之伍。泊船於江。岸上有門樓〔三〕，中見一姬，年二十餘，豔態妖容，非常所覩。亦不避人，得以縱其目逆。乘便復言：「某黄昏當詣宅矣。」無難色，頷之微哂而已。既昏暝，果啓扉伺之。此〔四〕子未及赴約，有盜者徑入行竊。見一房無燭，即突入之，姬即欣然而就之。盜乃謂其見擒，以庖刀刺之，遺刀而逸。其家亦未之覺。商客之子旋至，方入其户，即踐其血，汰〔五〕而仆地。初謂其水，以手捫之，聞鮮血之氣〔六〕未已。又捫着有人卧，遂走出。徑登船，一夜解維。比明，已行百餘里。

其家跡其血〔七〕至江岸，遂陳狀之主者訟。窮詰岸上居人，云：「其〔八〕日夜，有某客船一夜徑發。」即差人追及，械於圉室〔九〕，拷掠備至，具實吐之，唯不招殺人。其家以庖刀納于府主矣，府主乃下令曰：「某日大設〔一〇〕，合境庖丁，宜集于毬場，以候宰殺。」屠者既集，乃傳令曰：「今日既已〔一一〕，可翌日而至。」乃各留刀於廚而去。府主乃命取諸人刀，以殺人之刀，換下一口。來早，各令詣衙請刀，諸人皆認本刀而去，唯一屠最在後，不肯持刀去。府主乃詰之，對曰：「此非某刀。」又詰以何人刀，即曰：「此合是某乙者。」乃問其住止之處，即命擒之，則已竄矣。

於是乃以他囚之合處死者，以代商人之子，侵夜斃之於市。竄者之家，旦夕潛令人伺之。既斃其假囚，不一兩夕，果歸家，即擒之。具首殺人之咎，遂置於法。商人之子，夜入人家，以姦罪杖背而已。彭城公之察獄，可謂明矣。（中華書局版汪紹楹點校本《太平廣記》卷一七二《精察二》引《玉堂閑話》）

〔一〕劉崇龜　明馮夢龍《智囊補》卷一〇智察部《劉宗龜》「崇」譌作「宗」。按：劉崇龜，《舊唐書》卷一七九、《新唐書》卷九〇有傳。唐末大順元年至乾寧二年（八九〇—八九五）爲廣州刺史、清海軍節度使、嶺南東道觀察使（《唐方鎮年表》卷七）。

〔二〕裨販　點校本改作「稗販」，談本原作「裨販」，今改。稗販、裨販義同，小販也。五代和凝《疑獄集》卷三《崇龜集屠刀》（無出處）作「負販」。

〔三〕門樓　《疑獄集》、《折獄龜鑑》卷一《劉崇龜》（無出處）、《棠陰比事》卷下《崇龜認刀》（無出處）、《智囊補》作「高門」。

〔四〕此　原作「比」，據《四庫》本、《筆記小説大觀》本、《疑獄集》改。

〔五〕汰　《疑獄集》作「滑」。按：汰，滑也。《折獄龜鑑》作「洿」，義同「污」，連上讀。

〔六〕鮮血之氣　《疑獄集》作「逗血之聲」，《折獄龜鑑》作「脰血聲」，脰，頸項。

〔七〕血　《棠陰比事》作「蹤」。

〔八〕其　原作「某」，據黄校本、《四庫》本、《筆記小説大觀》本、《棠陰比事》改。《疑獄集》作「近」。

〔九〕圉室　《疑獄集》作「圓室」，「圓」當作「圜」。按：圜室、圉室義同，獄室也。

〔一〇〕設　《疑獄集》作「設會」，《棠陰比事》作「教」。按：設，宴飲。教，練兵，演武。

〔一一〕今日既已　《疑獄集》作「今日已晚」，《棠陰比事》作「已晚」。

殺妻者

聞諸耆舊云：昔有人，因他適回，見其妻爲姦盜所殺，但不見其首，支體具在。既悲且懼，遂告於妻族。妻族聞之，遂執婿而入官丞，行加誣云：「爾殺吾愛女。」獄吏嚴其鞭捶，莫得自明。洎不任其苦，乃自誣殺人，甘其一死。款案既成，皆以爲不繆。郡主委諸從事，從事疑而不斷，謂使君曰：「某濫塵幕席，誠宜竭節奉理。人命一死，不可再生。苟或悮舉典刑，豈能追悔也？必請緩而窮之。且爲夫之道〔一〕，孰忍殺妻？況義在齊眉，曷〔二〕能斷頸？縱有隙而害之，盍作脱禍之計也。或推病殞，或託暴亡，必不〔三〕存屍而棄首。其理甚明。」使君許其讞義〔四〕。

從事乃别開其第，權作狴牢，慎擇司存，移此繫者，細而劾之。仍給以酒食湯沐，以平人待之。鍵户棘垣，不使洩〔五〕於外。然後遍勘在城伍作行人，令各供通近來應與人家安厝墳墓多少去處文狀。既而一一〔六〕面詰之曰：「汝等與人家舉事，還有可疑者乎？」有一人曰：「某於一豪家舉事，只言殂〔七〕却一奶子。五更初〔八〕於牆上舁過凶器，其間極輕〔九〕，有〔一〇〕似無物。見瘞〔一一〕在某坊。」遽遣〔一二〕發之，果得一女首級。遂將首對屍，令繫〔一三〕者驗認，云：「非妻〔一四〕也。」遂收豪家鞫之，豪家伏辜而具款。乃是殺一奶子，函首而葬之，以屍易此良家之婦，私室蓄之。豪士〔一五〕乃全家棄市。吁！有以見燒猪伍辭察獄〔一六〕，得無慎乎！（中華書局版汪紹楹點校本《太平廣記》卷一七二《精察二》引《玉堂閑話》）

〔一〕道　《疑獄集》卷二《從事對屍》引《玉堂閑話》作「情」。

〔二〕曷　《疑獄集》作「必」。

〔三〕不　此字原脱，據《疑獄集》補。

〔四〕義　《四庫》本及《疑獄集》作「議」。義，通「議」。

〔五〕洩　原作「繫」，據《疑獄集》改。

〔六〕一一　原作「一」，據《疑獄集》、《棠陰比事》卷下《從事函首》引《玉堂閑話》補。

〔七〕只言殂　原作「共言殺」，據孫校本、《疑獄集》改。《棠陰比事》「殂」作「死」。

〔八〕五更初　此三字原無，據《疑獄集》補。《棠陰比事》作「五更時」。

〔九〕其間極輕　原作「中」，據《疑獄集》改。

〔一〇〕有　原作「甚」，據《疑獄集》改。

〔一一〕瘞　此字原無，據《疑獄集》、《棠陰比事》補。

〔一二〕遽遣　此二字原無，據《疑獄集》補。

〔一三〕繫　原作「訴」，據《疑獄集》改。

〔一四〕妻　此字原無，據《疑獄集》、《棠陰比事》補。

〔一五〕豪士　原譌作「豪土」，據明鈔本、《疑獄集》改。《四庫》本作「土豪」。

〔一六〕有以見燒猪伍辭察獄　「有以見燒猪」五字原無，據明鈔本、孫校本補。按：《疑獄集》卷一《張舉辨燒猪》：「張舉，吴人也，爲句章令。有妻殺夫，因放火燒舍，乃詐稱火燒夫死。夫家疑之，詣官訴妻，妻拒而不承。舉乃取猪二口，一殺之，一活之，乃積薪燒之。察殺者口中無灰，活者口中有灰。因驗夫口中果無灰，以此鞫之，妻乃伏罪。」《折獄龜鑑》卷六《張舉》、《棠陰比事》卷上《張舉猪灰》亦載。

葛周

梁葛侍中周〔一〕鎮兖日，嘗遊從池〔二〕亭。公有廳頭甲者，年壯未婚〔三〕，有神彩，善騎射，膽力出人。偶因白事，葛公召入。時諸姬妾並侍左右，内有一愛姬，乃國色〔四〕也，專寵得意，常在公側。甲窺見愛姬，目之不已。葛公有所顧問，至于再三，甲方流眄於殊色，竟忘其對答，公但俛首而已。既罷，公微哂之。或有告甲者，甲方懼，但云神思迷惑，亦不記〔五〕憶公所處分事。數日之間，慮有不測之罪。公知其憂甚，彌〔六〕以温顔接之。

未幾，有詔命公出征，拒唐師於河上。時與敵決戰，交鋒數日〔七〕，敵軍堅陣不動。日暮，軍士飢渴，殆無人色。公乃召甲謂之曰：「汝能陷此陣否？」甲曰：「諾。」即攬轡超乘，與數十騎馳赴敵軍，斬首數十級。大軍繼之〔八〕，唐師大敗。及葛公凱旋，乃謂愛姬曰：「甲〔九〕立戰功，宜有酬賞，以汝妻之。」愛姬泣涕辭命。公勉之曰：「爲人之妻，可〔一〇〕不愈於爲人之妾耶？」令具飾資粧，其直數千緡。召甲告之曰：「汝立功於河上，吾知汝未婚，今以某妻，兼署列職，此女即所目者〔一一〕也。」甲固稱死罪，不敢承命。公堅與之，乃受。

噫！古有絶纓盜馬之臣，豈逾〔一一〕於此！葛公爲梁名將，威名著於敵中。河北諺曰「山東一條葛，無事莫撩撥」云。（中華書局版汪紹楹點校本《太平廣記》卷一七七《器量二》引《玉堂閑話》）

〔一〕葛侍中周　《四庫》本「周」作「從周」。按：新舊《唐書》、新舊《五代史》、《册府元龜》、《資治通鑑》等皆作葛從周，而《廣記》其他各本及《太平通載》卷二九引《太平廣記》皆作「周」。本書《葛氏婦》云「葛周鎮兖部署」，亦作葛周，或爲俗稱也，今姑仍其舊。

〔二〕池　原作「此」，據《太平通載》卷二九引《太平廣記》改。

〔三〕婚　原作「壻」，據孫校本、《太平通載》改。按：作「壻」亦通，謂作夫婿也。

〔四〕色　《太平通載》作「容」。

〔五〕記　原作「計」，通「記」，據明鈔本、孫校本、《四庫》本及《太平通載》改。

〔六〕彌　此字原無，據孫校本、《太平通載》補。彌，愈也，更也。

〔七〕日　《太平通載》作「十」。

〔八〕之　《太平通載》作「至」。

〔九〕甲　原作「大」，據《太平通載》改。

〔一〇〕可　《太平通載》作「亦」。

〔一一〕者　此字原無，據明鈔本、孫校本、《太平通載》補。

〔一二〕逾　《太平通載》作「愈」。

按：《南部新書》癸卷云：「葛從周有殊功，鎮青社，人語曰：『山東一條葛，無事莫撩撥。』」青社指青州。據《舊五代史》卷一六《梁書·葛從周傳》及《册府元龜》卷三四六《將帥部·佐命》，葛爲兗州節度使。《全唐詩》卷八七七輯入河北諺。《古今小説》卷六《葛令公生遺弄珠兒》演此。《情史》卷四情俠類《葛周》採入此事。

鄭昌圖

廣明年中，鳳翔副使鄭侍郎昌圖未及第前，嘗自任以廣度弘襟，不拘小節，出入遊處，悉恣情焉。洎至輿論喧然，且欲罷舉。其時，同里有親表家僕，自宋亳莊上至，告其主人云：「昨過洛京，於穀水店邊，逢見二黄衣使人西來，某遂與同行。至華嶽廟前，二黄衣使與某告别，相揖於店後面，謂某曰：『君家郎君應進士舉無？』僕曰：『我郎主官已高，諸郎君見修學次。』又問曰：『莫親戚家兒郎應無？』曰：『有。』使人曰：『吾二人乃是今年送牓之使也。自泰山來到金天處，押署其牓，子幸相遇。』僕遂請竊窺其牓，使者曰：『不可，汝但記之。』遂畫其地曰：『此年狀頭姓，偏傍有「阝」，名兩字，下一字在「口」中。牓尾之人姓，偏傍亦有此「阝」，名兩字，下一字亦在「口」中。記之記之。』遂去。」鄭公親表頗異其事，遂訪岐副〔一〕具話之，且〔二〕勉以就試。昌圖其年狀頭及第，牓尾鄒希回也。姓名畫點皆同。（中華書局版汪紹楹點校本《太平廣記》卷一八三《貢舉六》引《玉堂閑話》）

〔一〕岐副　《四庫》本改作「鄭」。按：岐副即鳳翔節度副使。按：鳳翔即岐州，後又改鳳翔郡、鳳翔府。肅宗上元元年（七六〇）置鳳翔節度使。

〔二〕且　點校本譌作「具」，據談本改。

按：據清徐松《登科記考》卷二三，鄭昌圖狀元及第在唐懿宗咸通十三年（八七二）。

楊玄同

唐天祐年，河中進士楊玄同，老於名場。是歲頗亦彷徨，未涯兆朕，宜〔一〕祈吉夢。

以卜前途。是夕，夢龍飛天，乃六足。及見牓，乃名第六。則知固有前定矣。（中華書局版汪紹楹點校本《太平廣記》卷一八四《貢舉七》引《玉堂閑話》）

〔一〕宜　明鈔本作「且」。《永樂大典》卷一三一三九《夢龍飛天》引《玉堂閑話》作「宜」。

按：楊玄同及第在唐哀帝天祐四年（九〇七），見《登科記考》卷二五。

范質

禮部貢院凡有牓出，書以淡墨。或曰名第者陰注陽受，淡墨書者，若鬼神之跡耳。此名鬼書也。范質云：「未見故實，塗説之言，未敢爲是。嘗記未應舉日，有登第者相告云〔一〕：『舉子將策名，必有異夢。』今聊記憶三數夢，載之於此。高輦應舉，夢雷電晦冥，有一小龍子在前，吐出一石子，輦得之。占者曰：『雷電晦冥，變化之象，一石十科也，將來科第，其十數矣。』及將放牓，有一吏持主文帖子至。問小吏姓名，則曰姓龍。詢其名第高卑，則曰第十人。又郭俊〔二〕應舉時，夢見一老僧屐〔三〕於卧榻上，蹣跚而行。

既寤，甚惡之。占者曰：『老僧上座也，著屐於卧榻上行，屐高也，君其巍峩矣。』及見榜，乃狀元也。王汀應舉時，至滑州旅店，夢射王慎微〔四〕，一箭而中。及將放牓，或告曰：『君名第甚卑。』汀答曰：『苟成名，當爲第六人。』及見牓，果如所言。或者問之，則告以夢。王慎微則前年第六人及第，今射而中之，故知亦此科第也。質於癸巳年應舉，考試畢場，自以孤平〔五〕初舉，不敢決望成名。然憂悶如醉，晝寢於逆旅。忽有所夢，寐未吪間，有九經蔣之才相訪。即驚起而坐，且告以夢，夢被人以朱筆於頭上亂點，已牽一胡孫，如驢許大。蔣即以夢占之曰：『君將來必捷，兼是第三人矣。』因問其說，即曰：『亂點頭者，再三得也。朱者，事分明也。胡孫大者爲猿。筭法圓三徑一，故知三數也。』及放榜，即第十三人也。」（中華書局版汪紹楹點校本《太平廣記》卷一八四《貢舉七》引《玉堂閑話》）

〔一〕云　此字原無，據明鈔本、孫校本補。

〔二〕郭俊　「俊」明鈔本作「朘」。孫校本作「晙」。

〔三〕屐　孫校本作「履」，下同。按：屐，木板鞋，底有二齒，故下文云「屐高也」。此處屐指穿屐而行。

〔四〕王慎微　「微」原作「徵」，據明鈔本、孫校本改，下同。按：《淮南子·人間訓》：「聖人敬小慎微，動不失時。」其名本此。

〔五〕孤平　明鈔本作「幼年」，誤。按：孤平謂出身寒微。北宋范仲淹《范文正集》卷一六《讓樞密直學士右諫議大夫表》：「伏蒙皇帝陛下采自孤平，擢于侍從。」《宋史》卷二四九《范質傳》載，范質（九一一—九六四）後唐長興四年（九三三）進士，時已二十三歲，

按：《廣記》原題《高輦》，此條聞於范質，且質言己科第得夢事，故改作《范質》。高輦、王汀及第年失考，郭俊後唐天成三年（九二八）狀元，范質長興四年（九三三）進士及第第十三人。見《登科記考》卷二五，作郭晙。

張濬

張相濬富於權略，素不知兵。昭宗朝，親統扈駕六師往討太原。遂至失律，陷其副帥侍郎孫揆。尋謀班師，路由平陽，平陽即蒲之屬郡也。牧守姓張，即蒲帥王珂之大校。珂變詐難測，復慮軍旅經過，落其詭計。濬乃先數程而行，泊於平陽之傳舍。六軍相次，由陰地關而進。濬深忌晉牧，復不敢除之。張於一舍郊迎。既駐郵亭，濬令張使

君升廳。茶酒設食畢，復命茶酒，不令暫起，仍留晚食。食訖，已晡時，又不令起，即更茶數甌。至張燈，乃許辭去。自旦及暮，不交一言。口中咀少物，遥觀一如交談之狀。珂性多疑，動有警察。時偵事者尋已密報之，云敕史與相國密話竟夕。珂果疑，召張問之曰：「相國與爾自旦至暮所話何？」對云：「並不交言。」王殊不信，謂其不誠，戮之。六師乃假途歸京，了無纖慮。

後判邦計，諸路各致紈綺之類，並不受之。乃命專人面付之，曰：「爾述吾意，以此物改充軍行所費之物。」鍋幕布槽啖馬藥，土産所共之物，咸請備之。」於是諸藩鎮欣然奉之，以至軍行十萬，所要無闕，皆心匠之所規畫。梁祖忌之，潛令刺客殺之於長水莊上。（中華書局版汪紹楹點校本《太平廣記》卷一九〇《將帥二》引《玉堂閑話》）

按：《舊唐書》卷一七九《張濬傳》載：「上疏乞致仕，授左僕射致仕。乃還洛陽，居於長水縣别墅。濬雖退居山墅，朝廷或有得失。必章疏上言。德王廢立之際，濬致書諸藩，請圖匡復。王師範青州起兵，欲取濬爲謀主。事雖不果，其迹頗泄。朱全忠將圖篡代，懼濬搆亂四方，不欲顯誅，密諷張全義令圖之。乃令牙將楊麟，率健卒五十人，有如劫盗，圍其墅而殺之。天復三年十二月晦夜也。」《新唐書》卷一八五《張濬傳》：「劉季述亂，濬徒步入洛，泣諭張全義，并致書諸藩，請謀王室之難。王師範起兵青州，欲取濬爲謀主，不克。全忠脅帝東遷，濬聞曰：『乘輿卜洛，則大事去矣。』蓋知其將篡也。全忠畏濬構它鎮兵，使全義遣牙將如盜者，夜圍墅殺之，屠其家百餘人。實天復二年十二月。」《新唐書》卷一〇《昭宗紀》則云天復三年十二月「朱全忠殺尚書左僕射致仕張濬」。

村婦

昭宗爲梁主劫遷之後，岐、鳳諸州，各蓄甲兵甚衆，恣其劫掠以自給。成州有僻遠村墅，巨有積貨，主將遣二十餘騎夜掠〔一〕之。既倉卒至，罔敢支吾，其丈夫並囚縛之，罄搜其貨，囊而貯之。然後烹豕犬，遣其婦女羞饌，恣其飲噉。其家嘗收莨菪子，其婦女多取之熬搗，一如辣末。置於食味中，然後飲以濁醪。於時藥作，竟於腰下拔劍掘地曰：「馬入地下去也。」或欲入火投淵，顛而後仆。於是婦女解去良人執縛，徐取騎士劍，一一斷其頸而瘞之。其馬使人逐官路，箠而遣之，罔有知者。後地土改易，方洩其事。（中華書局版汪紹楹點校本《太平廣記》卷一九〇《雜譎智》引《玉堂閑話》）

〔一〕掠　明鈔本、孫校本作「剽」。

費鐵觜

丁丑歲，蜀師戍於固鎮。有巨師〔一〕曰費鐵觜者，本於緑林部下將率〔二〕。其人也，多使人行劫而納其貨。一日，遣都將領人攻河池縣。有王宰者，失其名。少壯而勇，只與僕隸十數輩止于公署。群盜夜至，宰啓扉而俟之。格鬭數刻，宰中鏃甚困。賊將踰其閾，小僕持短槍，靠扉而立，連中三四魁首，皆應刃而仆，腸胃在地焉。群盜於是舁屍而遁。他日，鐵觜又劫村莊。纔合夜，群盜至村，或排闥而入者，或四面壞壁而入。民家燈火尚熒煌，丈夫悉遁去，唯一婦人以杓揮釜湯潑之，一二十輩無及〔三〕措手，爲害者皆狼狽而奔散。婦人但秉杓據釜，略無所損濩。旬月後，鐵觜部内數人，有面如瘡癩者，費終身耻之。（中華書局版汪紹楹點校本《太平廣記》卷一九二《驍勇二》引《玉堂閑話》）

〔一〕師　《四庫》本作「帥」。師，通「帥」。

〔二〕率　原作「卒」。據明鈔本改。率，同「帥」。

〔三〕及　此字原無，據明鈔本、孫校本補。

按：《廣記》原題《王宰》，今改作《費鐵觜》。丁丑歲乃前蜀王建天漢元年（九一七）。河池縣在固鎮（今甘肅徽縣）西北，屬鳳州。

費鐵觜自緑林而爲前蜀帥。北宋范鎮《東齋記事·補遺》載：「故老能道蜀時事，云：天兵伐蜀，蜀主大懼，合廷臣謀所以拒天兵者，費鐵觜越班而對。衆謂鐵觜不獨有口才，兼有膽勇。諦聽之，乃云：『是臣則斷定不敢。』於是衆笑而退。」北宋太祖乾德二年（九六四）十一月出兵伐後蜀，次年正月蜀王孟昶降。是則王蜀亡後，費鐵觜復仕於孟蜀也。

段成式

段〔一〕成式多禽荒，其父文昌嘗患之。復以年長，不加面斥其過，而請從事言之。幕客遂同詣學院，具述丞相之旨，亦唯唯遜謝而已。翊日，復獵于郊原，鷹犬倍多。既而諸從事各送兔一雙，其書中徵引典故，無一事重疊者。從事輩愕然，多莫曉其故實。於是齊詣文昌，各以書示之，文昌方知其子藝文該贍。山簡云：「吾年四十，不爲家〔二〕

所知。」頗亦類此。（中華書局版汪紹楹點校本《太平廣記》卷一九七《博物》引《玉堂閑話》）

〔一〕段　此字《廣記》承前省去，今補。

〔二〕家　《四庫》本作「家公」。按：《晉書》卷四三《山簡傳》：「簡字季倫，性温雅，有父風。年二十餘，濤（山濤，簡父）不之知也。簡歎曰：『吾年幾三十，而不爲家公所知。』」《四庫》本據此而補「公」字。

按：段成式，傳附《舊唐書》卷一六七《段文昌傳》及《新唐書》卷八九《段志玄傳》。《酉陽雜俎》作者。穆宗長慶元年（八二一），文昌授西川節度使、同中書門下平章事，成式隨侍。

江陵息壤

江陵南門之外，甕門〔一〕之内，東垣下有小瓦堂室一所，高三尺〔二〕許，具體而微。詢其州人，曰：「此息壤也。」鞠〔三〕其由，曰：「數百年前，此州忽爲洪濤所漫〔四〕，未没者三二版。州帥惶懼，不知所爲。忽有人白之曰：『州之郊墅間，有一書生博讀甚廣，才智出人，請召詢之。』及召問之，曰〔五〕：『此是息壤之地，在于南門。僕嘗讀《息壤記》云：

「禹湮洪水，茲有海眼，泛之無恒。禹乃鐫石，造龍之宮室，寘〔六〕于穴中，以塞其水脈。」後聞版築此城，毁其舊制，是以有此懷襄之患。請掘而求之。』果於東垣之下，掘數尺，得石宮室，皆已毁損。荆帥於是重葺，以厚壤〔七〕培之，其洪水乃絶。今於其上又起屋宇，誌其處所。」旋以《息壤記》驗之，不謬。（中華書局版汪紹楹點校本《太平廣記》卷一九七《博物》引《玉堂閑話》）

〔一〕甕門　「甕」原作「雍」，當譌，據《錦繡萬花谷》前集卷六《荆南·息壤》引《玉堂閑話》改。甕門，甕城（又稱月城）之門。

〔二〕三尺　原無「三」字，據《萬花谷》補。

〔三〕鞠　《四庫》本作「詢」。

〔四〕漫　《萬花谷》作「没」。

〔五〕曰　此字原無，據《萬花谷》補。

〔六〕寘　明鈔本、孫校本作「實」。

〔七〕厚壤　《萬花谷》作「息壤」。

按：《廣記》原題《江陵書生》，今改《江陵息壤》。江陵息壤事，蘇軾《東坡先生詩集註》卷四

《息壤詩引》、南宋羅泌《路史餘論》卷一〇《息壤》及羅苹注、張世南《遊宦紀聞》卷六、元闕名《東南紀聞》、明陳士元《江漢叢談》卷一《息壤》、徐應秋《玉芝堂談薈》卷二四《江陵息壤》等皆有記。參見中華書局版增訂本《唐五代志怪傳奇叙録・冥洪録》。

陳琡

陳琡，鴻之子也。鴻與白傅傳《長恨詞》，文格極高，蓋良史也。咸通中，佐廉使郭常侍銓之幕于徐，性尤耿介，非其人不與之交。同院有小計姓武，亦元衡相國之後，蓋汾陽之坦牀也。乃心不平之，遂挈家居于茅山，與妻子隔山而居，短褐束縧，焚香習禪而已。或一年半載，與妻子略相面焉。在職之時，唯流溝寺長老與之款接，亦具短褐相見。自述《檀經》三卷，今在《藏》中。臨行，留一章與其僧云：「行若獨輪車，常畏大道〔一〕覆。止若圓底器，常恐他物觸。行止既如此，安得不離俗。」乾符中，弟璉復佐薛能幕于徐，自丹陽棹小舟至于彭門，與弟相見。薛公重其爲人，延請入城，遂堅拒之曰：「某已有誓，不踐公門矣。」薛乃攜舟造之〔二〕，話道永日，不宿而去。其志尚之介僻也如此。（中華書局版汪紹楹點校本《太平廣記》卷二〇二《高逸》引《玉堂閑話》）

〔一〕道　《類説》卷五四《玉堂閑話·陳淑(琡)詩》作「路」。

〔二〕攜舟造之　「攜」明鈔本、《永樂大典》卷一五〇七五《耿介》引《太平廣記·玉堂閑話》、《唐詩紀事》卷六六《陳琡》、《天中記》卷四〇《離俗》引《玉堂》作「移」。「造」《大典》、《唐詩紀事》、《天中記》作「赴」。

按:《全唐詩》卷五九七輯入陳琡詩,題《別僧》,注「一作《留別蘭若僧》」。

索索之兆

晉都洛下,丙申年春,翰林學士王仁裕夜直,聞禁中蒲牢每發聲,如叩項腦之間。其鐘忽撞作索索之聲,有如破裂。如是者旬餘。每與同職默議,罔知其何兆焉。其年中春,晉帝果幸於梁汴,石渠金馬,移在雪宫〔一〕,迄今十三年矣。索索之兆,信而有徵。

(中華書局版汪紹楹點校本《太平廣記》卷二〇三《樂一》引《玉堂閑話》)

〔一〕雪宫　北宋陳暘《樂書》卷一三三《樂論圖·華鐘》注(無出處)作「别宫」。按:《孟子·梁惠王下》:「齊宣王見孟子於雪宫。」東漢趙岐注:「雪宫,離宫之名也。宫中有苑囿臺池之飾,禽獸之饒。」此代指離宫。

按：《廣記》原題《王仁裕》，今改作《索索之兆》。丙申年乃後唐清泰三年（九三六），王仁裕時爲翰林學士，未稱「迄今十三年矣」，後漢乾祐元年（九四八）。文中所稱晉帝乃石敬瑭，此年中春（二月）尚未稱帝，十一月方稱帝於太原，建元天福，率兵入洛，唐亡。然觀《舊五代史·高祖紀》，清泰元年五月石敬瑭授太原節度使、北京留守。二年夏屯軍忻州，三年五月移授鄆州節度使，並無入汴之事。是故「其年中春」非指清泰三年。晉高祖天福二年四月入汴州，改稱東京。「晉帝果幸於梁汴」，當即天福二年之事。所謂洛陽宮禁蒲牢（鐘）作破裂之聲，正爲移都之兆。然則「迄今十三年」，乃指乾祐二年。

折柳亭

後唐清泰之初，王仁裕從事梁苑，時范公延光師之。春正月，郊野尚寒，引諸幕寮，餞朝客于折柳亭〔一〕。樂作〔二〕於羽，而響鐵獨有宫聲。洎將摻執，竟〔三〕不諧和。王獨訝之，私謂戎判李大夫式〔四〕、管記唐員外獻曰：「今日必有譸張之事，蓋樂音不和。今諸音舉羽，而獨扣金有宫聲。且羽爲水，宫爲土，水土相剋，得無憂乎？」于〔五〕時筵散，朝客西歸。范公引賓客，紲〔六〕鷹犬，獵于王婆店北。爲奔馬所墜，不救于荒陂，自辰巳

至午後，絶而復蘇。樂音先知，良可至〔七〕矣。（中華書局版汪紹楹點校本《太平廣記》卷二〇四《樂二》引《玉堂閑話》）

〔一〕折柳亭　《天中記》卷四二《宮聲剋羽》引《玉堂閑話》作「柳柳亭」，當誤。

〔二〕作　原作「則」，據明鈔本、孫校本及《天中記》、《玉芝堂談薈》卷八《聽音知吉凶》引《玉堂清（閑）話》改。

〔三〕竟　《天中記》作「意」。

〔四〕式　《天中記》作「巨」。

〔五〕于　《天中記》、《玉芝堂談薈》作「少」。

〔六〕繼　《天中記》作「約」。

〔七〕至　《四庫》本作「驗」，《筆記小説大觀》本作「信」。

按：《廣記》原題《王仁裕》，今別擬。首云「後唐清泰之初，王仁裕從事梁苑，時范公延光師之」。據《舊五代史》卷四七《唐末帝紀中》，清泰二年（九三五）二月，以樞密使、天雄軍節度使范延光充汴州節度使。《十國春秋》卷四四《前蜀・王仁裕傳》採入此事。

玉堂閑話卷四

厲歸真

唐末，江南有道士厲歸真者，不知何許人也。曾遊洪州信果觀，見三官殿内功德塑像，是玄宗時夾紵，製作甚妙。多被雀鴿糞穢其上〔一〕。歸真遂於殿壁畫一鷂〔二〕，筆跡奇絶。自此雀鴿無復栖止此殿。其畫至今尚存。歸真尤能畫折竹、野鵲。後有人傳〔三〕，歸真於羅浮山上昇。（中華書局版汪紹楹點校本《太平廣記》卷二一三《畫四》引《玉堂閒話》，按畫字譌，《四庫》本、《筆記小説大觀》本作《玉堂閑話》）

〔一〕是玄宗時夾紵，製作甚妙。多被雀鴿糞穢其上　南宋陳葆光《三洞群仙録》卷一三《厲畫一鷂》引《高道傳》作「乃明皇詔以夾紵，製作甚妙。然主者不甚嚴護，常有雀鴿糞點汙」。《歷世真仙體道通鑑》卷四三《厲歸真》作「有明皇詔以夾紵，製作甚妙。然主者不甚嚴護，常多雀鴿糞穢點污」。

〔二〕鷂 《類説》卷五四《玉堂閑話·畫鷄》作「鷄」。

〔三〕傳 《群仙録》作「見」。

按：北宋郭若虛《圖畫見聞誌》卷二《紀藝上》、闕名《宣和畫譜》卷一四《畜獸二·寫犬圖》亦載厲歸真事跡，中採入此事，甚簡。又五代王松年《仙苑編珠》卷下《歸真畫鵲》引《靈驗傳》載，所畫爲鵲，歸真於天祐三年中條山白日沖天，非羅浮山。南宋陳耆卿等《嘉定赤城志》卷三五《人物門四·道》亦載其於中條山飛昇事，乃在漢乾祐三年，作厲歸貞。

高駢

江淮州郡，火令最嚴，犯者無赦。蓋多竹屋，或不慎之，動則千百間立成煨燼。高駢鎮維揚之歲，有術士之家延火，燒數千户。主者録之，即付於法。臨刃，謂監刑者曰：「某之愆尤，一死何以塞責！然某有薄技，可以傳授一人，俾其救濟後人，死無所恨矣。」時駢延待方術之士，恒如飢渴。監刑者即緩之，馳白於駢。駢召入，親問之，曰：「某無他術，唯善醫大風。」駢曰：「何〔一〕以覈之？」對曰：「但於福田院選一最劇者，可以試之。」遂如言。乃置患者於隙室〔二〕中，飲以乳香酒數升，則懵然無知。以利刀〔三〕開其腦縫，挑出蟲可盈掬，長僅二寸，然〔四〕以膏藥封其瘡，别與藥服之，而更節其飲食動息之候。旬餘，瘡盡愈。纔一月，眉鬚已生，肌肉光净，如不患者。騈禮術士爲上客。

（中華書局版汪紹楹點校本《太平廣記》卷二一九《醫二》引《玉堂閑話》）

〔一〕何　原作「可」，據明鈔本及南宋周守忠《歷代名醫蒙求》卷下《術士挑蟲》引《玉堂閑話》、明江瓘《名醫類案》卷九《癘風》引《玉堂閑話》改。

〔二〕隙室　點校本據明鈔本改作「密室」。《名醫蒙求》、《名醫類案》作「隙室」。按：隙室，空閑之屋。今回改。

〔三〕刀　《四庫》本及《名醫蒙求》作「刃」。

〔四〕然　《四庫》本及《名醫類案》作「然後」。《名醫蒙求》作「然」。然，然後。

按： 高騈於唐僖宗乾符六年（八七九）冬進位檢校司徒、揚州大都督府長史、淮南節度副大使、知節度事。光啓三年（八八七）爲部將畢師鐸、秦彦囚殺。高騈在淮南，好神仙方術。《舊唐書》卷一八二、《新唐書》卷二二四下有傳。

田令孜

長安完盛日，有一家於西市賣飲子。用尋常〔一〕之藥，不過數味，亦不閑方脈，無問是何疾苦，百文售一服。千種之疾，入口而愈。常於寬宅中置大鍋鑊，日夜剉斫煎煮，給之不暇。人無遠近，皆來取之，門市駢羅，喧闐京國，至有齎金守門，五七日間，未獲給付者，獲利甚極〔二〕。時田令孜有疾，海内醫工召遍，至於國師待詔，了無其徵。忽有〔三〕親知白田曰：「西市飲子，何妨試之。」令孜曰：「可。」遂遣僕人馳乘往取之。僕人得藥，鞭馬而廻。將及近坊，馬蹶〔四〕而覆之。僕既懼其嚴難，不敢復去〔五〕，遂詣一染坊，丐得池脚一缾子，以給〔六〕其主。既服之，其病立愈。田亦只知病愈，不知藥之所來，遂償藥家甚厚。飲子之家，聲價轉高，此蓋福醫也。近年鄴都有張福醫者亦然，積貨甚廣，以此有名，爲蕃王挈歸塞外矣。（中華書局版汪紹楹點校本《太平廣記》卷二一九《醫二》引《玉堂閑話》）

〔一〕尋常　《歷代名醫蒙求》卷下《飲子有福》引《玉堂閑話》作「常常」。

〔二〕極　明鈔本作「溥」。溥，大也。

〔三〕有　原作「見」，據明鈔本及《名醫蒙求》改。

〔四〕蹶　《名醫蒙求》作「奔」。

〔五〕不敢復去　原作「不復取云」，據明鈔本及《名醫蒙求》改。

〔六〕給　點校本誤作「給」。據談本改。《名醫蒙求》作「給」。

按： 田令孜，《舊唐書》卷一八四《宦官》、《新唐書》卷二〇八《宦者下》有傳。

于遘

近朝中書舍人于遘，嘗中蠱毒，醫治無門。遂長告，漸〔一〕欲遠適尋醫。一日，策杖坐于中門之外，忽有釘鉸匠見之，問曰：「何苦而羸苶如是？」于即爲陳之。匠曰：「某亦曾中此，遇良工，爲某鈐出一蛇而愈。某亦傳得其術。」遘欣然，且祈〔二〕之。彼曰：「此細事耳。來早請勿食，某當至矣。」翊日果至，請遘於舍簷下，向明張口，執鈐俟之。及欲夾之，差跌而失。則又約以來日。經宿復至，定意伺之，一夾而中。其蛇已及二寸許，赤色，麤如釵股矣。遽命火焚之，邁遂愈。復累除官，至紫微而卒。其匠亦不受贈遺，但云：「某有誓救人。」唯引數觴而别。（中華書局版汪紹楹點校本《太平廣記》卷二一九《醫二》引《玉堂閑話》）

〔一〕漸　明鈔本作「假」，連上讀。《歷代名醫蒙求》卷下《鉸匠鈐蛇》引《玉堂閑話》亦作「漸」。按：漸，不久。上句「長告」即謂告長假。劉禹錫《劉夢得文集》卷二二《同州舉蕭俶自代》：「時方被病，不果上道，長告已滿，塊然家居。」白居易《白氏長慶集》卷五四《百日假滿》：「長告初從百日滿，故鄉元約一年迴。」

〔二〕且祈　明鈔本作「祈訴」。

按：《舊五代史》卷七七《晉書·高祖紀三》：「（天福三年七月）虞部郎中、知制誥于邁改中書舍人。」

顔燧

京城及諸州郡闤闠中，有醫人能出蠱毒者，目前之驗甚多。人皆惑之，以爲一時幻術，膏肓之患，即不可去。郎中顔燧者，家有一女使抱此疾，常覺心肝有物唼食，痛苦不可忍。累年後瘦瘁，皮骨相連，脛如枯木。偶聞有善醫者，於市中聚衆甚多，看療此病。顔試召之，醫生見曰：「此是蛇蠱也，立可出之。」於是先令熾炭一二十斤，然後以藥〔一〕餌之。良久，醫工秉小鈐子於傍。于時覺咽喉間有物動者，死而復蘇。少頃，令開口，鈐出一蛇子，長五七寸，急投於熾炭中燔之。燔蛇屈曲，移時而成燼，其臭氣徹於親〔二〕鄰。自是疾平，永無齧心之苦耳。則知活燮起號〔三〕、肉徐甲之骨，信不虚矣。（中華書局版汪紹楹點校本《太平廣記》卷二一九《醫二》引《玉堂閑話》）

〔一〕藥　明鈔本作「末藥」。

〔二〕親　明鈔本作「近」。

〔三〕活燮起號　「燮」原譌作「變」。按：唐李翰撰注《古本蒙求》卷下《董奉活燮》注：「《神仙傳》：董奉字君異。時交州刺史杜燮遇毒死三日，奉以太一散和水，瀉燮口中，須臾即活。」據改。下條爲《扁鵲起號》，注引《史記》。

申光遜

近代曹州觀察判官申光遜，言本家桂林。有官人孫仲敖，寓居于桂，交廣人也。申往謁之，延於卧内，冠簪相見，曰：「非慵於巾櫛也，蓋患腦痛爾。」即命醇酒升餘，以辛辣物洎胡椒、乾薑等屑之〔一〕，僅半杯，以温酒調。又於枕函中取一黑漆筩，如今之笙項〔二〕，安於鼻竅，吸之至盡。方就枕，有汗出表，其疾立愈。蓋鼻飲蠻獠之類也。（中華書局版汪紹楹點校本《太平廣記》卷二二〇《醫三》引《玉堂閑話》）

〔一〕之　此字原無，據《歷代名醫蒙求》卷下《光遜吸酒》引《玉堂閑話》補。按：吸酒者乃孫仲敖，題「光遜吸酒」，誤，申光遜爲孫治病者也。

〔二〕項　《歷代名醫蒙求》作「傾」，當爲形譌。《名醫類案》卷六《首風》引《玉堂閑話》作「項」。

田承肇

王蜀將田承肇，常領騎軍戍于鳳翔。因引騎潛出，解鞍憩於林木之下。面前忽見方圓數尺静地中，有小樹子一莖，高數尺，並無柯葉，挺然而立，尤甚光滑。肇就之翫弄，以手上下摩娑。頃刻間，手指如中毒藥，苦不禁。於是鞭馬歸營，迨〔一〕至，臂膊已矗於桶。時有村嫗善禁，居在深山中，急使人召得，已將不救。嫗曰：「此是胎生七寸蛇戲處，噴毒在樹木間。捫著〔二〕樹枝，立合致卒。」肇曰：「是也。」急使人就彼斸之，果獲二蛇〔三〕，長六七寸，斃之。嫗遂禁勒，自膊間趁，漸漸下至于腕。又併趁入食指，盡食指一節，趁之不出，蹙成一毬子許肉丸。遂以利刀斷此一節，所患方除。其斷下一節，巨如一氣毬也。（中華書局版汪紹楹點校本《太平廣記》卷二二〇《醫三》引《玉堂閑話》）

〔一〕迨　此字原無，據《歷代名醫蒙求》卷上《村嫗禁毒》引《玉堂閑話》補。

〔二〕著　原作「者」，據《四庫》本及《名醫蒙求》改。

〔三〕蛇　《名醫蒙求》作「蛇子」。

程遜

晉太常卿程遜，足下有龜文。嘗招相者視之，相者告曰：「君終有沈溺之厄。」其後使於浙右，竟葬於海魚之腹。常讀〔一〕《李固傳》云，固足履龜紋，而位至三公，卒無水害。同事而異應也。（中華書局版汪紹楹點校本《太平廣記》卷二二三《相三》引《玉堂閑話》）

〔一〕讀　原作「謂」。據《天中記》卷四一《足下龜文》引《玉堂閑話》改。

按：《舊五代史》卷九六《晉書·程遜傳》：「程遜，字浮休，壽春人。召入翰林充學士，自兵部侍郎承旨授太常卿。天福三年秋，命使吴越。母羸老雙瞽，遜未嘗白執政以辭之。將行，母以手捫其面，號泣以送之。仲秋之夕，陰暝如晦，遜嘗爲詩曰：『幽室有時聞鴈叫，空庭無路見蟾光。』同僚見之，訝其詩語稍異。及使迴，遭風水而溺焉。」

真陽觀

新淦縣有真陽觀〔一〕者，即許真君弟子曾真人得道之所。其常住有莊田，頗爲邑民侵據。唐僖宗朝，南平王鍾傳據江西八州之地。時觀内因修元齋，忽有一香爐自天而下。其爐高三尺，下有一盤，盤内出蓮花一枝，花有十二葉，葉間隱出一物，即十二屬也。爐頂上有一僊人，戴遠遊之冠，着雲霞之衣，相儀端妙。左手揞頤，右手垂膝，坐一小磐石。石上有花竹流水松檜之狀，雕刊〔二〕奇怪，非人工所及也。其初降時，凡有邑民侵據本觀莊田，即蜚於田所，放大光明〔三〕。邑民驚懼，即以其田還觀，莫敢逗留。南平王聞其靈異，遣使取爐至江西供養。忽一夕失爐，尋之却至舊觀。道俗目之爲瑞爐。故丞相樂安公孫偓南遷，路經此觀，留題，末句云：「好是步虚明月夜，瑞爐蜚下醮壇前。」其瑞爐比如金色，輕重不定，尋常舉之，只可及六七斤。曾有一盜者竊之，雖數人亦不能舉，至今猶在本觀，而不能〔四〕復蜚矣。（中華書局版汪紹楹點校本《太平廣記》卷二三二《器玩四》引《玉堂閑話》）

〔一〕新淦縣有真陽觀　「新淦縣」原作「新浙縣」。按：唐無此縣，《四庫》本作「新淦縣」，是也。據改。新淦縣唐屬吉州，即今江西新幹市。「真」明鈔本作「貞」。

〔二〕刊　明鈔本作「鏤」。

〔三〕光明　明鈔本作「明火」。

〔四〕而不能　明鈔本作「則不」。

按：《仙苑編珠》卷下《曾亨骨秀》：「曾君名亨，字國興。孫登常指云：『此人骨秀，可學昇天。』遂事許君。至許君昇天日，從車駕與昇，舊宅爲真陽觀也。」《歷世眞仙體道通鑑》卷二七《曾亨》：「曾亨，字興國，泗水人，參之後也。少爲道士，天資明敏，博學多能，修三天師之教，逆知來物。名山列嶽，有路必通，妙訣靈符，無治不愈。神人孫登見之曰：『子骨秀神慧，砥礪精勤，必作霄外人矣。子勉之。』後隱居豫章之豐城間，許真君道譽，投謁門下，願侍巾几。真君雅器重之，神方祕訣，無不備傳。後驂龍車昇天。今豐城縣真陽觀，是其遺跡。」豐城縣屬洪州，即今江西豐城市。與新淦縣不同，傳聞異辭耳。

丞相孫偓詩二句，《全唐詩》卷六八八輯入。

陴湖漁者

徐、宿之界有陴湖，周數百里。兩州之莞、蒯、萑、葦，迨〔一〕芰、荷之類，賴以資之。唐天祐中，有漁者于網中獲鐵鏡，亦不甚澁，光猶可鑒，面濶〔二〕五六寸，携以歸家。忽有一僧及門，謂漁者曰：「君有異物，可相示乎？」答曰：「無之。」僧曰：「聞君獲鐵鏡，即其物也。」遂出之。僧曰：「君但却將往所得之處照之，看有何覩。」如其言而往照，見湖中無數甲兵。漁者大駭，復沉于水。僧亦失之。耆老相傳，湖本陴州淪陷所致。圖籍亦無載焉。

（中華書局版汪紹楹點校本《太平廣記》卷二三二《器玩四》，談本闕出處，明鈔本作《玉唐閒話》，唐字譌）

〔一〕迨　明鈔本作「逮」。迨、逮義同，及也。

〔二〕潤　明鈔本作「可」。

大安寺

唐懿宗用文理天下，海内晏清，多變服私游寺觀。民間有奸猾者，聞大安國寺有江淮進奏官寄吴綾千匹在院，於是暗集其群黨〔一〕，就内選一人肖上之狀者，衣上〔二〕私行之服。多以龍腦諸香薰裛，引二三〔三〕小僕，潛入寄綾之院。其時有丐者一二人至，假服者遺〔四〕之而去。逡巡，諸色丐求之人，接跡而至，給之不暇。假服者謂院僧曰：「院中有何物，可借之。」僧未諾間，小僕〔五〕擲眼向僧，僧驚駭曰：「櫃内有人寄綾千匹〔六〕，唯命是聽。」於是啓櫃，罄而給之。小僕謂僧曰：「來日早，于朝門相覓，可奉引入内，所酧不輕。」假服者遂跨衛而去。僧自是經日訪于内門，杳無所見。方知群丐並是奸人之黨焉。（中華書局版汪紹楹點校本《太平廣記》卷二三八《詭詐》引《玉堂閑話》）

〔一〕黨　此字原無，據明鈔本、孫校本及《太平廣記詳節》卷一八補。

〔二〕上　明鈔本、孫校本及《廣記詳節》作「帝」。

〔三〕二三　明鈔本、孫校本及《廣記詳節》作「一二」。

〔四〕遺　孫校本作「遣」。

〔五〕僕　明鈔本及《廣記詳節》作「邦」。下同。

〔六〕匹　明鈔本、孫校本及《廣記詳節》作「縑」。縑，匹也。唐以四丈爲一匹。

李延召

王蜀將王宗儔帥南梁日，聚糧屯師，日興工役，鑿山刊木，略不暫停。運粟泛舟，軍人告倦。岷峨之人酷好釋氏，軍中皆右執凶器，左秉佛書，誦習之聲，混于刁斗。時有健卒李延召，繼年役于三泉〔一〕黑水以來，採斫材木，力竭形枯，不任其事。遂設詐陳狀云：「近者得〔二〕見諸佛如來，乘輿跨象，出入巖崖之中，飛昇松栢〔三〕之上。」如是之報甚頻。「某雖在戎門，早歸釋教，以其課誦至誠，是有如此感應。今乞蠲兵籍，截足事佛，俾將來希證無上之果。」宗儔〔四〕判曰：「雖居兵籍，心〔五〕在佛門。修心於行伍之間，達理於幻泡之外。歸心而依釋〔六〕氏，截足以事空王。壯哉貔貅，何太猛利！大〔七〕願難阻，真誠可嘉。准狀付本軍，除落名氏〔八〕。」仍差虞候，監截一足訖，送真元寺收管灑掃。延召比欲矯妄免其役，及臨刃〔九〕斷足時，則怖懼益切〔一〇〕。於是遷延十餘日，哀號宛轉，避其鋒鉦。宗儔聞之大笑〔一一〕，而不罪焉。（中華書局版汪紹楹點校本《太平廣記》卷二三八《詭詐》引《玉堂閑話》）

〔一〕三泉　明鈔本作「山泉」，誤。按：《舊五代史》卷六三《前蜀世家·王衍》：「衍留王宗弼守緜谷，遣王宗勳、宗儼、宗昱率兵以拒唐師。宗勳等至三泉，望風退走。」三泉，縣名，屬興元府（梁州）。

〔二〕得　明鈔本、孫校本及《太平廣記詳節》卷一八作「時」。

〔三〕飛昇松栢　「飛昇」明鈔本、孫校本及《廣記詳節》作「或飛」。「栢」《廣記詳節》作「栝」。栝，檜也，又名圓栢。

〔四〕宗儔　明鈔本、孫校本及《廣記詳節》作「王公」。

〔五〕心　明鈔本及《廣記詳節》作「志」。

〔六〕釋　原作「佛」，據明鈔本、孫校本及《廣記詳節》改。

〔七〕大　《廣記詳節》作「至」。

〔八〕氏　明鈔本、孫校本及《廣記詳節》作「字」。

〔九〕刃　此字原無，據孫校本及《廣記詳節》補。

〔一〇〕益切　明鈔本、孫校本及《廣記詳節》作「愈多」。

〔一一〕宗儔聞之大笑　「宗儔聞之」明鈔本及《廣記詳節》作「宗憫之」。「大」《廣記詳節》作「竟」。

按：《十國春秋》卷三九《前蜀五·王宗儔傳》：「王宗儔，高祖養子也。……乾德三年，擢山南節度使，充西北面都招討行營安撫使。」山南節度使鎮興元府，即南梁（梁州）。

大優史胡趲

梁太祖入覲昭宗〔一〕，昭宗開宴，坐定，伶倫百戲在焉。俳優致詞〔二〕，先祝帝德，然後叙〔三〕元勳梁王之功業，曰：「我元勳梁王，真五百年間生之賢也〔四〕。」大優史〔五〕胡趲應曰：「酌然〔六〕如此，若一年生一箇〔七〕，教朝廷如何向〔八〕。」侍宴臣僚無不失色，梁太祖但笑〔九〕而已。昭宗不〔一〇〕懌，知〔一一〕無奈何。

趲又自好博奕，嘗獨跨〔一二〕一驢，往街西〔一三〕故人家棊，多早去晚歸，年歲之間，不曾暫輟。每到，未登席〔一四〕，主人必〔一五〕戒家童曰：「與都知於後院餵〔一六〕飼驢子。」趲甚感之。至〔一七〕夜則跨歸。一日，非時宣召，趲狼忙〔一八〕索驢。及牽前至，則鼓脇〔一九〕喘氣，通體汗流，乃正與主人拽磑耳。趲方知自來只〔二〇〕與其家拽磨。明早，復展步〔二一〕而至，主人亦〔二二〕曰：「與都知擡舉驢子。」瓚〔二三〕曰：「驢子今日偶來不得。」主人曰：「何也？」瓚曰：「只從昨日到貴宅〔二四〕，便患頭旋惡心，起止未得，且乞假將息。」主人亦暗哂之〔二六〕。以瓚之黠也如是〔二七〕，而不知其所乘，經年與人旋磑享利〔二八〕，自此亦數爲同人對御揶揄之〔二九〕。（中華書局版汪紹楹點校本《太平廣記》卷二五二《詼諧八》引《玉堂閑話》）

〔一〕梁太祖入覲昭宗　「梁」字原無，據明鈔本及《太平廣記詳節》卷二〇補。「宗」原譌作「宣」，據《廣記詳節》改。

〔二〕俳優致詞　原作「俳恒□□聖」，二闕字黄校本、《四庫》本、《筆記小説大觀》本補作「直頌」。「恒」明鈔本作「優」。此據《廣記詳節》改。

〔三〕叙　原作「説」，明鈔本作「贊」，據《廣記詳節》改。

〔四〕真五百年間生之賢也　「真」、「也」二字原無，據《廣記詳節》補。

〔五〕大優史　原作「九優太史」，據《廣記詳節》改。按：大優史指高級伶官。孫光憲《北夢瑣言》卷一〇：「復有一丞郎，馬上内逼，急詣一空宅，逕登溷軒，斯乃大優穆刀綾空屋也。」

〔六〕酌然　黄校本、《四庫》本、《筆記小説大觀》本作「灼然」，義同。

〔七〕若一年生一箇　原爲六闕字，據《廣記詳節》補。《四庫》本、《筆記小説大觀》本補作「四海之内共知」。

〔八〕教朝廷如何向　原作「固教朝廷如□向」，據《廣記詳節》補「何」字，《四庫》本、《筆記小説大觀》本補作「東」字。「固」字疑涉上句「箇」字而衍，據《廣記詳節》删。

〔九〕梁太祖但笑　談本上有一闕字，點校本無此字，黄校本、《四庫》本、《筆記小説大觀》本補作「獨」。《廣記詳節》無空闕。「笑」《廣記詳節》作「俛首」。

〔一〇〕不　《廣記詳節》譌作「太」。

〔一一〕知　原作「如」，據明鈔本及《廣記詳節》改。

〔一二〕嘗獨跨　《廣記詳節》「嘗」作「常」，無「獨」字。嘗，通「常」。

〔一三〕往街西　原作「日到」，據《廣記詳節》改。

〔一四〕未登席　原作「其家」，據《廣記詳節》改。

〔一五〕必　《廣記詳節》作「已」。

〔一六〕餵　《廣記詳節》作「飲」。

〔一七〕至　此字原無，據《廣記詳節》補。

〔一八〕狼忙　談本原作「猖忙」，點校本改「猖」爲「倉」，《四庫》本同。據《廣記詳節》改。狼忙，倉忙。

〔一九〕鼓脇　原作「覺」，據《廣記詳節》改。

〔二〇〕只　此字原無，據《廣記詳節》補。

〔二一〕屐步　「屐」原作「展」，據《廣記詳節》改。屐步，穿木屐步行。

〔二二〕亦　明鈔本作「又」。

〔二三〕趲　此字原無，據《廣記詳節》補。
〔二四〕到貴宅　原作「回宅」，據《廣記詳節》改。
〔二五〕假　《廣記詳節》作「暇」。
〔二六〕暗哂之　原作「大笑」，據《廣記詳節》改。暗哂，暗笑。
〔二七〕以趲之黠也如是　談本句首爲闕字，黄校本、《四庫》本、《筆記小説大觀》本補作「蓋」。
〔二八〕亨利　「亨」原作「享」，據明鈔本、黄校本、《四庫》本、《筆記小説大觀》本改。《廣記詳節》「亨利」作「耳」。
〔二九〕自此亦數爲同人對御揶揄之　「自此」二字原無，據《廣記詳節》補。「御」原譌作「銜」，據《廣記詳節》改。

按：《廣記》引《俳優人》凡四條，後三條均以「又」字相綰，本文爲末條。今擬題《大優史胡趲》。

不調子

有不調子，恒以滑稽爲事。輩流〔一〕間有慧黠過人，性識機警者，皆被誘而翫之。嘗與一秀士同舟，泛江湖中。將欲登路，同船客有驢瘦劣，尾仍偏，不調子堅勸秀士市之。秀士鄙其瘦劣，勉之曰：「此驢有異相，不同常等。」不得已，高價市之。既捨櫂登途，果尫弱，不堪乘跨，而苦尤之。不調曰：「勿悔，此不同他等。」其夕，忽值雪。不調曰：「得之矣。請貰酒三五盃，然後奉爲話其故事。」秀士又僶俛貰而飲之。及舉爵，言之曰：「君不聞杜荀鶴詩云『就船買得驢〔二〕偏美，踏雪沽來酒倍香』乎？請君買驢沽酒者，蓋爲杜詩有之，非無證據。」秀士被買〔三〕而翫之，殊不知覺，至是方悟〔四〕焉。（中華書局版汪紹楹點校本《太平廣記》卷二五二《詼諧八》引《玉堂閑話》）

〔一〕輩流　明鈔本作「流輩」，義同。

〔二〕驢　原作「魚」，據明鈔本、《筆記小説大觀》本及明許自昌《捧腹編》卷二引《玉堂閑話·就船買得驢偏美》改。黄校本、《四庫》本作「鱸」，誤。按：《全唐詩》卷六九二杜荀鶴《冬末同友人泛瀟湘》作「魚」，此爲不調子有意竄改。

〔三〕買　《四庫》本作「賣」，誤。

〔四〕悟　明鈔本作「悔」。

司馬都

前進士司馬都，居于青丘。嘗以錢二萬，託戎帥王師範下軍將市絲。經年，絲與金並爲所没。都因月旦趨府，謁王公。偶見此人，問之。其人貌狀〔一〕，魁偉鬍顋，兇頑發怒，欲自投于井。都徐曰：「何至如此！足下吒〔二〕一抱之髭鬚，色斯舉矣；望千尋之玉甃，井有人焉。」王公知之，斃軍將于枯木。（中華書局版汪紹楹點校本《太平廣記》卷二五二《詼諧八》引《玉堂閑話》）

〔一〕貌狀　明鈔本、孫校本無此二字。

〔二〕吒　明鈔本、孫校本作「托」，非是。吒，怒也。

按：《舊五代史》卷一三《梁書》、《新五代史》卷四二《雜傳》有《王師範傳》，唐末爲青州節度使。

李任爲賦

天成年，盧文進鎮鄧，因出城，賓從偕至。舍人韋吉亦被召，年老，無力控馭。既醉，馬逸，東西馳桑林之中，被横枝罥〔一〕挂巾冠，露秃而奔突。僕夫執捉〔二〕，則已墜矣。

舊患肺風，鼻上癮疹而黑，臥于道周。幕客無不笑者。從事令左司郎中李任、祠部員外任瑶，各占一韻而賦之。賦項〔三〕云：「當其廳子濳窺，衙官共看。諠呼於麥壠之裏，偃仆於桑林之畔。藍攙鼻孔，真同生鐵之椎；靦甸骷髏，宛是熟銅之鑵。」餘不記之。聞之者無不解頤。（中華書局版汪紹楹點校本《太平廣記》卷二五二《詼諧八》引《玉堂閑話》）

〔一〕 罥 原譌作「骨」，據黄校本、《四庫》本、《筆記小説大觀》本改。

〔二〕 捉 原作「從」，據明鈔本、孫校本改。

〔三〕 賦項 《四庫》本「項」作「略」。按：賦項，疑指賦之第二段，若律詩之頸聯也。

按： 盧文進，《舊五代史》卷九七《晉書》、《新五代史》卷四八《雜傳》有傳。明宗天成二年（九二四），授滑州節度使、檢校太尉。歲餘，移鎮鄧州，累加同平章事。

玉堂閑話卷五

陳癩子

唐營丘有豪民姓陳，藏鏹鉅萬。染大風〔一〕疾，衆目之爲陳癩子。自奉之道則不薄矣，然切諱「癩」字。家人妻孥或誤言者，則必遭怒〔二〕，或至笞箠。賓客或言所苦減退，則酒食延〔三〕待，優豐甚至。言增添，則白眼相顧耳。有遊客，心利所需，而不能禁其口，遂謁之。初謂曰：「足下之疾，近日尤減。」陳亦欣然，命酒饌延接，乃賚〔四〕五縑。客將起，又問之曰：「某疾果退否？」客曰：「此亦〔五〕添減病。」曰：「何謂也？」客曰：「添者，面上添肉㪍〔六〕漚子；減者，減却鼻孔也〔七〕。」長揖而去。數日不懌。

又每年五月，值生辰，頗有破費。召僧道，啓齋筵，伶倫百戲畢備。齋罷，伶倫贈錢數萬。時有顛者何岸高，尤敏捷〔八〕，既去，復入謂曰：「蒙君厚惠，感荷奚言。然某偶憶短李相公〔九〕詩，落句一聯，深叶〔一〇〕主人盛德也。」陳曰：「試誦之。」時陳君處于中堂，坐碧紗幃中，左右侍立，執輕箑白拂〔一一〕者數輩。伶倫曰：「詩云：『三十年來陳癩子，如今始得碧紗幃〔一二〕。』」遭大詬而去。（中華書局版汪紹楹點校本《太平廣記》卷二五七《嘲誚五》引《玉堂閑話》）

〔一〕風　明鈔本及《太平廣記詳節》卷二一《嗤鄙》無此字。

〔二〕則必遭怒　《廣記詳節》作「必恚怒」。

〔三〕延　《廣記詳節》作「筵」。

〔四〕賚　原作「賫」，據《廣記詳節》改。賚，賜也。

〔五〕亦　《廣記詳節》作「名」。

〔六〕勃　原作「渤」，據明鈔本、孫校本及《廣記詳節》改。勃，粉末。言癩如粉末狀。

〔七〕也　此字原無，據《廣記詳節》補。

〔八〕尤敏捷　原譌作「不敏見」，據《廣記詳節》改。

〔九〕短李相公　明鈔本、孫校本及《廣記詳節》「短李」下有「紳」字，《廣記詳節》無「相」字。按：《新唐書》卷一八一《李紳傳》：「爲人短小精悍，於詩最有名，時號短李。」

〔一〇〕叶　《廣記詳節》作「協」，義同。

〔一一〕輕箑白拂　「箑」《廣記詳節》作「翣」，義同，扇也。「拂」原譌作「笰」，據《廣記詳節》改，拂塵也。

〔一二〕幃　原作「幪」，據《廣記詳節》改。按：前文云坐碧紗幃中。幪，覆也。

按：《唐摭言》卷七《起自寒苦》：「王播少孤貧，常客揚州惠昭寺木蘭院，隨僧齋飡。諸僧厭怠，播至，已飯矣。後二紀，播自重位出鎮是邦，因訪舊遊向之題已皆碧紗幕其上。播繼以二絶句曰：『二十年前此院遊，木蘭花發院新修。而今再到經行處，樹老無花僧白頭。』『上堂已了各西東，慚愧闍黎飯後鐘。二十年來塵撲面，如今始得碧紗籠。』」（《太平廣記》卷一七九引《摭言》作「三十年」。）乃王播事。諸書記此事者甚多，未見有言李紳者。

徵君

唐肅宗之代，急於賢良，下詔搜山林草澤，有懷才抱德及匡時霸國〔一〕者，皆可爵而任之。有徵君自靈武衣草衣、躡〔二〕芒屩詣于國門，肅宗聞之大〔三〕喜曰：「果有賢士應募矣。」遂召對，訪時事得失，卒無一辭。但再三瞻望聖顔而奏曰：「微臣有所見，陛下知之乎？」對曰：「不知。」奏曰：「臣見陛下聖顔，瘦於在靈武時。」帝曰：「宵旰所勞，以至於是。」侍臣有匿笑不禁者。及退，更無他言。帝知其妄人也，恐閉將來賢路，僶俛〔四〕除授一邑宰。洎將寒食，京兆司逐縣率〔五〕杏仁，以備貢奉。宰〔六〕聞之，大爲不可，獨力抗之，遂詣闕請對。京兆司亦懼此徵君有〔七〕異見，將奈之何。及召對，奏曰：「陛下要寒食〔八〕節杏仁，今臣敲將來，烏〔九〕復進渾杏仁？」上哈而遣之〔一〇〕，竟不寘其罪。（中華書局版汪紹楹點校本《太平廣記》卷二六〇《嗤鄙三》引《玉堂閑話》）

〔一〕懷才抱德及匡時霸國　《太平廣記詳節》卷二一作「懷才抱器能安時霸國」。
〔二〕躡　《四庫》本及《廣記詳節》作「躍」。
〔三〕大　此字原無，據孫校本及《廣記詳節》補。
〔四〕僶俛　《廣記詳節》作「僶勉」，義同，勉强。
〔五〕率　點校本改作「索」，當據明鈔本。按：談本原作「率」，《廣記詳節》同。率，徵收。今回改。
〔六〕宰　此字原無，據明鈔本、孫校本及《廣記詳節》補。
〔七〕有　原作「必有」，據《廣記詳節》删「必」字。
〔八〕食　此字原無，據《廣記詳節》補。
〔九〕烏　《四庫》本、《廣記詳節》作「爲」。爲，豈也。
〔一〇〕哈而遣之　「哈」明鈔本、孫校本作「笑」，義同。「遣」《廣記詳節》作「見」，當誤。

崔育

唐昭宗代，前進士崔育，以中原亂離，客于邊上。亦士流之子，藝學蔑聞，輒事輕薄。刺郡者亦是朝寮，多勉而結納。每出入，常騎牛，戴竹笠，大如雨席，仍牛前遣撾角村童繩而挽之。所在城郭士女隨觀，謂之精怪。每謁州郡，騎牛就廳，牽而登陛。哈之者、怒之者相半。至則投刺，其名銜云：「極言正諫，撥觸時政。耽酒嗜肉，憐葱愛蒜。不得已而居山道士崔育。」州將縣宰，視之如土木，藩帥郡侯，奈之不可。後因封部亂，爲州民臠其肉，族其家，蓋輕薄之所致也。（中華書局版汪紹楹點校本《太平廣記》卷二六二《嗤鄙五》，闕出處，《太平廣記詳節》卷二一《嗤鄙》引《玉堂閑話》）

按：《廣記》多有闕文，《廣記詳節》不闕，據輯。陳、蒲輯本無。

胡令

奉先縣有令姓胡，忘其名。瀆貨斬食，僻好博奕。邑寄〔一〕張巡官，好尚既同，往來頗洽。每會棊，必自旦及暮。品格既停，略無厭倦。然宰君時入中門，少頃又來對棋。如是日日，早入晚歸，未嘗設食於張，不勝飢凍。潛知之，時入蓋自食而復出。及暮辭宰曰：「且去也，極是叨鐵。」胡唯唯而已。張去，胡忽思之曰：「此人相別云『極是叨鐵』，出何文譚？」急令追之。既至，問：「明公適云『極是叨鐵』，其義安在？」張復款坐，謂曰：「長官豈不知有叨鐵耶？」曰：「不知。」曰：「還見冶爐家，置一鐵䂎長杖乎？只此是。爐中猛火炎熾，鐵汁或未銷融，使此杖時時於爐中橦猛火了，却出來。移時又橦猛火了，却出來。只此是叨鐵也。」言訖而去。胡入室，話於妻子，再三思之，方知諷其每日自入，噇猛火了，却出來棋也。凡斬食倦客之士。時人多以此諷之。（中華書局版汪紹楹點校本《太平廣記》卷二六二《嗤鄙五》引《玉堂閑話》）

〔一〕邑寄　《筆記小説大觀》本及《太平廣記詳節》卷二一作「宰」。按：縣令（宰）爲胡，作「宰」誤。寄，寄寓。

郡牧

唐有膏粱子出刺，郡人迎候甚至。前任與之設交代之禮，儀無闕者。二禮生具頭冠禮衣，相其賓主，升降揖讓。而新牧巑岏踧踖，斂容低視，不敢正面對禮生。及禮畢，使人再三傳語，慰勞感謝，皆莫涯其意。翌日，於内閣從禮生從容，生極惶恐，罔知去就。既坐，嚬蹙低語曰：「賢尊安否？」禮生唯唯。又曰：「頃年嘗大事時，極煩賢尊心力。」生亦懵然。及罷，有親知細詢之，乃曰：「此禮生緣〔一〕方相子弟，昔曾使他家君，是以再三感謝。」且士流中亦有故爲輕薄者，亦有昧於菽麥〔二〕，不能分别者，信而有之。

（中華書局版汪紹楹點校本《太平廣記》卷二六二《嗤鄙五》引《玉堂閑話》）

〔一〕緣　《四庫》本作「像」。

〔二〕麥　原譌作「爽」，據黄校本、《四庫》本、《筆記小説大觀》本改。

張咸光

梁龍德年，有貧衣冠張咸光，遊丐無度。於梁、宋之間，復有劉月明者，與咸光相類。常懷匕筯〔一〕，每遊貴門，即遭虐戲。方飧則奪其匕筯，則袖中出而用之。梁駙馬温積諫議，權判開封府事。咸光忽遍詣豪門告别，問其所詣，則曰：「往投温諫議也。」問有何紹介而往，答曰：「頃年大承記録，此行必厚遇也。大諫嘗製碣山灊龍宫上梁文云：『饅頭似椀，胡餅如籠。暢殺劉月明主簿，喜殺張咸光秀才。』以此知必承顧盻。」聞者絶倒。（中華書局版汪紹楹點校本《太平廣記》卷二六二《嗤鄙五》引《玉堂閑話》）

〔一〕筯 原作「著」，據《四庫》本、《筆記小説大觀》本及《捧腹編》卷二引《玉堂閑話·暢殺喜殺》、馮夢龍《古今譚概》儇弄部第二十二《張咸光》引《玉堂閑話》改。下同。筯，筷子。

道流

□□□□□任興元節判，離秦州鄉地。未及歲年，忽有來尋師者，齎親表施州刺史劉緘封，衣紫而來，兼言往洋州求索。詢其行止，云：「某忝竊鄉關之分，元[一]於秦州西昇觀入道多年。」遂沉吟思之，當離鄉日，觀中無此道流，深感其命服所求。其人亦忿忿而過。旬月間，自洋源廻，薄有所獲，告辭之意，亦甚揮遽。遂設計延佇，拂榻止之。夜静，沃以醴醪數甌，然後徐詢之曰：「尊師身邊紫綬，自何而得？宜以直誠相告。」對曰：「此是先和尚命服，傳而衣之，乃是廣修寺著紫僧弟子。師既殂，乃舍空門，投西昇觀入道，便以紫衣而服之。」自謂傳得本師衣鉢，豈有道士竊衣先和尚紫衣？未之前聞。

（中華書局版汪紹楹點校本《太平廣記》卷二六二《嗤鄙五》引《玉堂閑話》）

〔一〕元　點校本誤作「先」，據談本回改。

按：首所闕五字，必有「王仁裕」三字，而任裕原文當作「余」字之類。仁裕前蜀乾德三年

（九二一）爲興元節度使王宗儔判官。

市馬

洛中有大寮，世籍膏粱，不分牝牡。偶市一馬，都莫知其妍媸。爲駔儈所欺曰：「此馬不唯馴良，齒及二十餘歲，合直兩馬之資。況行不動塵，可謂馴良之甚也。」遂多金以市之。儈既倍獲利，臨去又曰：「此馬兼有榅桲牙出也。」於是大喜。詰旦乘出，如鵞鴨之行。及至家，矜衒曰：「此馬不唯馴熟，兼饒得果子牙兩所。」復召儈，別贈二十。

（中華書局版汪紹楹點校本《太平廣記》卷二六二《嗤鄙五》引《玉堂閑話》）

朝士使朔方

□□□跳索百戲俱呈。使臣觀之如不見，□意其不足爲歡笑□□別非□胡騰使臣仰視拓拔，又斜眄胡騰，遂歛衽恭□□□位視有若慙□□之貌。逡巡舞罷，趨而前謝曰：「已蒙相公排置宴筵，百戲娱樂，更不合〔一〕煩賢郎□□歌舞，頗□□□。」再三辭謝。蓋見拓拔中有〔二〕與胡騰鼻相類，乃呼作賢郎，以此輕薄之。（中華書局版汪紹楹點校本《太平廣記》卷二六六《輕薄二》引《玉堂閑話》）

〔一〕合　原作「令」，據明鈔本、孫校本改。

〔二〕有　明鈔本、孫校本作「岳」。

輕薄士流

唐朝有輕薄士流，出刺一郡。郡人集其歌樂百戲以迓之，至有吞刀吐火〔一〕，吹竹按絲，走圓〔二〕跳索，歌喉舞腰，殊似不見。州人曰：「我使君清峻，無以悦之。」相顧憂戚。忽一日，盛夏登樓，遽令命樂。郡人喜曰：「使君非不好樂也。」及至樓下，遂令色色引上。其絃匏戛擊之類迭進，皆叱去不用。有吹笙者末後至，喜曰：「我比只要此一色。」問：「此一物何名？」曰：「名笙。」「可吹之。」樂工甚有德〔三〕色。方欲調弄，數聲，遽止之曰：「不要動指，只一直吹之。」樂工亦稟之。遂令臨檻長吹，自午及申。乃呼左右：「可賜與酒。」令退。曰：「吾誰要曲調，只藉爾喚風耳。」復一日入山，召樂人。比至，怒目叱之曰：「只要長脚女人。」樂部忙然退出，不知其所以。遂遣六七婦人，約束長脚，鼓笛而入。乃顧諸婦升大樹，各持籠子，令摘樹果。其輩薄徒事〔四〕，如此者甚多。（中華書局版汪紹楹點校本《太平廣記》卷二六六《輕薄二》引，闕出處）

〔一〕火　原作「刀」，據明鈔本、孫校本、《四庫》本改。

〔二〕走圓　明鈔本、孫校本「圓」作「丸」。按：走圓即走丸。南宋李流謙《澹齋集》卷一《賦龍居山人墨戲賦》：「如走圓於峻坂，如決水於平地。」陳造《江湖長翁集》卷五《次韻梁教章宰喜雪》：「晶熒盤走圓，便旋玉爲屑。」《四庫》本作「走圈」，誤。

〔三〕德　明鈔本、孫校本作「得」。

〔四〕其輩薄徒事　《四庫》本作「其輕薄從事」。按：輩，類也。

按：《廣記》闕出處。《紺珠集》卷一二《玉堂閑話·笙喚風》、《類説》卷五四《玉堂閑話·吹笙喚風》即此事，文云：「有輕薄子，令樂工吹笙，曰：『不須度曲，要汝喚風耳。』」

崔祕

天成二年，潘環以軍功授棣牧。素無賓客，或有人薦崔祕者，博陵之士子也。舉止閑雅〔一〕，詞翰亦工。潘一見甚喜，上館以待之。經宿不復往，潘訪之不獲，既而辟一書生乃往。後薦主見而詰之，崔曰：「潘公雖勤厚，鼻柱之左有瘡，膿血常流，每被薰灼，腥穢難可堪，目之爲自死漢也〔二〕。」薦主大哈。崔之不顧名實而爲輕薄也。蓋潘常中流矢于面，骨銜其鏃，故負重傷。醫療至經年，其鏃自出，其瘡成漏，終身不痊。（中華書局版汪紹楹點校本《太平廣記》卷二六六《輕薄二》引《玉堂閑話》）

〔一〕閑雅　明鈔本、孫校本作「淹雅」。

〔二〕腥穢難可堪，目之爲自死漢也　黄校本、《四庫》本、《筆記小説大觀》本作「腥穢難堪，可目之爲自死漢也」。按：點校本「自」字作「白」，檢談本原刻本當以「自」爲是，今改。

按：《舊五代史》卷九四《晉書・潘環傳》：「天成初，授棣州刺史。」

趙思綰

賊臣趙思綰，自倡亂至敗，凡食人肝六十六。無非面剖而膾之，至食欲盡，猶宛轉叫呼。而戮者人亦一二萬。嗟乎！倘非名將〔一〕仗皇威而剿之，則孰能剪滅黔黎之猰貐！（中華書局版汪紹楹點校本《太平廣記》卷二六九《酷暴三》引《玉堂閑話》）

〔一〕將 原作「所」，據《太平廣記詳節》卷二二改。《四庫》本作「帥」。

按： 據《舊五代史》卷一〇九《漢書·趙思綰傳》，趙倡亂至敗在漢乾祐元年（九四八）三月至二年夏。本傳載，趙思綰據永興叛，「經年糧盡，遂殺人充食。思綰嘗對衆取人膽，以酒吞之。告衆曰：『吞此至一千，即膽氣無敵矣。』」

安重進

有安重進〔一〕者，即故雲州帥重霸季弟〔二〕，河東人也，性凶險。莊宗潛龍時，爲小校，常佩劍列於翊衛。忽一日拔而玩之，謂人曰：「此劍也，可以刜鍾切玉，孰敢當吾鋒鋩？」旁有一人曰：「此又是何利器，妄此誇譚？假使吾引頸承之，安能快斷乎？」重進曰：「真能引頸乎？」此人以爲戲言，乃引頸而前，遂一揮而斷。旁人皆驚散。重進攜劍，日夜南馳，投于梁主。梁主壯之，俾隸淮〔三〕之鎮戍。有掌庾吏，進謂曰：「古人謂洞其七札爲能，吾之銛鏃，可徹其十札矣，爾輩安知之？」吏輕之曰：「使我開襟俟之，能徹吾腹乎？」安曰：「試敢開襟否？」吏即開其襟，重進一發而殪之，利鏃逕〔四〕過，植于墻上。安蓄一犬一婢，遂挈〔五〕而南奔。晝則伏于蘆荻中〔六〕，夜則望星斗而竄。又時看眼中神光，光多處爲利方，光少處爲不利。既能伏氣〔七〕，遂絶粒。經時抵江湖間，左挈婢，右攜犬，而輒〔八〕浮渡，殊無所損。淮帥得之，擢爲裨將，賜與甚豐。

時兄重霸事蜀，亦爲列校，聞弟在吴，乃告王。蜀主〔九〕嘉其意，發一介以請之。迨至蜀，亦爲主將。後領兵戍于天水營長道縣，重霸爲招討馬步使，駐于秦亭縣。民有愛子，託之于安，命之曰廳子。重進適往户外，廳子偶經行於寢之前，安疑之，大怒，遂腰斬而投于井。其家號訴於霸，傳送招討使王公，至于南梁，王公不忍加害，表救活之。及〔一〇〕憾其元昆，又欲害其家族，兄家閉户防之〔一一〕。蜀破，重進東歸，明宗補爲諸州馬步軍都指揮使。後有過，鞭背卒。（中華書局版汪紹楹點校本《太平廣記》卷二六九《酷暴三》引

《玉堂閑話》)

〔一〕安重進　原作「安道進」。按：《舊五代史》卷六一《唐書・安重霸傳》附《安重進傳》注：「重進，原作道進，今從《册府元龜》改正。」（影庫本粘籤）《册府元龜》卷九四一《殘虐》：「安重進者，雲州節度重霸之弟也。性尤凶惡，事莊宗，以試劍殺人，奔淮南。初重霸在蜀，聞之蜀主，取之於吴，用爲裨將，隨重霸爲龍武小將，戍長道。又以殺人奔歸雒陽。」兄名重霸，則作重進是也。今改，下同。

〔二〕故雲州帥重霸季弟　《太平廣記詳節》卷二三「故」作「古」，誤。按：《舊五代史》卷六一《唐書・安重霸傳》：「安重霸，雲州人也。……清泰初，移授西京留守、京兆尹。……其年冬，改雲州節度。居無何，以病求代。時家寄上黨，及歸而卒。」

〔三〕淮　《廣記詳節》無此字。

〔四〕逕　《廣記詳節》作「勁」。

〔五〕挈　原作「掣」，據《四庫》本、《廣記詳節》改。

〔六〕伏于蘆荻中　「伏」原譌作「從」，據《廣記詳節》改。「蘆」原作「盧」，據《四庫》本、《廣記詳節》改。

〔七〕既能伏氣　「既」《筆記小説大觀》本作「方」。「伏」《四庫》本作「服」。按：伏氣，道教吐納修煉之術。《敦煌曲子詞集》上卷《謁金門》其一：「長伏氣，住在蓬萊山裏。」啓功、孫貫文校：「『伏』應作『服』。」非也。《悟真篇注疏》卷中宋翁葆光注：「夫真服氣者，先伏而後服氣也。經曰：『伏氣不服氣，服氣須伏氣，服氣不長生，長生須伏氣。』是也。」

〔八〕輒　原譌作「輙」，據《四庫》本、《筆記小説大觀》本、《廣記詳節》改。

〔九〕蜀主　下原有「王」字，據《廣記詳節》删。

〔一〇〕及　《四庫》本改作「反」。

〔一一〕閉户防之　原譌作「閑卜户防之」，據《廣記詳節》改。《四庫》本改「卜」爲「小」，妄也。

鄒僕妻

梁末龍德壬午歲，襄州都軍務鄒景温移職于徐，亦綰都軍之務。有勁僕，失其姓名。自恃拳勇，獨與妻策驢以戒路〔一〕。至宋州東芒碭澤，素多賊盜，行旅或孤，則鮮有獲免者。其日，與妻偕憩于陂之半雙柳樹下，大吒曰：「聞此素多豪客，豈無一人與吾曹決勝負乎？」言粗畢，有五六盜自叢薄間躍出。一夫自後雙手交抱，搏而仆之，其徒遽扼其喉，抽短刃以斷之。斯僕隨身兵刃，略無所施，蓋掩其不備也。唯妻在側，殊無惶駭，但矯而大呼曰：「快哉！今日方雪吾之恥也。吾比良家之子，遭其俘掠，以致於此。孰謂無神明也？」賊謂誠至而不殺，與行李並二驢驅以南邁。近五六十里，至亳之北界，達孤莊南而息焉。莊之門有器甲，蓋近戍巡警之卒也。其婦遂徑入村人之中堂，盗亦謂其謀食，不疑也。乃泣拜其總首，且告其夫適遭屠戮之狀。總首聞之，潛召其徒，俱時執縛，唯一盜得逸。械送亳城，咸棄於市。其婦則返襄陽，壞削〔二〕爲尼，誓終焉之志。（中華書局版汪紹楹點校本《太平廣記》卷二七〇《婦人一》引《玉堂閑話》）

〔一〕戒路　「戒」字原無，據《太平廣記詳節》卷二二補。戒路，上路。

〔二〕壞削　「壞」原作「還」，當譌，據《廣記詳節》改。壞削，謂削髮。

按：梁龍德壬午歲，乃末帝朱友貞龍德二年（九二二）。

歌者婦

南中有大帥，世襲爵位，然頗恣横。有善歌者，與其夫自北而至，頗有容色。帥聞而召之，每入，輒與其夫偕至，更唱迭和，曲有餘態〔一〕。帥欲私之，婦拒而不許。帥密遣人害其夫，而置婦于别室，多其珠翠，以悦其意。逾年往詣之，婦亦欣然接待，情甚婉孌。及〔二〕就榻，婦忽出白刃於袖中，擒帥而欲刺之。帥掣肘而逸，婦逐之。適有二奴居前，闔其扉，由是獲免。旋遣人執之，已自斷其頸〔三〕矣。（中華書局版汪紹楹點校本《太平廣記》卷二七〇《婦人一》引《玉堂閑話》）

〔一〕態　《太平廣記詳節》卷二二作「研」，乃「妍」字之譌。南宋皇都風月主人《緑牕新話》卷下《歌者婦拒姦斷頸》（無出處）、明梅鼎祚《青泥蓮花記》卷四《記節一·歌者婦》引《太平廣記》、《情史》卷一情貞類《歌者婦》（無出處）作「態」。

〔二〕及　《緑牕新話》作「乃」。

〔三〕頸　《廣記詳節》作「項」，《緑牕新話》作「頭」。

河池婦人

梁祖攻圍岐隴之年，引兵至于鳳翔。秦師〔一〕李茂貞，遣戎校李繼朗統衆救之。至則大捷，生降七千餘人。及旋軍，於河池縣掠獲一少婦，甚有顏色。繼朗悦之，寢處於兵幕之下。西邁十五餘程，每欲逼之，即云：「我姑嚴夫妬，請以死代之。」戎師怒，脅之以威，終莫能屈。師笑而憫之，竟不能犯，使人送還其家。（中華書局版汪紹楹點校本《太平

廣記》卷二七一《婦人二・賢婦》引《玉堂閑話》)

〔一〕師　《四庫》本作「帥」，下同。師，通「帥」。

按： 李茂貞，《舊五代史》卷一三二《世襲列傳》有傳。傳載：「天復元年(九〇一)……十一月……辛相崔裔召梁祖引四鎮之兵屯岐下，重溝複壘圍守。」所云「梁祖攻圍岐隴」，蓋指此。後梁開平元年(九〇七)，岐王李茂貞之姪李繼崇爲天雄軍節度使、秦州刺史，辟王仁裕爲判官。河池婦人事當聞於此時。

賀氏

兖州有民家婦，姓賀氏，里人謂之織女〔一〕。父母以農爲業，其丈夫則負擔販賣，往來于〔二〕郡。賀初爲婦，未浹旬，其夫出外〔三〕。每出，數年方至，至則數日復出。其所獲利，蓄别婦於他所，不以一錢濟家〔四〕。賀知之，每夫還，欣然奉事，未嘗形於顔色。夫慙愧不自得，更非理毆駡之〔五〕，婦亦不之酬對。其姑已老且病，凜〔六〕餒切骨，婦傭織以資之，所得傭直，盡歸其姑，己則寒餒〔七〕。姑又不慈，日有淩虐，婦益加恭敬〔八〕，下氣怡聲，以悦其意，終無怨歎〔九〕。夫嘗挈所愛〔一〇〕至家，賀以女弟呼之〔一一〕，略無愠色。賀爲婦二十餘年，其夫無半年在家〔一二〕，而能勤力奉養，始終無怨，可謂賢孝矣。（中華書局版汪紹楹點校本《太平廣記》卷二七一《婦人二・賢婦》引《玉堂閑話》）

〔一〕織女　南宋李元綱《厚德録》（《百川學海》本）卷二引范資《玉堂閑話》作「賀織女」。

〔二〕于　《厚德録》作「州」。

〔三〕出外　《厚德録》下有「經求」二字。

〔四〕其所獲利，蓄别婦於他所，不以一錢濟家　《厚德録》作「不聞一錢濟其母，給其妻，家貧無賴，閭巷呼爲不孝之子。所得錐刀之利，别於他處供給小妻」。按：《厚德録》文句不同，疑其所增改，下同。

〔五〕欣然奉事，未嘗形於顔色。夫慙愧不自得，更非理毆駡之　《厚德録》作「但以欣然承事，飲食澣濯，必盡其力，未嘗微露風彩，言及小妻，及干以衣食。其夫自以有所慚負，則必非理毆駡之」。

〔六〕凜　黄校本、《四庫》本、《筆記小説大觀》本及《厚德録》、明黄學海《筠齋漫録》續集卷下引《玉堂閑話》作「凍」。

〔七〕己則寒餒　《厚德録》作「己則寒不營衣，饑不飽食」。

〔八〕敬　孫校本及《説郛》卷九四《厚德録》作「謹」。《百川學海》本《厚德録》作「謙」。

〔九〕終無怨歎　《厚德録》作「雖閨室無人之所亦無怨歎」。

〔一〇〕所愛　《厚德録》作「小妻」。

〔一一〕賀以女弟呼之　《厚德録》下有「慇勤待之」四字。

〔一二〕其夫無半年在家　《厚德録》作「其夫在家前後無半載」。

按：《厚德録》注出范資《玉堂閑話》(《百川學海》本、《稗海》本)，《説郛》本(卷九四)作范質，作「資」誤。以《玉堂閑話》爲范質作，非是，説詳本書《前言》。

玉堂閑話卷六

秦騎將

秦騎將石某者，甚有戰功。其妻悍〔一〕且妬，石常患之。後其妻獨處，乃夜遣人刺之。妻手接其刃，號叫求救〔二〕，婢妾共擊賊，遂折鐔而去，竟不能害。婦十指皆傷。後數年，秦亡入蜀，蜀遣石將兵，屯于褒梁。復於軍中募俠士，就家刺之。褒、蜀相去數千里，俠士於是挾刃，懷家書，至其門曰：「褒中信至，令面見夫人。」夫人喜出見，俠拜而授其書。捧接之際，揮刃斫之。妻有一女躍出，舉手接刃，相持久之，竟不能害。外人聞而救之，其〔三〕女十指並傷。後十年蜀亡，歸秦邦〔四〕，竟與其夫偕老，死於牖下。（中華書局版汪紹楹點校本《太平廣記》卷二七二《婦人三·妬婦》引《玉堂閑話》）

〔一〕悍 《太平廣記詳節》卷二三作「狠」。

〔二〕號叫求救　原作「號救叫喊」，據明鈔本、孫校本及《廣記詳節》改。

〔三〕其　此字原無，據《廣記詳節》補。

〔四〕秦邦　孫校本及《廣記詳節》無「邦」字。按：秦邦即秦州。

李季蘭

李季蘭〔一〕，以女子有才名。初五六歲時〔二〕，其父抱於庭，作詩詠薔薇，其末句云：「經時未〔三〕架却，心緒亂縱横。」父恚〔四〕曰：「此女子將來富有文章，然必爲失行婦人矣。」竟如其言。（中華書局版汪紹楹點校本《太平廣記》卷二七三《婦人四附妓女》引《玉堂閑話》）

〔一〕李季蘭　點校本「季」作「秀」。《類説》卷五四《玉堂閑話·薔薇詩》、《永樂大典》卷五八三九《幼女詠花》引《玉堂閑話》，又唐高仲武《中興間氣集》卷下、《唐詩紀事》卷七八、元辛文房《唐才子傳》卷二及《豔異編》卷二七妓女部二並作「季」，據改。

〔二〕初五六歲時　《類説》作「年六歲」，《唐才子傳》作「始年六歲時」。

〔三〕未　《類説》、《唐才子傳》作「不」。

〔四〕恚　《大典》作「患」。

按：《唐才子傳》卷八記李季蘭事跡，採入本條所記。季蘭名冶，以字行，峽中人，女道士。與陸羽、皎然、劉長卿有交往。

晉少主

開運甲辰歲暮冬，晉帝遣中使至内署，宣問諸學士云：「朕昨夜夢一玉盤，中有一玉碗〔一〕，及一玉帶，皆有碾文，光熒可愛。是何徵也，宜即奏來。」承旨李慎儀與同僚併表奏賀，以爲玉者帝王之寶也，帶者有誓功之兆，盤盂者乃守器之象，爲吉夢，不敢有他占。（中華書局版汪紹楹點校本《太平廣記》卷二七八《夢三·夢休徵下》引《玉堂閑話》）

〔一〕碗　明鈔本及明陳士元《夢占逸旨》卷五外篇《財貨篇》引《玉堂閑語》、何棟如《夢林玄解》卷二一《夢占·珍玩部·珠玉》（無出處）作「枕」。張鳳翼《夢占類考》卷六《珍寶部·玉盤碗帶》（無出處）作「碗」。

按：晉開運甲辰歲爲元年（九四四），少主即出帝石重貴，在位五年。開運三年十二月契丹滅晉，明年（天福元年）正月，少帝一行被虜北行，乾祐二年（九四九）二月到建州。

吕君第

殿中少監袁繼謙，爲兖州推官。東鄰即牢城都校〔一〕吕君之第。吕以其第卑湫，命卒削子城下土以培之。削之既多，遂及城身稍薄矣。袁忽夢乘馬，自子城東門樓上，有人達意：「請推官登樓。」自稱子城使也。與袁揖讓，乃謂袁曰：「吕君修私第，而削子城之土，此極不可，推官盍言之乎？」袁曰：「某雖忝賓僚，不相統攝。」又曰：「推官既不言，某自處置。」不一年，吕公被軍寨中追之，有過禁繫，久而停職。其宅今屬袁氏，張沆嘗借居之。（中華書局版汪紹楹點校本《太平廣記》卷二八一《夢六·鬼神下》引《玉堂閑話》）

〔一〕校　明鈔本作「知」。

按：《廣記》原題《袁繼謙》，後亦有二條題同，今擬改《吕君第》。

潘某

晉右司員外郎邵元休嘗説：河陽進奏官潘某，爲人忠信明達，邵與之善。嘗因從容話及幽冥，且〔一〕惑其真僞，仍相要云：「異日吾兩人有先物故者，當告以地下事，使生者無惑焉。」後邵與潘别數歲，忽夢至一處，稍前進，見東序下帟幙鮮華，乃延客之所。有數客，潘亦與焉。其間一人若大僚，衣冠雄毅，居客之右。邵即前揖，大僚延邵坐。觀見潘亦在下坐，頗有恭謹之色。邵因啓大僚：「公舊識潘某耶？」大僚唯而已。斯須命茶，應聲已在諸客之前，則不見有人送至者。茶器甚偉，邵將啜之，潘即目邵，映身摇手，止邵勿啜。邵達其旨，乃止。大僚復命酒，亦應聲而至諸客之前，亦不見執器者，罇斝古樣而偉。大僚揖客而飲，邵將飲之，潘復映身摇手而止之，邵亦不敢飲。大僚又命〔二〕食，即有大餅餤下於諸客之前，馨香酷烈。將食，潘又止邵。有頃，潘目邵，令去。邵即告辭，潘白大僚曰：「某與邵故人，今欲送出。」大僚頷而許之。二人俱出公署，因言及頃年相邀幽冥之事。邵即問曰：「地下如何？」潘曰：「幽冥之事，固不可誣，大率如人世，但冥冥漠漠愁人耳。」言竟，邵辭而去。及寤，因訪潘之存殁，始知潘已卒矣。

（中華書局版汪紹楹點校本《太平廣記》卷二八一《夢六·鬼神下》引《玉堂閑話》）

〔一〕且　黄校本、《四庫》本、《筆記小説大觀》本作「具」。

〔二〕命　此字原無，據明鈔本補。

按：《廣記》原題《邵元休》，卷三五三亦有《邵元休》，爲避重復，今改《潘某》。

目老叟爲小兒

長安完盛之時，有一道術人，稱得丹砂之妙〔一〕，顔如弱冠，自言三百餘歲。京都人甚慕之，至于輸貨求丹，横經請益者，門如市肆。時有朝士數人造其第，飲啜方酣，有閽者報曰：「郎君從莊上來，欲參覲。」道士作色叱之。坐客聞之，或曰：「賢郎遠來，何妨一見。」道士顰蹙移時，乃曰：「但令入來。」俄見一老叟，鬢髮如銀，昏耄傴僂，趨前而拜。拜訖，叱入中門。徐謂坐客曰：「小兒愚騃，不肯服食丹砂，以至于是。都未及百歲，枯槁如斯。常已斥于村墅間耳。」坐客愈更神之。後有人私詰道者親知，乃云傴僂

者即其父也。好道術者受其誑惑，如欺〔二〕嬰孩矣。（中華書局版汪紹楹點校本《太平廣記》卷二八九《妖妄二》引《玉堂閑話》）

〔一〕妙　明鈔本作「力」。

〔二〕欺　《四庫》本作「斯」。

狄仁傑祠

魏州南郭狄仁傑廟，即生祠堂也。天后朝，仁傑爲魏州刺史，有善政，吏民爲之立生祠。及入朝，魏之士女，每至月首，皆詣祠奠醊。仁傑方朝，是日亦有醉色。天后素知仁傑初不飲酒，詰之，具以事對。天后使驗問，乃信。莊宗觀霸〔一〕河朔，嘗有人醉宿廟廊之下，夜分即醒，見有人於堂陛下罄折咨事。堂中有人問之，對曰：「奉符於魏州索萬人。」堂中語曰：「此州虚耗，災禍頻仍，移於他處〔二〕。」此人曰：「諾，請往白之。」遂去。少頃復至，則曰：「已移命於鎮州矣。」語竟不見。是歲，莊宗分兵討鎮州，至於攻下，兩軍所殺甚衆焉。（中華書局版汪紹楹點校本《太平廣記》卷三一三《神二十三》引《玉堂閑話》）

〔一〕霸　《四庫》本作「兵」。

〔二〕移於他處　孫校本前有「愿」字。

按：《太平寰宇記》卷五四《魏州・魏縣》：「狄仁傑祠，在縣東南四里，爲魏州刺史，百姓爲立祠。」《舊五代史》卷二九《莊宗紀三》載，天祐十八年（九二一）二月，鎮州大將軍張文禮殺趙王王鎔。八月晉王李存勗發兵討之，十一月克趙州。

葛氏婦

兖之東鈔里泗水上有亭[一]，亭下有天齊王祠，中有三郎君祠[二]神者。巫云天齊王之愛子，其神甚靈異。相傳岱宗之下，樵童牧豎，或有逢羽獵者，騎從華麗，有如侯王，即此神也。魯人畏敬，過於天齊。朱梁時，葛周鎮兖部署[三]，嘗舉家婦女遊於泗亭，遂至神祠。周有子十二郎者，其婦美容止，拜於三郎君前，熟視而退。俄而病心痛，踣地悶絶久之。舉族大悖，即禱神，有頃乃瘳。自是神情失常，夢寐恍惚，嘗與神遇。其家懼，送婦往東京以避之。未幾，其神亦至，謂婦曰：「吾尋汝久矣，今復相遇。」其後信宿輒來。每神將至，婦則先伸欠呵嚏，謂侍者曰：「彼已至矣。」即起入帷中。侍者屬耳伺之，則聞私竊語笑，逡巡方去，率以爲常。其夫畏神，竟不敢與婦同宿。久之婦卒。（中華書局版汪紹楹點校本《太平廣記》卷三一三《神二十三》引《玉堂閑話》）

〔一〕東鈔里泗水上有亭　孫校本作「兖之東三數里有」。

〔二〕祠　孫校本無此字。

〔三〕部署　孫校本無「署」字。

按：《舊唐書》卷八《玄宗紀上》載：開元十三年（七九五）十一月封泰山神爲天齊王。

龐式

唐長興三年，進士龐式肄業于嵩陽觀之側，臨水結庵以居。一日晨，往前村未返，庵内唯薛生，東郡人也。少年純慤〔一〕，師事於式。晨興，就澗水盥漱畢，見庵之東南林内有五人，皆星冠霞帔，或縫掖之衣，衣各一色。神彩俊拔，語音清響，目光射人，香聞十餘步。薛生驚異，遍〔二〕拜之。問薛曰：「爾何人？」生具以對。又問：「爾能隨吾去否？」薛辭以父母年老，期之異日。又曰：「爾既不去，吾當書爾之背誌之。」遂令肉袒，唯覺其背上如風之吹。書畢，却入林中，並失其處。斯須龐式至，具述，且示之背。見朱書字一行，字體雜以篆籀，唯兩字稍若官體貴人字，餘皆不别。薛生又以手捫之，數字挈破，色鮮如血。數日，香尚不銷。後龐式登第，除樂鄉縣令，爲叛帥安從進所殺。薛氏子尋歸滑臺，殂於家。（中華書局版汪紹楹點校本《太平廣記》卷三一三《神二十三》引《玉堂閑話》）

〔一〕慤　明鈔本作「樸」。慤，樸實。

〔二〕遍　孫校本作「趨」。

按：《錦繡萬花谷》後集卷二七、《古今合璧事類備要》前集卷五一引《北夢瑣言》：「後唐清泰中，進士龐式於嵩陽觀聚課。有薛學士者，因上山採樵次，見道士五人，曳輕羅羽帔，身長大，欲攜此子同去。薛辭之，乃褫其袗，背上朱篆一行八字，道士乘虚而去。薛歸觀，話其事。無有識其篆者。」（按：今本無，《廣記》亦未引。）與此屬同一傳聞。

僕射陂

乙未歲，契丹據河朔，晉師拒于澶淵。天下騷然，疲於戰伐。翰林學士王仁裕，奉使馮翊，路由于鄭。過僕射陂，見州民及軍營婦女，填咽於道路，皆執錯彩小旗子，插於陂中，不知其數。詢其居人，皆曰：「鄭人比家夢李衛公云：『請多〔一〕造旗幡，置於陂中。我見集得無數兵，爲中原剪除戎寇。所乏者，旌旗耳。』是以家别獻此幡幟。」初未之信，以爲妖言。果旬月之間，擊敗胡虜。及使迴過其陂，使僕者下路，訪于草際，存者尚多。（中華書局版汪紹楹點校本《太平廣記》卷三一四《神二十四》引《玉堂閑話》）

〔一〕多　明鈔本作「各」。

按： 乙未歲乃後唐清泰二（九三五），疑「晉」乃「唐」之誤。仁裕受范延光薦，是年以司封員外郎、知制誥充翰林學士。

劉皞

漢宗正卿劉皞，忽夢一人手執文簿，殆似冥吏，意其知人命禄，乃詰之，仍希閲已將來窮達。吏曰：「作齊王判官，後爲司徒宗正卿。」皞自以朝籍已高，不樂却爲王府官職。夢覺，歷歷記之，亦言於親友。後銜命使吴越，路由鄆州，忽於公館染疾。恍惚意其曾夢爲齊王判官，恐是太山神天齊王也。乃令親侍就廟陳所夢，炷香擲筊〔一〕以質之，一擲果應。宗卿以家事未了，更將明懇神祈。俟過海廻，得以從命。頻擲不允，俄卒於郵亭。（中華書局版汪紹楹點校本《太平廣記》卷三一四《神二十四》引，談本闕出處，明鈔本、孫校本作《玉堂閑話》，《四庫》本作《搜神記》，誤）

〔一〕筊　原作「茭」，據明鈔本、孫校本、《四庫》本、《筆記小説大觀》本改。筊，用以占卜。

按：《舊五代史》卷一三一《周書·劉皞傳》載：

清泰初，入爲起居郎，改駕部員外郎，兼侍御史知雜事，移河南少尹、兵部郎中，轉太府卿。漢祖受命，用爲宗正卿。周初，改衛尉卿。廣順元年（九五一）冬十月，稅居於東京。夜夢鬼詫之曰：「公於我塚上安牀，深不奉益。」皞問鬼姓氏，曰李丕文。皞曰：「君言殊誤，都城内豈可塚耶？」曰：「塚本在野，張十八郎展城時圍入。」忽寤。又半月，復夢前鬼曰：「公不相信，屈觀吾舍可乎？」即以手掊地，豁然見華第，花木叢萃，房廊雕焕，立皞於西廡。久之，見一團火如電，前來漸近，即前鬼也。引皞深入，出其拏，泣拜如有所託。皞問丕文鬼事，曰：「冥司各有部屬，外不知也。」皞曰：「余官何至？」再三不對。苦訊之，曰：「齊王判官。」皞曰：「張令公爲齊王，去世久矣。今鄆州高令公爲齊王，余方爲列卿，豈復爲賓佐乎？」鬼曰：「不知也。」皞既寤，欲掘而視之。既而又告同僚曰：「鬼雖見訴，其如吾稅舍何？」乃止。廣順二年春，朝廷以皞爲高麗册使。三月，至鄆。節度使高行周以皞嗜酒，留連累日，旦夕沉醉。其月二十三日，晨興櫛髮，狀如醉寐。男泳視之，已卒矣，時年六十一。

崔練師

晉州女道士崔練師，忘其名，莫知所造〔一〕何道。置輜車一乘，傭而自給。或立小小陰功，人亦不覺。一旦，車於路輾殺一小兒，其父母訴官，追攝駕車之夫，械之，欲以其牛車償死兒之家，其人曰：「此物是崔練師處租來。」官司召練師，并縶之。太守欒元福，夜夢冥司〔二〕崔判官謂曰：「崔練師，我之姪女，何罪而縶之？」夢覺，召練師，以夢中之言告之。練師對曰：「某雖姓崔，莫知是何長行。」俄而死兒復活。周高祖聞而異之，召崔練師入京，仍擇道士，往晉州紫極宫修齋焉。（中華書局版汪紹楹點校本《太平廣記》卷三一四《神二十四》引《玉堂閑話》）

〔一〕造　明鈔本、孫校本作「修」。造，修也。

〔二〕司　明鈔本作「吏」。

按：周高祖又稱周太祖，即郭威，顯德元年（九五四）正月崩。

邵元休宅

漢左司員外郎邵元休，當天復年中，尚未冠，居兖州廨宅，宅内惟乳母婢僕。堂之西序，最南是書齋。時夜向分，舉家滅燭熟寐，書齋内燈亦滅。邵枕書假寐，聞堂之西窸窣若婦人履屐〔一〕聲，經于堂階，先至東序，皆女僕之寢室也。每至一房門，即住少時。遂聞至南廊，有閤子門，不扃鍵〔二〕，乃推門而入。即聞轟然，若撲破磁器聲。遂西入書齋。窗外微月，見一物形狀極偉，不辨其面目，長六七尺，如以青黑帛幪首而入，立于門扉之下。邵不懼，厲聲叱之，仍問數聲，都不酬答。遂却出，其勢如風。邵欲捫枕擊之，則已去矣。又聞行往堂西，其聲遂絶。遲明，驗其南房内，則茶牀之上一白磁器，已墜地破矣。後問人，云：「常〔三〕有兵馬留後居是宅，女卒，權於堂西作殯宫。」仍訪左右，有近隣識其女者，云體貌頗長，蓋其魄也。（中華書局版汪紹楹點校本《太平廣記》卷三五三《鬼三十八》引《玉堂閑話》）

〔一〕屐　此字原無，據明鈔本、孫校本、陳校本補。

〔二〕鍵　明鈔本作「鐍」。鍵，門閂。鐍，關閉。

〔三〕常　明鈔本作「嘗」。常，通「嘗」，曾也。

按：《廣記》原題《邵元休》，今改作《邵元休宅》。

何四郎

梁時，西京中州市有何四郎者，以鬻粧粉自業。嘗於一日五更初，街鼓未鳴時，聞百步之外有人極叫何四郎者，凡數聲而罷。自是率以爲常。約半月後，忽晨興開肆畢，有一人若官僚之僕者，直前揖之云：「官令召汝。」何意府尹之宅有取，未就路，僕又促之。何方束帶，僕又不容，俄以衣牽之北行，達於東西之衢。何乃欲廻歸，僕執之尤急。何乃愈疑，將〔一〕非人耶？嘗聞所著鞋履，以之規地自圍，亦可禦其邪魅。某雖亟爲之，即被擲之于屋，知其無能爲也。且訝且行，情甚恍惚，遂正北抵徽安門。又西北約五七里，則昏冥矣。忽有朱門峻宇，若王者之府署。至更深，延入，烈〔二〕炬熒煌，供帳華麗。唯婦人輩款接殷勤，云是故將相之第，幼女方擇良匹，實慕英賢，可就吉席。何既覩妖冶，情亦惑之，婉淑之姿，亦絶代矣。比曉，則卧于丘塚之間，寂無人迹。遂望徽安門而返，草莽翳密，墮於荒井之中。又經一夕，飢渴難狀，以衣襟承露而飲之。有樵者見而問之，遂報其家，縋而出之，數日方愈。（中華書局版汪紹楹點校本《太平廣記》卷三五三《鬼三十八》引《玉堂閑話》）

〔一〕將　明鈔本作「其」。將，豈也。

〔二〕烈　孫校本、陳校本作「列」。

楊瑊

兖州龍興寺西南廊第一院，有經藏。有法寶大師者，常於凌晨〔一〕佛堂之前見一白衣叟。如此者數日，怪而詰之，叟曰：「余非人，乃楊書記宅之土地。」僧曰：「何爲至此？」叟曰：「彼公愎戾，興造不輟，致某無容身〔二〕之地也。」僧曰：「何不禍之？」答曰：「彼福壽未衰，無奈之何。」言畢不見。後數年，朱瑾棄城而遁，軍亂，一家皆遇害。楊名瑊，累舉不第，爲朱瑾書記。（中華書局版汪紹楹點校本《太平廣記》卷三五四《鬼三十九》引《玉堂閑話》）

〔一〕凌晨　原作「靈神」，據孫校本、陳校本改。

〔二〕身　孫校本、陳校本作「足」。

按：《舊唐書》卷二〇上《昭宗紀》：「（乾寧四年二月）汴將葛從周攻兗州，陷之，節度使朱瑾奔楊行密。」

袁繼謙

殿中少監袁繼謙，嘗居兗州，侍親疾，家在子城東南隅。有僕人自外通刺者，署云「前某州長史許延年」，後云陳慰。繼謙不樂，命延入。及束帶出，則已去矣。僕云：「徒步，衣故皂衣，張帽而至。裁〔一〕投刺入車門，則去矣。」其年親卒，遂以其刺兼冥錢焚之。（中華書局版汪紹楹點校本《太平廣記》卷三五四《鬼三十九》引《玉堂閑話》）

〔一〕裁　明鈔本作「纔」。裁，通「纔」，才也。

邠州士人

朱梁時，有士人自雍之邠，數舍，遇天晴月皎，中夜而進。行至曠野，忽聞自後有車騎聲。少頃漸近，士人避於路旁草莽間。見三騎，冠帶如王者，亦有徒步，徐行談話。士人躡之數十步，聞言曰：「今奉命往邠州，取三數千人，未知以何道而取，二君試爲籌之。」其一曰：「當以兵取。」又一曰：「兵取雖優〔一〕，其如君子小人俱罹其禍何？宜以疫取。」同行者深以爲然。既而車騎漸遠，不復〔二〕聞其言。士人至邠州，則部民大疫，死者甚衆。（中華書局版汪紹楹點校本《太平廣記》卷三五四《鬼三十九》引《玉堂閑話》）

〔一〕優　明鈔本作「易」，孫校本作「俊」。

〔二〕復　明鈔本作「得」。

王殷

梁貞明甲戌歲，徐州帥王殷將叛。八月二十日夜，月明如晝，居人咸聞通衢隊伍之聲。自門隙覘之，則皆青衣兵士，而無甲胄，初謂州兵潛以捕盜耳。俄聞清嘯相呼，或歌或語〔一〕，刀盾矛槊，闐隘閭巷，怪狀奇形，甚可畏懼，乃知非人也。比自府廨。

出於州南之東門，扃鍵〔二〕無阻。比至仲冬，殷乃拒詔，朝命劉鄩〔三〕以兵五萬致討。凡八月而敗，合境悉罹其禍。（中華書局版汪紹楹點校本《太平廣記》卷三五四《鬼三十九》引《玉堂閑話》）

〔一〕語　原作「歎」，據明鈔本改。

〔二〕鍵　陳校本作「鐍」。

〔三〕劉鄩　明鈔本作「劉尋」，誤。

按：《廣記》標目作《王商》，乃宋初避趙匡胤諱改，正文作王殷。首云「梁貞明甲戌歲」有誤，甲戌歲爲乾化四年（九一四），次年十一月方改元。《舊五代史》卷一三《梁書·蔣殷傳》：「乾化四年秋，末帝以福王友璋鎮徐方，殷自以爲友珪之黨，懼不受代，遂堅壁以拒命。時華州節度使王瓚，殷之從弟也，懼其連坐，上章言殷本姓蔣，非王氏之子也。末帝乃下詔削奪殷在身官爵，仍令却還本姓。命牛存節、劉鄩等帥軍討之。是時，殷求救于淮南，楊溥遣朱瑾率衆來援。存節等逆擊，敗之。貞明元年春，存節、劉鄩攻下徐州，殷舉族自燔而死。」

謝彦章

梁許州節度使謝彦章〔一〕遇害，朝廷命宣和庫副使郝昌遇往許昌籍其家財。别開一室，見彦章真像之左目下鮮血在焉，竟不知自何而有，衆共異之。彦章性嗜鱉，鎮河陽日〔二〕，命漁者採以供膳，無虚日焉，不獲則必加重罰。有漁人居於城東，其日未曙，將往取之。未至一二里，遇一人，問其所適，以實對。此人曰：「子今日能且輟否？」漁人曰：「否則獲罪矣。」又曰：「子若不臨網罟，則贈子以五千錢，可乎？」漁人許之，遂獲五千，肩荷而回。比及曉，唯訝〔三〕其輕，顧之，其錢皆紙矣。（中華書局版汪紹楹點校本《太平廣記》卷三五四《鬼三十九》引《玉堂閑話》）

〔一〕謝彦章　「章」原作「璋」，據明鈔本改，下同。

〔二〕日　此字原無，據孫校本、陳校本補。

〔三〕訝　原作「呀」，據明鈔本、陳校本改。

按：《舊五代史》卷一六《梁書・謝彦章傳》：「彦章後爲許州節度使、檢校太傅。」貞明四年（九一八）冬，爲滑州節度使賀瓌所殺，人皆惜之。

崇聖寺

漢州崇聖寺，寒食日，忽有朱衣一人，紫衣一人，氣貌甚偉，驅殿僕馬極盛。寺僧謂其州官至，奔出迎接，皆非也。與僧展揖甚恭，唯少言語。命筆，各題一絶句于壁。朱衣詩曰：「禁煙佳節同遊此，正值酴醿夾岸香。緬想十年前往事，强吟風景亂愁腸。」紫衣詩曰：「策馬暫尋原上路，落花芳草尚依然。家亡國破一場夢，惆悵又逢寒食天。」題罷，上馬疾去。出松徑，失其所在，但覺異香經月不散。其詩于今見存〔一〕。（中華書局版汪紹楹點校本《太平廣記》卷三五四《鬼三十九》引《玉堂閑話》）

〔一〕其詩于今見存　《太平通載》卷六六《鬼四・崇聖寺》引《太平廣記》末有「矣」字。

按：明梅鼎祚《才鬼記》卷七引《玉堂閑話》，題《朱衣紫衣人》，《蜀中廣記》卷一〇三《詩話記》亦引《玉堂閑話》，文並同《廣記》。二鬼詩輯入《萬首唐人絶句》卷六六、《全唐詩》卷八六六。

玉堂閑話卷七

杜悰

杜悰未達時，游江湖間。值一程稍遥，昏暝方達一戍。有傳舍，居者多不安，或怖懼而卒。驛將〔一〕見悰骨氣非凡，内思之，此或貴人，若宿而無恙，必將相也。遂請悰舍於内，供待極厚。至夜分，聞東序隙舍洶洶如千萬人聲，悰取紙，大署己之名，繫於瓦石，擲之〔二〕喧聒之處，其聲即絶。又聞西序復喧，即〔三〕如前擲之，尋亦寂然，遂安寢。遲明〔四〕，驛吏問安，公具述之。乃知必貴，以束素餞之。及大拜，即訪吏擢用。（中華書局版汪紹楹點校本《太平廣記》卷三六五《妖怪七》引《玉堂閑話》）

〔一〕驛將　明鈔本「將」作「吏」。按：唐范攄《雲谿友議》卷下《名義士》：「還至靈合驛，驛將迎歸私第。」驛將指驛站長吏。

〔二〕之　明鈔本作「于」。

〔三〕即　明鈔本作「即又」。

〔四〕遲明　孫校本「遲」作「達」。遲明，黎明。遲（音志），到也。

按：杜悰，杜佑孫。唐武宗會昌中拜中書侍郎、同中書門下平章事，見《舊唐書》卷一四七《杜悰傳》。

歐陽璨

三傳歐陽璨〔一〕，住徐州南五十里。居家常誦大悲神呪〔二〕。有故〔三〕到城，薄晚方迴。不一二里，已昏暝矣。是夕陰晦，約行三十里，則夏雨大澍，雷電震發。路之半有山林夾道，密林邃谷，而多鷙獸，生怖懼不已。既達山路，雨勢彌盛。俄見巨物出於面前，裁十餘步。長丈餘，色正白，亦不辨首〔四〕足之狀，但導前而行。生恐悸尤極，舊〔五〕常諷大悲神呪，欲朗諷之，口已噤矣。遂心存念之，三數遍〔六〕則能言矣。誦之不輟，俄失其妖。去家漸近，雨亦稍止。自爾，昏暝則不敢出庭户之間矣。（中華書局版汪紹楹點校

本《太平廣記》卷三六六《妖怪八》引《玉堂閑話》

〔一〕璨　《類説》卷五四《玉堂閑話·念大悲呪》「璨」作「粲」。

〔二〕居家常誦大悲神呪　此句原無，據《勸善書》卷一〇補。

〔三〕有故　《勸善書》作「一日」。

〔四〕首　《勸善書》作「手」。

〔五〕舊　原作「口」，據明鈔本、孫校本及《勸善書》改。

〔六〕三數遍　《勸善書》作「三徧」。

東柯院

隴城縣有東柯僧院，甚有幽致，高檻可以眺遠，虚窻可以來風，游人如市。忽一日，有妖異起，空中擲下瓦礫，扇揚灰塵，人莫敢正立。居僧晚夕不安，衣裝道具，有時失之復得。有道士者聞之，曰：「妖精安敢如是！余能去之。」院僧甚喜，促召至。道士入門，於殿上禹步，誦天蓬呪，其聲甚厲。良久，失其冠，人見其空中擲過垣牆矣。復取之，結纓而冠，誦呪不已。逡巡，衣褫帶解，袴襦〔一〕並失。隨身有小襆，貯符書法要，頃時又失之。道士遂狼狽而竄。累日後，隣村有人於藩籬之下掘土，獲其襆。

縣令杜延範，正直之人也。自往觀之，曰：「安有此事？」至則箕踞而坐。妖於空中拋小書帖，紛紛然不知其數，多成絶句，凌謔杜令。記其一二曰：「雖共蒿蘭伍〔二〕，南朝有宗祖。莫打緑袍人，空中且歌舞。」又曰：「堪憐木邊土，非兒不似女。瘦馬上高山，登臨何自苦！」延範覺之，亦遽還。其不記者，絶句甚多。又有巡官王昭緯，恃其血氣方剛，往而詬詈，至則爲大石中腰而廻。（中華書局版汪紹楹點校本《太平廣記》卷三六七《妖怪九》引《玉堂閑話》）

〔一〕襦　此字原無，據明鈔本、孫校本補。

〔二〕伍　明鈔本及《萬首唐人絶句》卷二二東柯院妖《謔隴城杜令二首》作「伴」。

按：《全唐詩》卷八六七亦輯入《東柯院妖謔杜令》二首。

王守貞

徐州有寄褐道士王守貞，蓄妻子而不居宮觀，行極凡鄙。常遊太滿宮，竊携道流所佩之籙而歸，寘于卧榻蓐席之下，覆以婦人之衣，褻黷尤甚。怪異數〔一〕見，燈檠自行，猫兒語：「莫如此，莫如此。」不旬日夫妻皆卒。（中華書局版汪紹楹點校本《太平廣記》卷三六七《妖怪九》引《玉堂閑話》）

〔一〕數　明鈔本作「即」。

張鏞

兖州録事參軍張鏞〔一〕者，少年時嘗居淄州。第中忽多鬼怪，唯不覩其形質。家僮輩捧執食饌，皆爲鬼所搏，復置空器。或以器皿擲於空中，久之方墮。或合自行於地，更相擊觸。又飛火塊著人身，燒而不痛。若有詬詈之者，即磚石瓦礫應聲而至。常有一儒生，不信其事，仗劒入宿於舍。其劒爲瓦石所擊，鋒刃缺折。又有稱禁呪者，將入其門，倏見瓦石交下，不能復前。賓客來者，或被搏其巾幘，擲致他所，至有露頂而逸者。如是累旬方已。其家竟亦無他〔二〕。（中華書局版汪紹楹點校本《太平廣記》卷三六七《妖怪九》引《玉堂閑話》）

〔一〕銿　明鈔本、孫校本作「鋪」，張國風《太平廣記會校》據改。
〔二〕他　黃校本、《四庫》本、《筆記小說大觀》本作「恙」。

宗夢徵

晉蔡州巡官宗夢徵，善醫，居東京。開運二年秋，解玉巷東有病者，夜深來召，乘馬而去〔一〕。將及四更，至〔二〕解玉巷口民家門前，有一物，立而不〔三〕動。其形頗偉，若黑霧亭亭〔四〕然。僕者〔五〕愕立毛竪，馬亦鼻鳴耳聳不進。宗則强定心神，策馬而過〔六〕。比至患者之家，則不能診脈，尤覺恍惚矣。既歸伏枕，凡六七日方愈。（中華書局版汪紹楹點校本《太平廣記》卷三六七《妖怪九》引《玉堂閑話》）

〔一〕去　原作「至」，據明鈔本改。
〔二〕至　原作「去」，據明鈔本改。
〔三〕不　此字原無，據明鈔本補。
〔四〕亭亭　明鈔本無此二字。亭亭，高高聳立貌。
〔五〕僕者　原下有「前行」二字，據明鈔本删。

〔六〕過　原作「去」，據明鈔本改。

無足婦人

晉少主之代，有婦人，儀狀端嚴，衣服鉛粉，不下美人。而無腿足，繇帶已下如截而齊，餘皆具備。其父載之于獨車，自鄴南遊浚都，乞丐於市，日聚千人。至于深坊曲巷，華屋朱門，無所不至。時人嗟異，皆擲而施之。後京城獲北戎間諜，官司案之，乃此婦爲奸人之領袖。所聽察甚多，遂戮之。（中華書局版汪紹楹點校本《太平廣記》卷三六七《人妖》引《玉堂閑話》）

白項鴉

契丹犯闕〔一〕之初，所在群盜蜂起，戎人患之。陳州有一婦人，爲賊帥，號曰「白項〔二〕鴉」。年可四十許，形質粗短，髮黃體黑。來詣戎王，襲〔三〕男子姓名，衣巾拜跪，皆爲男子狀。戎王召見，賜錦袍銀帶鞍馬，署爲懷化將軍，委之招輯山東諸盜，賜與甚厚。

僞燕王趙延壽召問之，婦人自云能左右馳射，被雙鞬，日可行二〔四〕百里。盤矛擊劒，皆所善也。其屬數千男子，皆役服之。人問有夫否，云前後有夫數十人，少不如意，皆手刃之矣。聞者無不嗟憤。旬日在都下乘馬出入，又有一男子，亦乘馬從之。此人妖也。北戎亂中夏，婦人稱雄，皆陰盛之應。婦人後爲兗州節度使符彦卿〔五〕戮之。（中華書局版汪紹楹點校本《太平廣記》卷三六七《人妖》引《玉堂閑話》）

〔一〕犯闕　《實賓録》《説郛》卷三〇引《玉堂閑話》作「入寇」。

〔二〕項　明鈔本標目及此作「頸」，《實賓録》同。

〔三〕襲　《實賓録》作「稱」。

〔四〕二　《實賓録》作「三」。

〔五〕符彦卿　《實賓録》「符」誤作「馬」。

按：《舊五代史》卷九八《晉書・趙延壽傳》：「及高祖（石敬瑭）起義於晉陽，唐末帝幸懷州，委延壽北伐。後高祖至潞州，延壽與父德鈞俱陷北庭。未幾，契丹主以延壽爲幽州節度使，封燕王，尋爲樞密使兼政事令。」又卷一〇一《漢書・隱帝紀上》：「（乾祐元年三月）兗州節度使、檢校太師、兼侍中岐國公符彦卿加兼中書令，進封魏國公。」

南中行者

南中有僧院，院内有九子母像，裝塑甚奇。嘗有一行者，年少，給事諸僧。不數年，其人漸甚羸瘠，神思恍惚，諸僧頗怪之。有一僧見此行者至夜入九子母堂寢宿，徐見一美婦人至，晚引同寢，已近一年矣。僧知塑像爲怪，即壞之。自是不復更見，行者亦愈，即落髮爲沙門。（中華書局版汪紹楹點校本《太平廣記》卷三六八《精怪一·偶像》引《玉堂閑話》）

按：《廣記》卷四一《黑叟》（引《會昌解頤》及《河東記》）記有越州魔母神堂事。《情史》卷一九情疑類《九子魔母》記常州吴生豔遇九子魔母，附録節引《玉堂閑話》此條。孟啓《本事詩·嘲戲》載：「中宗朝，御史大夫裴談，崇奉釋氏。妻悍妬，談畏之如嚴君。嘗謂人：妻有可畏者三：少妙之時，視之如生菩薩。及男女滿前，視之如九子魔母，安有人不畏九子母耶？」此言九子魔母可畏。九子母廣有祠廟，温畬《續定命録·李行脩》（《廣記》卷一六〇）云河南稠桑驛原上有靈應九子母祠。李吉甫《元和郡縣圖志》卷三八《嶺南道·交州·龍編縣》載：「石九子母祠在縣東十四里。」《太平寰宇記》卷一七〇《嶺南道·交州·龍編縣》：「石九子母祠，《交趾記》

云：『石九子母者，坐高七尺，在今州寺中。九子悉附于石體，傳云浮海而至，士庶禱祀，求子多驗，于今不絶。』」《圖畫見聞誌》卷三《紀藝中》載武宗元有佛像天王、九子母等圖傳於世。《宣和畫譜》卷六載周昉有《九子母圖》。九子魔母來歷頗古。《漢書》卷一〇《成帝紀》東漢應劭注：「畫堂畫九子母。」唐韓鄂《歲華紀麗》卷二《四月八日》引梁宗懍《荆楚歲時記》佚文曰：「四月八日，長沙寺閣下有九子母神。是日，市肆之人無子者，供養薄餅，以乞子，往往有驗。」九子母爲乞子之神，與《交趾記》同。

吉州漁者

吉州龍興觀有巨鐘，上有文曰「晉元康年鑄」。鐘頂有一竅。古老相傳，則天時，鐘聲震長安，遂有詔鑿之，其竅是也。天祐年中，忽一夜失鐘所在，至旦如故。見蒲牢有血痕并慈〔一〕草。慈草者，江南水草也，葉如薤，隨水淺深而生。觀前大江，數夜居人聞江水風浪之聲。至旦，有漁者見江心有一紅旗，水上流下。漁者棹〔二〕小舟往接取之，至則見金鱗光耀〔三〕，波濤洶湧。漁者急廻，始知蒲牢鬭傷江龍。（中華書局版汪紹楹點校本《太平廣記》卷三七一《精怪四·雜器用四》引《玉堂閑話》）

〔一〕茲　明鈔本作「絲」，下同。
〔二〕棹　《四庫》本作「掉」，摇也。
〔三〕至則見金鱗光耀　「至」、「耀」二字原無，據明鈔本、孫校本補。黄校本、《四庫》本、《筆記小説大觀》本亦有「耀」字。

玄宗聖容

玄宗皇帝御容，夾紵作，本在盩厔修真觀中〔一〕。忽有僧如狂，負之，置於武功潛龍宫。宫即神堯故第也，今爲佛宇，御容唯衣絳紗衣幅巾而已。寺僧云：「莊宗入汴，明宗入洛，洎清泰東赴伊、瀍之歲，額上皆有汗流。」學士張沆，嘗聞之而未之信。及經武功，乃細視之，果如其説。又意其雨漏所致，而幅巾之上則無。自天福之後，其汗遂絶。高陵縣又有神堯先世莊田，今亦爲宫觀矣，有栢樹存〔二〕焉。相傳云，高祖在襁褓之時，母即置放栢樹之陰，而往餉田。比餉廻，日斜而樹影不移，則今栢樹是也。史傳不載，而故老言之。（中華書局版汪紹楹點校本《太平廣記》卷三七四《靈異》引《玉堂閑話》）

〔一〕本在盩厔修真觀中　《四庫》本作「木在盩厔縣貞元中」，誤。

〔二〕存　此字原無，據明鈔本、孫校本補。

按：高祖即周太祖郭威。《舊五代史》卷一一〇《周書·太祖紀一》：「邢州堯山人也。或云本常氏之子，幼隨母適郭氏，故冒其姓焉。」

廬山漁者

廬山中有一深潭，名落星潭，多漁釣者。後唐長興中，有釣者得一物，頗覺難引。迤邐至岸，見一物如人狀，戴鐵冠，積歲莓苔裹之。意其木則太重，意其石則太輕，漁者置之潭側。後數日，其物上有泥滓莓苔，爲風日所剝落，又經雨淋洗，忽見兩目俱開，則人也。欻然而起，就潭水盥手𩑶面。衆漁者驚異，共觀之。其人即詢諸漁者，本處土地山川之名，及朝代年月，甚詳審。問訖，却入水中，寂無聲跡。然竟無一人問彼所從來者。南中吏民神異之，爲建祠壇于潭側焉〔一〕。（中華書局版汪紹楹點校本《太平廣記》卷三七四《靈異》引《玉堂閑話》）

〔一〕側焉　原作「上」，據明鈔本改。

按：《廣豔異編》卷一六俎異部輯入，題文並同。

崔四入

崔慎由，初以未有兒息，頗以爲念。有僧常遊崔氏之門者，崔因告之，且問其計。僧曰：「請夫人盛飾而遊長安大寺，有老僧院，即詣之。彼若不顧，更之他所。若顧我厚，宜厚結〔一〕之，俾感動其心，則其後身爲公子矣。」如其言。初適三處不顧，後至一院，僧年近六十矣，接待甚勤至，崔亦厚施之，自是供施不絶。僧乃曰：「身老矣，自度無以報公，願以後身爲公之子。」不數年僧卒，而「四入〔二〕」生焉。或云，手文有「綱〔三〕僧」二字。（中華書局版汪紹楹點校本《太平廣記》卷三八八《悟前生二》引《玉堂閑話》）

〔一〕結　《四庫》本作「給」。

〔二〕四入　原作「四八」。《新唐書》卷二二三下《姦臣傳下·崔胤傳》云：「四拜宰相，世謂崔四入。」據改。

〔三〕綱　明鈔本作「納」。

按：《舊唐書》卷一七七《崔慎由傳》載，崔慎由宣宗大中十年（八五六）以工部尚書同平章事，兼集賢殿大學士。子胤，昭宗大順中歷兵部、吏部二侍郎，尋以本官同平章事。天復四年（九〇四）正月爲朱全忠（即朱温）子友諒所殺。《新唐書·崔胤傳》載：「世言慎由晚無子，遇異浮屠，以術求，乃生胤，字緇郎。」

李福

洛京北邙太清觀鐘樓，唐咸通年中，忽然摧塌。有屋檩一條，其中空虚，每撑〔一〕觸動轉，内敲磕有聲。人遂相傳，來競觀之。道士李威儀不欲聚人，乃令破之，於其間得一黑漆板，上有陷金之字，曰：「山水誰無言，元年遇福重修。」道士齎呈洛中諸官，皆不能詳之。後〔二〕李福相公罷鎮西川歸洛，見此隱文，反覆詳讀數四，遂謂觀主曰：「但請度工鳩徒，當以俸餘之金，獨力完葺也。百年之前，智者勤其志，已冥合今日，安得不重興觀宇乎？」洎觀成，或請其由，福曰：「『山水誰無言』者，今上御名也。咸通名漼也。

『元年遇福』者，福改〔三〕元之初作鎮，獲俸而廻。福其不修，復待何人者哉？」（中華書局版汪紹楹點校本《太平廣記》卷三九二《銘記二》引《玉堂閑話》）

〔一〕撑　下原有「動」字，據明鈔本删。
〔二〕後　此字原無，據孫校本及《天中記》卷二五《鐘樓漆字》引《玉堂閑話》補。
〔三〕改　此字原無，據明鈔本、孫校本及《天中記》補。

按：李福，《舊唐書》卷一七二、《新唐書》卷一三一有傳。《全唐詩》卷八七五輯《玄元觀棟桁記》：「山水誰無言，元年有福重修。」注：「咸通元年，李相福居守東都，修玄元觀鐘樓，棟桁中空鉱之内，有方寸木云云。福曰：『上語指御名，下即余之名也。』懿宗名漼。」與此有異。《全唐詩》所據不詳。

申文緯

尉氏尉申文緯嘗話，頃以事至洛城南玉泉寺。時盛夏，寺左有池，大旱，村人祈禱，未嘗不應。池之陽有龍廟，時文緯俯池而觀，有物如敗花〔一〕，葉大如蓋，因以瓦礫擲之。僧曰：「切不可，恐致風雷之怒。」申亦不以介意。逡巡，白霧自水面起，才及山趾。寺在山上，石路七盤，大雨，霆雹震擊。比至平地，已數尺，溪壑暴漲。驢乘洎僕夫，隨流漂蕩，莫能植足。晝日如暮，霆震不已。申之口吻皆黑，怖懼非常。俄至一村，尋亦開霽。果中傷寒病，將曉有微汗，比明無恙。豈龍之怒，幾爲所斃也。（中華書局版汪紹楹點校本《太平廣記》卷三九五《雷三》引《玉堂閑話》）

〔一〕花　孫校本作「杉」，當譌。

法門寺

長安西法門寺，乃中國伽藍之勝境也，如來中指節在焉。照臨之内，奉佛之人罔不歸敬。殿宇之盛，寰海無倫。僖、昭播遷後，爲賊盜熞之。中原盪柎，人力既殫，不能復搆。最須者材之與石。忽一夕，風雷驟起，暴澍連宵。平曉，諸僧闚望，見寺前良材巨石，阜堆山積，亘十餘里，首尾不斷，有如人力置之。於是鳩集民匠，復搆精藍，至於貌備。人謂鬼神送來，愈更欽其聖力。育王化塔之事，豈虛也哉！（中華書局版汪紹楹點校本《太平廣記》卷三九五《雷三》引《玉堂閑話》）

按：《舊唐書》卷一六〇《韓愈傳》：「鳳翔法門寺，有護國真身塔，塔內有釋迦文佛指骨一節。……（元和）十四年正月，上令中使杜英奇押宫人三十人，持香花，赴臨皋驛迎佛骨。自光順門入大内，留禁中三日，乃送諸寺。王公士庶，奔走捨施，唯恐在後。百姓有廢業破産，燒頂灼臂而求供養者。愈素不喜佛，上疏諫曰……乃貶爲潮州刺史。」

上霄峰

補闕熊皎云：廬山有上霄峰者，去平地七千仞。上有古迹，云是夏禹治水之時泊船之所。鑿石爲竅，以繫纜焉。旁有〔一〕磨崖爲碑，皆科斗文字，隱隱可見。則知大禹之功，與天地不朽矣。（中華書局版汪紹楹點校本《太平廣記》卷三九七《山》引《玉堂閑話》）

〔一〕旁有 此二字原無，據《類説》卷五四《玉堂閑話・上霄峰禹迹》補。明天啓刻本作「其有」，此據明嘉靖伯玉翁舊鈔本。

按：補闕熊皎，前《伊用昌》條作熊曒，或引作熊皎，見校記〔一〕。北宋陳舜俞《廬山記》卷一《總敘山篇第一》：「秦始皇十七年，東登廬山，以望九江，至上霄峰，以與霄漢相接，因命之。峰後有刻石，云是夏禹所刻，丈尺里數，文字不可辨。」（《守山閣叢書》本）

麥積山

麥積山者，北跨清渭，南漸兩當，五百里岡巒，麥積處其半。崛起一石塊，高極〔一〕百萬尋，望之團團，如民間積麥之狀，故有此名。其青雲之半，峭壁之間，鐫石成佛，萬龕千室。雖自人力，疑其鬼功。隋文帝分葬神尼舍利函於東閣之下，石〔二〕室之中，有庾信銘記刊於巖中。古記云：六國共修，自平地積薪，至於巖巔〔三〕，從上鐫鑿其龕室佛像。功畢，旋旋折薪而下，然後梯空架險而上。其上有散花樓，七佛閣，金蹄銀角犢兒。由西閣懸梯而上，其間千房萬屋，緣空躡虛，登之者不敢回顧。將及絶頂，有萬菩薩堂，鑿石而成，廣若今之大殿。其雕梁畫栱，繡棟雲楣，並就石而成。萬軀菩薩，列於一堂。自此室之上，更有一龕，謂之天堂。空中倚一獨梯，攀緣而上。至此，則萬中無一人敢登者。於此下顧，其群山皆如培塿〔四〕。王仁裕時獨能登之，仍題詩於天堂西壁上，曰：「躡盡懸空萬仞梯，等閒身共白雲齊。簷前下視群山小，堂上平分落日〔五〕低。絶頂路危人少到，古巖松健鶴頻棲。天邊爲要留名姓，拂石殷勤手〔六〕自題。」時前唐末辛未年，登此留題，于今三十九載矣。（中華書局版汪紹楹點校本《太平廣記》卷三九七《山》引《玉堂閑話》）

〔一〕極　此字原無，據明鈔本、孫校本補。

〔二〕石　《天中記》卷七引《玉堂閑話》作「傍」。

〔三〕巔　孫校本作「嶺」。

〔四〕培塿　原譌作「培樓」，黄校本作「培摟」，據明鈔本、《四庫》本、《筆記小説大觀》本改。

〔五〕落日　《天中記》作「日月」。「日月」與上句「群山」失對，誤也。

〔六〕手　《全唐詩》卷七三六王仁裕《題麥積山天堂》誤作「身」。

按：末云：「時前唐末辛未年，登此留題，于今三十九載矣。」辛未年爲朱梁乾化元年（九一一），此稱前唐末，疑爲《廣記》誤加。麥積山在今甘肅天水市東南。仁裕秦州人，故登此山。辛未年時未出仕，猶在秦州。三十九載後，乃後漢乾祐二年（九四九）。

斗山觀

漢乾祐中，翰林學士王仁裕云，興元有斗山觀，自平川内聳起一山，四面懸絕。其上方於斗底，故號之。薜蘿松〔一〕檜，景象尤〔二〕奇。上有唐公昉〔三〕飲李八百仙酒，全家拔宅之跡。其宅基三畝許，陷爲坑，此蓋連地而上昇也。仁裕辛巳歲，於斯爲節度判官。嘗以片板題詩于觀曰：「霞衣欲舉醉陶陶，公昉一家飲八百洗瘡，一家酒醉而上昇。不覺全家住絳霄。拔〔四〕宅只知雞犬在，上天誰信路歧遥。三清遼〔五〕廓拋塵夢，八景雲煙〔六〕事早朝。爲有故林蒼栢健〔七〕，露華涼葉鎖金飇〔八〕。」舊説云，斗山一洞，西去二千里，通于青城大面山，又與嚴真觀井相通。仁裕癸未年入蜀，因謁嚴真觀，見斗山詩碑在焉。詰其道流，云不知所來，説者無不異之。（中華書局版汪紹楹點校本《太平廣記》卷三九七《山》引《玉堂閑話》）

〔一〕松　明鈔本作「山」。

〔二〕尤　《天中記》卷七《斗山》引《玉堂閑話》作「幽」。

〔三〕唐公昉　明鈔本作「唐李公昉」，誤。按：東晉葛洪《神仙傳》卷三《李八伯》：「李八伯者，蜀人也，莫知其名。歷世見之，時人計之已年八百歲，因以號之。或隱山林，或在鄽市。知漢中唐公昉求道而不遇明師，欲教以至道。乃先往試之，爲作傭客，公昉不知也。八伯驅使用意，過於他人，公昉甚愛待之。後八伯乃僞作病，危困欲死。公昉爲迎醫合藥，費數十萬，不以爲損，憂念之意，形於顔色。八伯又轉作惡瘡，周身匝體，膿血臭惡，不可近視，人皆不忍近之。公昉爲之流涕曰：『卿爲吾家勤苦累年，而得篤病，吾趣欲令卿得愈，無所悋惜。而猶不愈，當如卿何？』八伯曰：『吾瘡可愈，然須得人舐之。』公昉乃使三婢爲舐之。八伯曰：『婢舐之不能使愈，若得君舐之，乃當愈耳。』公昉即爲舐之。八伯又言：『君舐之復不能使吾愈，得君婦爲舐之，當愈也。』公昉乃使婦舐之。八伯曰：『瘡乃欲差，然須得三十斛美酒以浴之，乃都愈耳。』公昉即爲具酒三十斛，著大器中。八伯乃起，入酒中洗浴，瘡則盡愈，體如凝脂，亦無餘痕。乃告公昉曰：『吾是仙人，君有至心，故來相試，子定可教，今當相授度世之訣矣。』乃使公昉夫妻及舐瘡三婢，以浴餘酒自洗，即皆更少，顔色悦美。以丹經一卷授公昉，公昉入雲臺山中合丹，丹成便登仙去。今拔宅之處在漢中也。」

〔四〕拔　明鈔本作「松」，誤。《歷世真仙體道通鑑》卷一一《唐公昉》作「沿」，同「沿」。

〔五〕遼　《真仙通鑑》作「寥」。

〔六〕煙　《真仙通鑑》作「霓」。

〔七〕爲有故林蒼栢健　《真仙通鑑》作「惟有故林蒼栢秀」。

〔八〕露華涼葉鎖金飇　明鈔本「金」作「驚」。《真仙通鑑》作「露華煙藹鎖驚飇」。

按：文中云「漢乾祐中，翰林學士王仁裕云」，當爲乾祐元年（九四八）或二年，二年解職，三年守兵部尚書。又云「仁裕辛巳歲，於此爲節度判官」，此乃前蜀王衍乾德三年（九二一），爲興元節度使王宗儔判官。又云「仁裕癸未年入蜀」，乾德五年仁裕入成都。

仁裕題詩輯入《全唐詩》卷七三六，題《斗山觀》。

大竹路

興元之南，有大〔一〕竹路，通于巴州。其路則深谿峭巖，捫蘿摸石，一上三日，而達于山頂。行人止宿，則以緪蔓繫腰，縈樹而寢，不然，則墮於深澗，若沈黃泉也。復登措大〔二〕嶺，蓋有稍似平處，路人徐步而進，若儒之布武也。其絶頂謂之孤雲兩角，彼中諺云：「孤雲兩角，去天一握。」淮陰侯廟在焉。昔漢祖〔三〕不用韓信，信遯歸西楚，蕭相國追之，及於兹山，故立廟貌。王仁裕嘗佐褒梁師〔四〕王思同，南伐巴人，往返登陟，亦留題於淮陰祠。詩曰：「一握寒天古木深，路人猶説漢淮陰。孤雲不掩興亡策，兩角曾懸去住〔五〕心。不是冕旒輕布素，豈勞丞相遠追尋。當時若放還西楚，尺寸中華未可侵。」崎嶇險峻之狀，未可殫言。（中華書局版汪紹楹點校本《太平廣記》卷三九七《山》引《玉堂閑話》）

〔一〕大　明鈔本、孫校本無此字。《永樂大典》卷一一九八一《措大嶺》引《太平廣記》有此字。

〔二〕措大　孫校本作「措元」，當誤。《大典》作「措大嶺」。按：措大，對迂腐或寒酸士人之嘲諷語。唐李匡文《資暇集》卷下：「代稱士流爲醋大，言其峭醋而冠四人之首。一説衣冠儼然，黎庶望之，有不可犯之色，犯必有驗，比於醋而更驗，故謂之焉。或云往有士人貧居新鄭之郊，以驢負醋，巡邑而賣，復落魄不調。邑人指其醋馱而號之。新鄭多衣冠所居，因總被斯號。亦云鄭有醋溝，士流多居其州。溝之東尤多甲族，以甲乙敍之，故曰醋大。愚以爲四説皆非也。醋宜作措，正言其能舉措大事而已。」所解未洽。《舊五代史》卷一〇七《漢書・史弘肇傳》：「先皇帝言，朝廷大事，莫共措大商量。」《新五代史》卷七〇《東漢世家・劉旻傳》：「王得中叩馬諫曰：『南風甚急，非北軍之利也，宜少待之。』旻怒曰：『老措大毋妄沮吾軍。』」

〔三〕漢祖　明鈔本作「漢高祖」。即劉邦。

〔四〕師　明鈔本及《蜀中廣記》卷二五《名勝記・南江縣》引《玉堂閑話》作「帥」。師，通「帥」，指節度使。

〔五〕住　明鈔本作「往」。

按：王仁裕爲興元節度使王思同判官，在後唐長興二年（九三一）。

仁裕題詩輯入《全唐詩》卷七三六，題《題孤雲絶頂淮陰祠》。

玉堂閑話卷八

漏陂

兗州東南接沂州界，有陂，周圍百里而近，恒值夏雨，側近山〔一〕谷間流注所聚也，深可袤丈。屬春雨，即魚鼈生焉。或至秋晴，其水一夕悉陷其下而無餘，故彼之鄉里〔二〕，或目之爲漏陂，亦謂之陷澤。其水將漏，即有聲，聞四遠數十里分，若風雨之聚也。先廻旋若渦勢，然後淪入於穴。村人聞之日，必具車乘及驢駝〔三〕，競拾其魚鼈，輦載而歸。率一二歲陷，莫知其趨向〔四〕，及穴之深淺焉。（中華書局版汪紹楹點校本《太平廣記》卷三九九《水》引《玉堂閑話》）

〔一〕山　明鈔本、孫校本作「溪」。

〔二〕里　《天中記》卷一〇引《玉堂閑話》作「人」。

〔三〕駝　孫校本作「馱」。駝，通「馱」。

〔四〕莫知其趨向　明鈔本前有「竟」。

按：《廣記》前條爲《漏澤》，此條以「又」字相連，今擬作《漏陂》。

驅山鐸

宜春界鍾山，有硤〔一〕數十里，其水即宜春江也。廻環澄澈〔二〕，深不可測。曾有漁人垂釣，得一金鏁，引之數百尺，而獲一鍾，又如鐸形。漁人舉之，有聲如霹靂，天晝晦，山川振動。鍾山一面，崩摧五百餘丈，漁人皆沈舟落水。其山摧處如削，至今存焉。或有識者云，此即秦始皇驅山之鐸也。（中華書局版汪紹楹點校本《太平廣記》卷三九九《水》引《玉堂閑話》）

〔一〕硤　點校本據明鈔本、許本、黄本改作「峽」，字同，今回改。

〔二〕澈　黄校本、《四庫》本、《筆記小說大觀》本作「激」。

按：北宋畢仲詢《幕府燕閒録》亦載（《紺珠集》卷一二、《類説》卷一九），文簡，首云「漁人海濱得一鐸」，或「海上漁人得一鐸」。南宋王象之《輿地紀勝》卷二八《袁州·景物下》：「鍾山峽，在分宜縣東十里，其水即宜春江也。曾有漁人垂釣，得一金鎖，引之數百尺，又得一鐘，如鐸形。漁人舉之，有聲如霹靂，天地晝晦，山川震動。有一山摧，漁人皆沉于水。或曰此春驅山鐸也。事見范子長《皇朝郡縣志》。」所據爲本書。南宋施宿等撰《嘉泰會稽志》卷一三《古器物》：「驅山鐸，唐人于越溪獲鐸，以問僧一行，答云：『此秦始皇驅山鐸也。』」説異。

宜春郡民

宜春郡民章乙，其家以孝義聞，數世不分異，諸〔一〕從同爨。所居別墅，有亭屋〔二〕水竹。諸子弟皆好善積書〔三〕，往來方士、高僧、儒生，賓客至者，皆延納之。忽一日晚際，有一婦人，年少端麗，炫〔四〕服靚粧，與一小青衣，詣門求寄宿。章氏諸婦，忻然迎〔五〕接，設酒饌，至夜深而罷。有一小子弟，以文自業，年少而敏俊。見此婦人有色，遂囑其乳嫗，別灑掃一室，令其宿止。至深夜，章生潛身入室内，略不聞聲息，遂升榻就〔六〕之。其婦人身體如冰，生大驚，命〔七〕燭照之，乃是銀人兩頭，可重千百觔〔八〕。一家驚喜，然恐其變化，即以炬炭燃之，乃真白金也。其家至今巨富，群從子弟婦女，共五百餘口，每日三就食，聲鼓而升堂。江西郡内，富盛無比。（中華書局版汪紹楹點校本《太平廣記》卷四〇一《金下》引《玉堂閑話》）

〔一〕諸　黄校本、《四庫》本、《筆記小説大觀》本作「居」。

〔二〕屋　明鈔本作「臺」。

〔三〕諸子弟皆好善積書　「子弟」黄校本、《四庫》本、《筆記小説大觀》本作「弟子」。「積」明鈔本作「讀」。

〔四〕炫　原作「袯」，據明鈔本改。

〔五〕迎　原作「近」，據明鈔本、孫校本、陳校本及《廣豔異編》卷二〇珍奇部《宜春郡民》、明施顯卿《新編古今奇聞類紀》卷六《章乙得銀人》引《玉堂閑話》改。

〔六〕就　《廣豔異編》作「探」。

〔七〕命　明鈔本作「取」。

〔八〕可重千百觔　「千百」明鈔本作「百餘」。「觔」孫校本、陳校本、黄校本、《四庫》本、《筆記小説大觀》本作「斤」。觔，同「斤」。

辨白檀樹

劍門之左峭巖間有大〔一〕樹，生於石縫之中，大可數圍，枝榦純白，皆傳曰白檀樹。其下常有巨虺，蟠而護之，民不敢採伐。又西巖之半，有志公和尚影，路人過者，皆西向擎拳頂禮，若親面其如來。王仁裕癸未歲入蜀，至其巖下，注目觀之，以質向來傳說。時值晴朗，溪谷洗然，遂勒轡移時望之。其白檀，乃一白栝〔二〕樹也。自歷大小漫天，夾路谿谷之間，此類甚多，安有檀香蛇遶之事！又西瞻志公影，蓋巖間有圓柏一株，即其笠首也。兩〔三〕面有上下石縫，限之爲身形，斜其縫者，即袈裟之文也。上有苔蘚斑駮，即山水之毳文也。方審其〔四〕非白檀，志公不留影於此，明矣。乃知人之誤傳者何限哉！（中華書局版汪紹楹點校本《太平廣記》卷四〇七《草木二·異木》引《玉堂閑話》）

〔一〕大　《蜀中廣記》卷六一《方物記·木》引《玉堂閑話》作「異」。

〔二〕栝　陳校本作「枯」，誤。栝，檜也。又稱圓柏。

〔三〕兩　孫校本作「西」。

〔四〕其　明鈔本作「樹」。

按：王仁裕癸未歲入蜀，癸未歲乃前蜀乾德五年（九二三），此年仁裕自興元入成都，中經劍門。

竹實

唐天復甲子歲，自隴而西，迨于褒梁之境，數千里内亢陽，民多流散。自冬經春，飢民啖食草木，至有骨肉相食者甚多。是年，忽山中竹無巨細，皆放花結子。飢民採之，春米而食，珍于粳糯。其子粒〔一〕顔色紅纖，與今紅粳不殊，其味尤更馨香。數州之民，皆挈累〔二〕入山就食之，至于溪山之内，居人如市。人力及者，競置囤廩而貯之。家有羨糧者不少者〔三〕，又取〔四〕與葷茹血肉而同食者，嘔噦〔五〕，如其中〔六〕毒，十死其九。其竹自此千蹊〔七〕萬谷，並皆立枯。十年之後，復産此君。可謂百萬圓顱，活之于貞筠之下。（中華書局版汪紹楹點校本《太平廣記》卷四一二《草木七·竹》引《玉堂閑話》）

〔一〕粒　原作「粗」，據孫校本、陳校本及《古今合璧事類備要》前集卷二〇《采竹花》引《玉堂清（閒）話》改。
〔二〕累　《四庫》本作「眷」。累，家眷，家小。
〔三〕羨糧者不少者　《四庫》本「少」作「貧」。明鈔本、孫校本、陳校本無末「者」字。按：疑前「者」字衍。
〔四〕又取　明鈔本、孫校本、陳校本作「然則」。
〔五〕嘔噦　陳校本前有「必」字，《奇聞類紀》作「輒」。
〔六〕其中　陳校本作「中其」。
〔七〕蹊　孫校本、陳校本作「溪」。蹊，小路。

尹皓

朱梁尹皓鎮華州，夏將半，出城巡警，時蒲、雍各有兵戈相持故也。因下馬，於荒地中得一物，如石，又如卵，其色青黑，光滑可愛，命左右收之。又行三二十里，見村院佛堂，遂寘於像前。其夜雷霆大震，猛雨如注，天火燒佛堂，而不損佛像。蓋龍卵也。院外柳樹數百株，皆倒植之。其卵已失。（中華書局版汪紹楹點校本《太平廣記》卷四二四《龍七》引《玉堂閑話》）

按：《舊五代史》卷九《梁書・末帝紀中》：「貞明五年……三月己卯，以華州感化軍留後尹皓爲華州節度使，加檢校太保、同平章事。」

械虎

褒梁〔一〕間多鷙獸，州有採捕將，散設檻穽取之，以爲職業。忽一日報官曰：「昨夜檻發，請主帥移厨，命賓寮〔二〕將校往臨之。」至則虎在深穽之中，官寮宅院，民間婦女，皆設幄幙而看之。其獵人先造一大枷，仍具釘鎖，四角系絙，施于穽中，即徐徐以土填之。鷙獸將欲出穽，即迤邐合其荷板。虎頭纔出，則蹙而釘之，四面以索，趁之而行，看者隨而笑之。此物若不設機械，困而取之，則千夫之力，百夫之勇，曷以制之？勢窮力竭而取之，則如牽羊拽〔三〕犬，雖有纖牙利爪，焉能害人哉！夫欲制强敵者，亦當如是乎？（中華書局版汪紹楹點校本《太平廣記》卷四三二《虎七》引《玉堂閑話》）

〔一〕褒梁　「褒」原作「襄」，誤。按：明陳繼儒《虎薈》卷二作「褒陵」。作「褒」是，「陵」字則譌。褒指褒谷，南通梁州（興元）。本書《秦騎將》：「蜀遣石將兵，屯于褒梁。」《大竹路》：「王仁裕嘗佐褒梁師王思同，南伐巴人。」今改。

〔二〕寮　《虎薈》作「席」。

〔三〕拽　陳校本作「絏」。絏，拴也。《虎薈》作「曳」。

商山路

舊商山路多有鷙獸，害其行旅。適有騾〔一〕群早行，天未平曉，群騾或驚駭。俄有一虎自叢薄中躍出，攫一夫而去，其同群〔二〕者莫敢回顧。迨至食時，聞遭攫者却趕來〔三〕相及。衆人謂其已碎于銛〔四〕牙，莫不驚異。競問其由，徐曰：「某初銜至路左巖崕之上，前有萬仞清溪。溪南有洞，洞口有小虎子數枚〔五〕，顧望其母，忻忻然若有所待。其虎置某崖側，略不損傷，而面其溪洞叫吼，以呼〔六〕諸子。某因便潛伸脚于虎背〔七〕，盡力一踏，其虎失脚，墮于深澗，不復可〔八〕登。是以脱身而至此。」其獸蓋欲生致此人，按演〔九〕諸子，是以不傷。真可謂脱身于虎口，危哉！危哉！（中華書局版汪紹楹點校本《太平廣記》卷四三二《虎七》引《玉堂閑話》）

〔一〕驟　《類説》卷五四《玉堂閑話・商山遇虎》作「驢」，下同。

〔二〕群　《類説》作「行」。

〔三〕趕來　《虎薈》卷三作「趁之」。

〔四〕銛　《虎薈》作「鋸」。銛，鋒利。

〔五〕小虎子數枚　陳本、《虎薈》作「小虎兒數箇」。

〔六〕以呼　陳校本、《虎薈》作「呼其」。

〔七〕某因便潛伸脚于虎背　陳校本、《虎薈》作「余遂潛伸脚取虎背」。

〔八〕可　陳校本、《類説》、《虎薈》作「再」。

〔九〕按演　《虎薈》作「按該其」。該，誘也。按：按演似爲演練捕捉獵物之意。

王行言

秦民有王行言，以商賈爲業，常販鹽鬻於巴、渠之境〔一〕。路由興元之南，曰大巴路，曰小巴路，危峰峻〔二〕壑，猿徑鳥道，路眠野宿，杜絶人煙。鷙獸成群，食啖行旅。行言結十餘輩少壯同行，人持一拄杖，長丈餘，銛鋼鐵以刃之，即其短鎗也。纔登細徑，爲猛虎逐之。及露〔三〕宿于道左，虎忽自人衆中攫行言而去。同行持刃杖逐而救之，呼喊連山，於數十步外奪下。身上拏攫之蹤，已有傷損。平旦前行，虎又逐至其野宿，衆持槍圍，使行言處於當心。至深夜，虎又躍入衆中，攫行言而去。衆人又逐而奪下，則傷愈多。行旅復衛而前進。白晝逐人，略不暫捨，或跳於前，或躍于後。時自于道左而出，於稠人叢中捉行言而去，竟救不獲。終不傷其同侣，須得此人充其腹。不知是何冤報，逃之不獲〔四〕。（中華書局版汪紹楹點校本《太平廣記》卷四三三《虎八》引《玉堂閑話》）

〔一〕常販鹽鬻於巴、渠之境　「販」明鈔本、《蜀中廣記》卷九〇《附録》引《玉堂閑話》作「負」。「巴」《虎薈》卷五譌作「邑」。按：巴州、渠州唐屬山南西道，渠州在巴州南。

〔二〕峻　《蜀中廣記》作「濬」。

〔三〕露　陳校本作「路」。

〔四〕不獲　明鈔本作「不免」。不獲，不得，不能。

仲小小

臨洮之境，有山民曰仲小小，衆號「仲野牛」，平生以採獵爲務。臨洮已西，至於疊、宕、嶓、岷之境，數郡良田，自禄山以來，陷爲荒徼。其間多産竹牛，一名野牛。其色純黑，其〔一〕一可敵六七駱駝。肉重千萬斤者，其角，二壯夫可勝其一。每飲齕之處，則拱木叢竹，踐之成塵。獵人先縱犬〔二〕逐之，俟其奔迸，則毒其矢，伺〔三〕便射之。洎中鏃，則挈鍋釜〔四〕，負糧糗〔五〕，躡其踪，緩逐之，蓋過處踏成大道也〔六〕。矢毒既發〔七〕，即斃，踣之如山，積肉如阜。一牛致乾肉數千斤，新鮮者甚美，縷如紅絲綫〔八〕。乾寧中，小小之〔九〕獵，遇牛群於石家山〔一〇〕，嗾〔一一〕犬逐之。其牛驚擾，奔一深谷，谷盡，南抵一懸崖。犬逐既急〔一二〕，牛相排蹙，居其首者，失脚墮崖。居次者，不知其偶墮，累累接跡而進〔一三〕，三十六頭皆斃於崖下。積肉不知紀極，秦、成、階三州士民，荷擔之不盡。（中華書局版汪紹楹點校本《太平廣記》卷四三四《畜獸一·牛異》引《玉堂閑話》）

〔一〕其　陳校本及《天中記》卷五五《竹牛》引《玉堂閑話》下有「巨」字。

〔二〕犬　原作「火」，據陳校本及《天中記》改。

〔三〕伺　原作「向」，據孫校本、陳校本及《天中記》改。明鈔本作「乘」。

〔四〕釜　明鈔本作「具」。

〔五〕糧糗　明鈔本、孫校本作「糗糧」。按：糗糧，乾糧。糧糗，糧食。《舊唐書》卷一〇《肅宗紀》：「至烏氏驛，彭原太守李遵謁見，率兵士奉迎，仍進衣服糧糗。」

〔六〕蓋過處踏成大道也　此句原無，據明鈔本、陳校本補。

〔七〕矢毒既發　明鈔本及《天中記》作「矢毒發處」。陳校本作「毒發」。

〔八〕一牛致乾肉數千斤，新鮮者甚美，縷如紅絲綫　以上點校本作正文，談本原爲注文，今回改。

〔九〕之　明鈔本作「出」。之，往也。

〔一〇〕石家山　陳校本及《天中記》作「石塚山」。

〔一一〕嗾　明鈔本作「縱」。

〔一二〕急　明鈔本作「迫」。

〔一三〕進　明鈔本作「下」。

石從義家犬

秦州都押衙石從義家，有犬生數子，其一獻戎帥琅琊公，自小至長，與母相隔。及節使率大將與諸校會獵於郊原，其犬忽子母相遇於田中，忻喜之貌，不可名狀〔一〕。獵罷，各逐主歸。自是其子逐日於使厨内竊肉，歸飼其母，至有銜其頭肚肩脇，盈於衙將之家，衙中人無有知者。（中華書局版汪紹楹點校本《太平廣記》卷四三七《畜獸四・犬上》引

《玉堂閑話》

〔一〕名狀　原作「狀名」，據明鈔本改。

按：《廣記》原題《石從義》，今改作《石從義家犬》。中云戎帥琅琊公，指王思同。後唐明宗天成三年（九二八）至長興元年（九三〇），王思同爲雄武軍（秦州）節度使。

袁繼謙家犬

晉將作少監〔一〕袁繼謙郎中常説，頃居〔二〕青社，假一第而處之。素〔三〕多凶怪，昏曀〔四〕即不敢出户庭，合門驚〔五〕懼，莫遂〔六〕安寢。忽一夕，聞吼聲，若有呼於甕中者，聲至濁〔七〕。舉家怖懼〔八〕，謂其必〔九〕怪之尤者。遂如〔一〇〕窗隙中窺之，見一物蒼黑色，來往庭中。是夕月晦，觀〔一一〕之既久，似若〔一二〕狗身，而首不能舉。遂以鐵〔一三〕撾擊其腦，忽轟然一聲，家犬驚叫而去。蓋其日莊上輸油至，犬以首入油器中，不能出故也〔一四〕。舉家大笑而安寢〔一五〕。（中華書局版汪紹楹點校本《太平廣記》卷四三八《畜獸五·犬

下》引《玉堂閑話》，又卷五〇〇《雜録八》引《玉堂閑話》）

〔一〕晉將作少監　原作「少將」，誤。卷五〇〇作「晉將少作監」亦有誤，黄校本、《四庫》本、《筆記小説大觀》本作「晉將作少監」，是也，據改。按：《新唐書》卷四八《百官志三·將作監》：「監一人，從三品；少監二人，從四品下。掌土木工匠之政。」袁繼謙尚曾任殿中少監（見本書《吕君第》、《袁繼謙》）。《新唐書》卷四七《百官志二·殿中省》：「監一人，從三品；少監二人。從四品上；丞二人，從五品上。監掌天子服御之事。」

〔二〕居　陳校本卷五〇〇作「寓居」。

〔三〕素　卷五〇〇作「聞」，陳校本作「素」。

〔四〕曀　陳校本及卷五〇〇作「暝」，明鈔本作「晦」。曀，天色陰暗。

〔五〕驚　原作「敬」，據明鈔本、《四庫》本、《筆記小説大觀》本及卷五〇〇改。

〔六〕遂　卷五〇〇作「能」，陳校本作「遂」。

〔七〕聲至濁　卷五〇〇作「其聲重濁」。

〔八〕怖懼　明鈔本作「惶怖」。

〔九〕謂其必　卷五〇〇作「必謂其」。

〔一〇〕如　卷五〇〇作「于」。如，往也。

〔一一〕覿　卷五〇〇作「覩」。

〔一二〕若　原作「黄」，據明鈔本及卷五〇〇改。孫校本作「老」。

〔一三〕鐵　卷五〇〇無此字。

〔一四〕蓋其日莊上輸油至，犬以首入油器中，不能出故也　「油」明鈔本、孫校本作「空」。卷五〇〇作「蓋其日莊上人輸稅至此，就于其地而糜，釜尚有餘者，故犬以首入空器中，而不能出也」（陳校本作「輸稅人至此，下所載於其地而糜」）。

〔一五〕舉家大笑而安寢　卷五〇〇作「因舉家大笑，遂安寢」，明鈔本、陳校本無「遂」字。

按：《廣記》原題《袁繼謙》，今改作《袁繼謙家犬》。

安甲

邠州有民姓安者，世爲屠業。家有牝羊并羔，一日欲刲其母，縛上架之次，其羔忽向安生面前，雙跪前膝，兩目涕零。安生亦驚異之。良久，遂致〔一〕刀於地去，喚一童稚共事刲宰。而廻遽〔二〕失刀，乃爲羔子銜之，致墻根下，而卧其上。安生心〔三〕疑爲隣人所竊。又懼詣市過時，且無他刀，極揮霍。忽轉身趯起羔兒，見刀在羔之腹下。安生遂頓悟，解下母羊并羔，並送寺内乞〔四〕長生。自身尋捨妻孥，投寺内竺大師爲僧，名守

思〔五〕。（中華書局版汪紹楹點校本《太平廣記》卷四三九《畜獸六・羊》引《玉堂閑話》）

〔一〕致　明鈔本作「置」。下同。致，置也。

〔二〕而廻遽　明鈔本作「及面遂」，「面」當爲「回」字之譌。按：清張潮《虞初新志》卷一八王言《聖師録・羊》作「及廻遽」。

〔三〕心　原作「俱」，據明鈔本改。

〔四〕乞　明鈔本作「爲」。

〔五〕思　明鈔本作「遇」。

徐州軍人

後唐長興中，徐州軍營將畜〔一〕一牝豕，翌日將宰之。是夕，豕見夢於主曰：「爾勿殺我，我之胎非豕也。爾能誌之，俾爾豐渥。」比明，忘而宰之，腹内果懷一小白象，纔可五寸，形質已具，雙牙燦然。主方悟。無及矣。營中洶洶咸知之〔二〕，聞於都校，以紙緘之〔三〕，聞於節度使李敬周。時人咸不測之，亦竟無他怪〔四〕。（中華書局版汪紹楹點校本《太

平廣記》卷四三九《畜獸六・豕》引《玉堂閑話》）

〔一〕畜　原作「烹」，誤，據明鈔本改。

〔二〕洶洶咸知之　明鈔本作「悩悩言之」。悩悩，紛紛。

〔三〕聞於都校，以紙緘之　明鈔本作「知聞於郡牧，牧以紙緘之」。

〔四〕無他怪　「怪」字原無，據明鈔本、孫校本、陳校本補。黄校本、《四庫》本、《筆記小説大觀》本作「無恙」。

按：《五代十國方鎮年表》載，李敬周爲徐州節度使在後唐長興二年（九三一）至四年。

狨

狨者，猿猱之屬。其雄毫長一尺、尺五者，常自愛護之，如人披錦繡之服也。極嘉者毛如金色，今之大官爲暖座者是也。生於深山中，群隊動成千萬。雄而小者，謂之狨奴。獵師採取者，多以桑弧檑矢射之。其雄而有毫者，聞人犬之聲，則捨群而竄，抛一樹枝，接一樹枝，去之〔一〕如飛。或于繁柯穠葉之内藏隱之〔二〕，身自知茸好，獵者必取之。其雌與奴，則緩緩旋食而傳其樹，殊不揮霍，知人不取之。則有携一子至十〔三〕子者甚多。其雄有中箭者，則拔其矢嗅之，覺有藥氣，則折而擲之，嚬眉愁沮，攀枝蹲于樹巔。于時藥作抽掣，手足俱散。臨墮而却攬其枝，攬是者數十度，前後嘔噦，呻吟之聲，與人無别。每口中涎出，則悶絶手散，墮在半樹，接得一細枝稍，懸身移時，力所不濟，乃墮于地。則人犬齊到，斷其命焉。獵人求嘉者不獲，則便射其雌。雌若中箭，則解摘其子，擿去復來，抱其母身，去離不獲，乃母子俱斃。若使仁人觀之，則不忍寢其皮，食其肉。若無憫惻之心者，其肝是鐵石，其人爲禽獸。昔鄧芝射猿，其子拔其矢，以木葉塞瘡。芝曰：「吾違物性，必將死焉。」於是擲弓矢于水中。山民無識，安知鄧芝之爲心乎？（中華書局版汪紹楹點校本《太平廣記》卷四四六《畜獸十三》引《玉堂閑話》）

〔一〕之　《四庫》本作「走」。

〔二〕之　《四庫》本作「其」，連下讀。

〔三〕十　原作「一」。據《四庫》本改。

按：《三國志》卷四五《蜀書·鄧芝傳》注引《華陽國志》曰：「芝征涪陵，見玄猿緣山。芝性好弩，手自射猿，中之。猿拔其箭，卷木葉塞其創。芝曰：『嘻！吾違物之性，其將死矣。』一日，芝見猿抱子在樹上，引弩射之，中猿母。其子爲拔箭，以木葉塞創。芝乃歎息，投弩水中，自知當死。」

民婦

世説云狐能魅人，恐不虚矣。鄉民有居近山林，民婦嘗獨出於林中，則有一狐，忻然摇尾，款步循擾於婦側，或前或後，莫能遣之。如是者以〔一〕爲常。或聞丈夫至則遠之〔二〕，弦弧不能及矣。忽一日，婦與姑同入山掇蔬，狐亦潛逐之。婦姑於叢間稍相遠，狐即出草中，摇尾而前，忻忻然〔三〕如家犬。婦乃誘之而前，以裙裾〔四〕裹之，呼其姑共擊之。舁而還家，隣里競來觀之，則瞑其雙目，如有羞赧之狀，因斃之。此雖有魅人之異〔五〕，而未能變。任氏之説，豈虚也哉！（中華書局版汪紹楹點校本《太平廣記》卷四五五《狐九》引《玉堂閑話》）

〔一〕以　此字原無，據明鈔本補。

〔二〕或聞丈夫至則遠之　明鈔本「丈」作「其」，「之」作「去」。

〔三〕忻忻然　明鈔本作「依依」。

〔四〕裾　原譌作「裙」，據明鈔本改。《筆記小説大觀》本作「袂」。

〔五〕異　明鈔本作「意」。

玉堂閑話卷九

選仙場

南中有選仙場，場在峭崖之下。其絶頂有洞穴，相傳爲神仙之窟宅也。每年中元日〔一〕，拔一人上昇。學道者築壇于下。至時，則遠近冠帔，咸萃於斯，備科儀，設齋醮，焚香祝數〔二〕。七日而後，衆推一人道德最高者，嚴潔至誠，端簡立于壇上。餘人皆摻袂〔三〕別而退，退即遥頂禮顧望之〔四〕。于時有五色祥雲，徐自洞門而下，至於壇場。其道高者，冠衣〔五〕不動，合雙掌，躡五〔六〕雲而上昇，觀者靡不涕泗健羨，望洞門而作禮。如是者年一兩人〔七〕。次年〔八〕，有道高者合選，忽有中表間一比丘，自武都山往與訣別。比丘懷雄黄一斤許，贈之曰：「道中唯重此藥，請密寘于腰腹之間，慎勿遺失之。」道高者甚喜，遂懷而昇〔九〕壇。至時，果躡雲而上。後旬餘，大覺山巖臭穢。數日〔一〇〕後，有獵人自巖旁攀緣造其洞〔一一〕，見有大蟒蛇腐爛其間，前後上昇者骸骨，山積于巨穴之間。蓋五色雲者，蟒之毒氣，常呼吸〔一一〕此無知道士充其腹，哀哉！（中華書局版汪紹楹點校本《太平廣記》卷四五八《蛇三》引《玉堂閑話》）

〔一〕中元日　孫校本及《太平廣記詳節》卷四二作「中元元日」，誤。南宋陳元靚《歲時廣記》卷三〇《中元下·除蟒妖》引《玉堂閑話》作「中元日」。按：中元日，農曆七月十五日。

〔二〕數　《歲時廣記》作「禱」。

〔三〕摻袂　明鈔本作「掩袂」。摻袂，執袖，道別也。掩袂，以袖拭淚。《歲時廣記》作「慘然」，且下有「訣」字。

〔四〕退即遥頂禮顧望之　「退即」二字原無，據明鈔本、孫校本及《廣記詳節》、《歲時廣記》補。「顧」《歲時廣記》作「瞻」。

〔五〕冠衣　《廣記詳節》作「衣冠」。

〔六〕五　明鈔本作「其」，《歲時廣記》作「祥」。

〔七〕如是者年一兩人　《歲時廣記》作「如是者不可枚數矣」。

〔八〕次年　《歲時廣記》無此二字。

〔九〕昇　《廣記詳節》作「乘」。

〔一〇〕日　《廣記詳節》作「月」。

〔一一〕其洞　《廣記詳節》作「洞其」，「其」連下讀。按：自「大覺」至此，《歲時廣記》作「比丘從崖傍攀緣造其洞」。

〔一二〕吸　《廣記詳節》作「噏」，字同。

按：元佚名《湖海新聞夷堅續志》後集卷二精怪門《蟒精爲妖》，即此事之演化。文曰：

南中有選仙道場，在一峭崖石壁之下。其絶頂石洞穴，相傳以爲神仙之窟宅，時有雲氣蒙靄。常有學道之人築室於下，見一仙人現前，曰：「每年中元日，宜推選有德行之人祭壇，當得上昇爲仙。」於是學道慕仙之人咸萃於彼。至期，遠近之人齋香赴壇下，遥望洞門祝禱。而後衆推道德高者一人，嚴潔衣冠，佇立壇上，以俟上昇，餘皆慘然訣别而退。於時有五色祥雲油然，自洞而至壇場。其道高者，衣冠不動，躡雲而昇至洞門，則有大紅紗燈籠引導。觀者靡不涕泗健羨，遥望作禮。如是者數年，人皆以爲道緣德薄，未得應選爲恨。至次年，衆又推舉一年高者，方上昇間，忽一道人云自武當山來掛搭，問其所以，具以實對。道人亦嗟羡之，曰：「上昇爲仙，豈容易得？但虚空之中有剛風浩氣，必能遏截。吾有一符能禦之，請置於懷，慎勿遺失。」道德高者懷之，喜甚。至時，果有五色祥雲捧足，冉冉而昇。踰日，道人遣其衆緣崖登視洞穴，見飛昇之人形容枯槁，横卧於上，若重病者，奄奄氣息。

久方能言。問之，則曰：「初至洞門，見一巨蟒，吐氣成雲，兩眼如火。方開口欲吞啗間，忽風雷大震，霹死於洞畔。」視之，蟒大數圍，長數十丈。又有骸骨積於巖穴之間，乃前後上昇者骨也。蓋五色雲者，乃蟒之毒氣也。紅紗燈籠者，蟒之眼光也。

狗仙山

巴、賨之境，地多巖崖，水怪木妖〔一〕，無所不有。民居溪壑，以弋獵爲生涯。嵌空之所，有一洞穴，居人不能測其所往。獵師縱犬於此，則多呼之不廻，瞪目摇尾，瞻其崖穴。于時有彩雲垂下，迎獵犬而昇洞。如是者年年有之，好道者呼爲狗仙山。偶有智者，獨不信之，遂絏一犬，挾弦弧往之。至則以麤絙系其犬腰，繫于拱木，然後退身而觀之。及彩雲下，犬縈身而不能隨去，嘷叫者數四。旋見有物，頭大如甕，雙目如電，鱗甲光明，冷〔二〕照溪谷。漸垂身出洞中觀〔三〕其犬，獵師毒其矢而射之。既中，不復再見。頃經旬日，臭穢滿山。獵師乃〔四〕自山頂，縋索下觀，見一大蟒，腐爛于巖間。狗仙山之事，永無有之〔五〕。（中華書局版汪紹楹點校本《太平廣記》卷四五八《蛇三》引《玉堂閑話》）

〔一〕妖　原作「怪」，據明鈔本、孫校本改。

〔二〕冷　《四庫》本作「全」。

〔三〕觀　明鈔本及《蜀中廣記》卷六〇《方物記・蟲》引《玉堂閑話》作「顧」。

〔四〕乃　明鈔本作「使人」。

〔五〕永無有之　明鈔本作「永不有矣」。

朱漢賓

梁貞明中，朱漢賓鎮安陸〔一〕之初，忽一日，曙色纔辨，有大蛇見於城之西南。首枕大城，尾拖於壕南岸土地廟中。其魁可大如五斗器，雙目如電，呀巨吻，以瞰于城。其身不翅〔二〕百尺，粗可數圍，跨于羊馬之堞，兼壕池之上，其餘尚蟠於廟垣之内。有宿城軍校，卒然遇之，大呼一聲，失魂而逝。一州惱懼〔三〕，莫知其由。來年，淮寇非時而至，圍城攻討，數日不破而返〔四〕。豈神祇之先告歟？（中華書局版汪紹楹點校本《太平廣記》卷四五九《蛇四》引《玉堂閑話》）

〔一〕安陸　原作「安禄」，據明鈔本、孫校本、黄校本、《四庫》本、《筆記小説大觀》本改。按：《舊五代史》卷一〇《梁書·末帝紀下》：「貞明六年（九二〇）春正月戊子，以曹州刺史朱漢賓爲安州宣威軍節度使。」《新五代史》卷四五《朱漢賓傳》：「漢賓事梁爲天威軍使，歷磁、滑、宋、亳、曹五州刺史，安遠軍節度使。」宣威軍即安州，後唐同光元年（九二三）改安遠軍。安州治安陸縣。

〔二〕不翅　明鈔本作「不啻」。翅，通「啻」。

〔三〕惱懼　明鈔本「惱」作「凶」。按：《廣記》卷三七六引《廣異記·王穆》：「其地去賊界四十餘里，衆心惱懼。」

〔四〕返　明鈔本作「退」。

牛存節

梁牛存節鎮鄆州，於子城西南角大興一第。因板築穿地，得蛇一穴，大小無數。存節命殺之，載于野外，十數車載之方盡。時有人云，此蛇藪也。是歲，存節疽背而薨。

（中華書局版汪紹楹點校本《太平廣記》卷四五九《蛇四》引《玉堂閑話》）

按：據《舊五代史》卷二二《梁書·牛存節傳》及卷八《末帝紀上》，乾化三年（九一三）存節授鄆州節度使，五年五月病卒。

徐坦

清泰末，有徐坦應進士舉，下第，南遊渚宫。因之峽州，尋訪故舊，旅次富堆山下。有古店，是夜甜琴書訖，忽見一樵夫，形貌枯瘠，似有哀慘之容。坦遂詰其由，樵夫濡睫〔一〕而答曰：「某比是此山居人，姓李，名孤竹。有妻先遘沈痾，歷年不愈。昨因入山採木，經再宿未返。其妻身形忽變，恐人驚悸，謂隣母曰：『我之身已變矣，請爲報夫知之。』及歸，語曰：『我已弗堪也，唯身〔二〕在焉。請君託鄰人舁我，置在山口爲幸。』如其言，遷至於彼。逡巡，忽聞如大風雨聲，衆人皆懼之。又言曰：『至時速迴，慎勿返顧。』遂敍訣別之恨。俄見群山中，有大蛇無數，競湊其妻。妻遂下牀，伸而復屈，化爲一蟒，與群蛇相接而去。仍於大石上捽其首，迸碎在地。」至今有蛇種李氏在焉。（中華書局版汪紹楹點校本《太平廣記》卷四五九《蛇四》引《玉堂閑話》）

〔一〕睫　原作「瞍」。據明鈔本改。瞍，瞎眼。

〔二〕身　原作「尸」，據明鈔本改。

張氏

王蜀時，杜判官妻張氏，士流之子〔一〕。與杜齊體〔二〕數十年，誕育一子，壽過六旬而殂殁。洎殯于家，累旬後，方〔三〕窆于外。啓攢〔四〕之際，覺其秘器摇動，謂〔五〕其還魂。剖〔六〕而視之，見化作大蛇，蟠蜿屈曲。骨肉奔〔七〕散。俄頃，徐徐入林莽而去。興元静明寺尼曰王三姑，亦於棺中化爲大蛇。其杜妻，即晚年〔八〕不敬其夫，夫老病視聽步履，皆不任持〔九〕。張氏顧〔一〇〕之若犬彘，凍餒而卒〔一一〕。人以爲化蛇其應也。（中華書局版汪紹楹點校本《太平廣記》卷四五九《蛇四》引《玉堂閑話》）

〔一〕子　明鈔本作「女」。按：《勸善書》卷一五、《蜀中廣記》卷九〇附録《果報》引《玉堂閑話》皆作「子」。子亦女也。《雲谿友議》卷上《真詩解》：「濠梁人南楚材者，旅遊陳、潁歲久。潁守慕其儀範，將欲以子妻之。」

〔二〕齊體　《蜀中廣記》作「齊休」。齊體，謂作夫妻。

〔三〕方　《蜀中廣記》作「卜」，卜，擇也。

〔四〕啓攢　《勸善書》作「發引」。《蜀中廣記》「攢」作「墳」。按：攢，指暫殯之所。

〔五〕謂　《勸善書》作「疑」。

〔六〕剖　《勸善書》作「啓」。

〔七〕奔　明鈔本作「潰」，《蜀中廣記》作「舍」。

〔八〕晚年　《勸善書》卷一五作「平居」。

〔九〕夫老病視聽步履，皆不任持　「夫」字原無，據明鈔本及《勸善書》、《蜀中廣記》補。《勸善書》作「夫老病，不能視聽步履」。

〔一〇〕顧　《勸善書》作「待」。

〔一一〕凍餒而卒　《勸善書》前有「杜竟」二字。

按：《廣記》析作二條，以又字相連，實爲一事。《勸善書》卷一五合而述之。

顔遂

郎中顔遂〔一〕嘗密話，其先人嘗宰公安，罷秩後僑寄于縣側荆江之壖，四面多林木蘆荻。月夜未寢，徐步出門，見一條物，巨如椽，横於地。謂是門關，舉足踢之。其物應足而起，自胷背至於腰下，纏繳數十匝，仆於地，懵〔二〕無所知。其家訝其深夜不歸，使人看之，見腰間皎皛而明，來往硍于地上。逼而〔三〕視之，見大蛇纏其身。解之不可，於是取利刃斷其蛇，一段段置於地，彎彎然不展。繳勒悶絶，因而失喑〔四〕，旬日而卒。（中華書局版汪紹楹點校本《太平廣記》卷四五九《蛇四》引《玉堂閑話》）

〔一〕顔遂　談本原作「顧遂」，總目録、卷前目録及明鈔本、孫校本均作「顔遂」，據改。

〔二〕懵　明鈔本下有「死」字。

〔三〕逼而　明鈔本作「近」。逼，近也。

〔四〕喑　明鈔本作「音」。喑，啞也。又作「瘖」。《北史》卷七四《劉昉傳》：「帝失瘖不復能言。」

瞿塘峽

有人遊於瞿塘峽，時冬月，草木乾枯，有野火燎其峰巒，連山跨谷，紅焰照天。忽聞巖崖之間，若大石崩墜，輷磕然有聲。遂駐足伺之，見一物，圓如大囷〔一〕，硍至平地，莫知其何物也。細而看之，乃是一蛇也。遂剖而驗之，乃蛇吞一鹿在於腹内。野火燒然，

墮于山下。所謂巴蛇吞象，信而〔二〕有之。（中華書局版汪紹楹點校本《太平廣記》卷四五九《蛇四》引《玉堂閑話》）

〔一〕囷　明鈔本及《蜀中廣記》卷六〇《方物記·蟲》引《玉堂閑話》作「囤」。囷，圓形糧倉，義同「囤」。

〔二〕而　明鈔本作「亦」。

燕雛

詞臣奉職之餘，各話平生見聞。學士承旨王仁裕、學士張沆、户部侍郎范質言〔一〕，嘗有二〔二〕燕巢於舍下，育數雛，已哺食矣。其雌者爲猫所搏食之，雄者啁啾久之方去。即時又與一燕爲匹而至〔三〕，哺雛如故。不數日，諸雛相次墮地，宛轉而殭。兒童〔四〕剖腹視之，則有蒺藜子盈於〔五〕嗉中。蓋爲繼偶〔六〕者所害。凡有血氣之類，憎愛嫉妬之心未嘗無也〔七〕。（中華書局版汪紹楹點校本《太平廣記》卷四六一《禽鳥二·鷰》引《玉堂閑話》，又南宋曾慥《類説》卷五四王仁裕撰《玉堂閑話·燕繼室害諸雛》）

〔一〕詞臣奉職之餘，各話平生見聞。　學士承旨王仁裕、學士張沆、户部侍郎范質言　以上據《類説》，天啓刊本作「言范質」，此據明嘉靖伯玉翁舊鈔本改。「户部侍郎」四字《類説》無，據《廣記》補於此，前原有「漢」字，今删。按：此爲詞臣聚談。漢天福十二年（九四七），王仁裕任户部侍郎，充翰林學士承旨，范質加中書舍人、户部侍郎，而在晉天福中亦曾入爲翰林學士（《宋史》卷二四九本傳）。據《廣記》，言鷰者實是范，《類説》引述不完。無從校改，姑如此。

〔二〕二　此字《廣記》無，據《類説》補。

〔三〕即時又與一燕爲匹而至　《類説》作「别與一燕爲匹」。

〔四〕童　《類説》作「輩」。

〔五〕盈於　原作「在」，據《類説》改。

〔六〕偶　《類説》作「室」。

〔七〕凡有血氣之類，憎愛嫉妬之心未嘗無也　以上據《類説》補。

按：《廣記》原題《范質》，今改作《燕雛》。《太平廣記詳節》卷四二亦引，文同。《類説》本文詳。

《夷堅志補》卷四《張氏燕》末云：「《玉堂閑話》中亦有一事相類。」指此。所載張氏燕事實襲本書，文曰：

張子韶南安所居堂東廡短簷下，二燕各營巢。其一群雛皆長，已飛去。一巢數子待哺，終日而母不來，蓋爲物所搏也。張公憐其悲鳴，爲徙置空巢，意其同類認爲己子而飼之。已而一燕至，徘徊不入，去之。須臾，復銜一物如乳哺者，孤雛争接食，張望見頗喜。後二日至其所，則巢中寂然，視地上，皆折翅挺足，張口閉目，偃仆不動。細視之，皆有棘刺梗其喉舌，張歎息久之。

又南宋張邦基《墨莊漫録》卷二亦載一事相類：

廣陵牛氏家，堂燕方育雛，而雌爲猫所斃，雄啁哳久之，翻然而逝。少選，一雌偕來，共哺其子。明日，有雛墜地，至晚，群雛畢死。取視之，滿吭皆卷耳實，蓋爲雌所毒也。嗟乎！禽鳥嫉其前雛，一至於此，而終不悟，悲夫！

南人捕鴈

鴈宿於江湖之岸，沙渚之中，動計千百。大者居其中，令鴈奴圍而警察。南人有採捕者，俟其天色陰暗，或無月時，於瓦罐中藏燭，持棒者數人，屏氣潛行。將欲及之，則略〔一〕舉燭，便藏之。鴈奴驚〔二〕叫，大者亦驚，頃之復定。又如〔三〕前舉燭，鴈奴又驚。

如是數四，大者怒啄鴈奴。秉燭者徐徐逼之，更舉燭，則鴈奴懼啄，不復動矣。乃高舉其燭，持棒者齊入群中亂擊之，所獲甚多。昔有淮南人張凝〔四〕評事話之，此人親曾採捕。（中華書局版汪紹楹點校本《太平廣記》卷四六二《禽鳥三·鴈》引《玉堂閑話》）

〔一〕略　《天中記》卷五八《捕鴈》引《玉堂閑話》作「累」。

〔二〕驚　《天中記》作「警」。

〔三〕如　原作「欲」，據《太平廣記詳節》卷四二、《古今事文類聚》後集卷四六引《玉堂閑話》改。明鈔本作「復」。

〔四〕凝　《事文類聚》作「疑」。

按：《類説》卷五四《玉堂閑話·鴈奴》節載，文字簡甚。

黄鸎鴿

頃年，有人取得黄鸎鴿，養於竹籠中。其雌雄接翼，曉〔一〕夜哀鳴於籠外，絶不飲喙。乃取鷚置於籠外，則更來哺之。人或在前，略無所畏。忽一日，不放出籠，其雄雌繚繞飛鳴，無從而入。一投火中，一觸籠而死。剖腹視之，其腸寸斷。（中華書局版汪紹楹點校本《太平廣記》卷四六三《禽鳥四》引《玉堂閑話》）

〔一〕曉　《天中記》卷五九《哺雛》引《玉堂閑話》作「既」。

按：《廣記》原題《鸎》，今改作《黄鸎鷚》。《太平廣記詳節》卷四二亦引《玉堂閑話》，文同。

崔棁

晉太常卿崔棁〔一〕遊學時，往至〔二〕姑家，夜與諸表昆季宿於學院。來晨，姑家方會客〔三〕，夜夢十九人皆衣青緑，羅拜，具告求生〔四〕，詞旨哀切。崔曰：「某方閒居，非有公府之事也，何以相告？」咸曰：「公但許諾，某輩獲全矣。」崔曰：「苟有階緣，固不惜奉救也。」咸喜躍，再〔五〕拜而退。既寤，盥櫛束帶，至堂省姑。見缶中有水而泛鼈焉，數之，大小凡十九，計其衣色，亦略同也。遂告於姑，具述所夢，再拜請之。姑亦不阻，即命僕

夫寘於器中，躬詣水次放之。（中華書局版汪紹楹點校本《太平廣記》卷四六七《水族四水怪》引《玉堂閑話》）

〔一〕崔棁　《類説》卷五四《玉堂閑話·十九鱉求生》作「崔脱」，《古今事文類聚》後集卷三五《緑衣求生》及《古今合璧事類備要》別集卷八七《鼈求生》引王仁裕《玉堂閑話》作「崔悦」，並誤。按：崔棁，《舊五代史》卷九三《晉書》、《新五代史》卷五五《雜傳》有傳。

〔二〕至　明鈔本作「表」。

〔三〕姑家方會客　《類説》作「崔脱尚書家方會客」，《事文類聚》及《事類備要》作「崔悦尚書家方會客」。按：崔棁所任爲尚書左丞，非尚書，遷太常卿。

〔四〕衣青緑，羅拜，具告求生　《類説》及《事文類聚》、《事類備要》作「着青緑羅衣，拜告求生」。

〔五〕再　明鈔本、孫校本及《永樂大典》卷一三一四〇《夢鼈求生》引《太平廣記》作「列」。

按：《天中記》卷五七《烏帽乞命》引《儆戒録》僞蜀李延福夢鼈事，又略引《玉堂閑話》崔棁事，云「事同」。《儆戒録》後蜀周珽撰，《廣記》卷四六七《李延福》引曰：「僞蜀豐資院使李延福，晝寢公廳，夢裹烏帽三十人伏於堦下，但云乞命。驚覺，僕使報，門外有村人獻鼈三十頭。因悟所夢，遂放之。」。

老蛛

泰嶽之麓有岱嶽觀，樓殿咸古制，年代寖遠。一夕大風，有聲轟然，響震山谷。及旦視，即經樓之陊也。樓屋徘徊之中，雜骨盈車，有老蛛在焉。形如矮腹五升之茶鼎，展手足則周數尺之地矣。先是，側近寺觀或民家，亡失幼兒，不計其數，蓋悉罹其啗食也。多有網於其上，或遭其黏然〔一〕縻絆，而不能自解而脱走，則必遭其害矣。於是觀主命薪以焚之，臭聞十餘里。（中華書局版汪紹楹點校本《太平廣記》卷四七九《昆蟲七》引《玉堂閑話》）

〔一〕然　明鈔本作「若」。

水蛙

徐之東界接沂川，有溝名盤車〔一〕，相傳是奚仲試車之所。徐有奚仲墓，山上亦有試車處，石上轍〔二〕深數尺。溝有水，水有蛙，可大如五石甕，目如盌。昔嘗有人，於其項上得

藥，服之度世。（中華書局版汪紹楹點校本《太平廣記》卷四七九《昆蟲七》引《玉堂閑話》）

〔一〕車 明鈔本、陳校本作「居」。

〔二〕轍 原作「輒」，張國風《太平廣記會校》：「疑是『轍』之誤。」今改。

螽斯

蝗之爲孽也，蓋沴氣所生。斯〔一〕臭腥。或曰魚卵所化。每歲生育，或三或四。每一生，其卵盈百。自卵及翼，凡一月而飛。故《詩》稱螽斯子孫衆多。螽斯即蝗屬也。羽翼未成，跳躍而行，其名蝻。晉天福之末，天下大蝗，連歲不解。行則蔽地。起則蔽天。禾稼草木〔二〕，赤地無遺。其蝗〔三〕之盛也，流引無所〔四〕，甚至浮河越嶺，踰池渡塹，如履平地。入人家舍，莫能制禦。穿户入牖，井溷填咽，腥穢牀帳，損齧書衣〔五〕。積日連宵，不勝其苦。鄆城縣有一農家，豢豕十餘頭。時于陂澤間，值蝗大至，群豢豕躍〔六〕而啗食之，斯須腹〔七〕飫，不能運動。其蝗又飢，唼齧群豕，有若堆積，豕竟困頓，不能禦之，皆爲蝗所殺。至〔八〕癸卯年，其蝗皆抱草木而枯死，所爲〔九〕天生殺也。（中華書局版汪

紹楹點校本《太平廣記》卷四七九《昆蟲七》引《玉堂閑話》）

〔一〕斯　《永樂大典》卷四九〇〇《春秋書螽》引《玉堂閑話》作「其」。黄校本、《四庫》本、《筆記小説大觀》本作「螽斯」。

〔二〕草木　明鈔本作「百草」。《大典》作「草樹」，下同。

〔三〕蝗　原作「蝻」，據明鈔本改，下同。

〔四〕無所　原作「無數」，據明鈔本改。《大典》作「無有不至」。

〔五〕衣　孫校本、陳校本及《大典》作「裘」，明鈔本譌作「求」。

〔六〕群豢豕躍　《大典》作「群豕躍躍」。

〔七〕腹　原作「復」，據明鈔本及《大典》改。

〔八〕至　此字原無，據《大典》補。

〔九〕爲　明鈔本及《大典》作「謂」。爲，通「謂」。

按：晉天福之末乃高祖七年（九四二），是年六月出帝繼位，癸卯年乃次年，即天福八年。

蝻化

己酉年，將軍許敬遷奉命於東州〔一〕按夏苗，上言稱於陂野間，見有蝻〔二〕生十數里。

纔欲打捕，其蟲〔三〕化爲白蛺蝶飛去。（中華書局版汪紹楹點校本《太平廣記》卷四七九《昆蟲七》引《玉堂閑話》）

〔一〕州　原作「洲」，據明鈔本、孫校本改。

〔二〕蝻　明鈔本作「蝗」。

〔三〕蟲　明鈔本作「蝗」。

按：己酉年乃後漢乾祐二年（九四九）。《册府元龜》卷一六〇帝王部《革弊》：「晉高祖天福十二年，左衛將軍許敬遷奏……」晉當作漢。漢高祖，劉知遠也。

新羅大人

六軍使西門思恭，常銜命使于新羅。風水不便，累月漂泛于滄溟，罔知邊際。忽南抵一岸，亦有田疇物景，遂登陸四望。俄有一大人，身長五六丈，衣裾差異，聲如震雷，下顧西門，有如驚歎。于時以五指撮而提行百餘里，入一巖洞間，見其長幼群聚，遞相呼集，競來看玩。言語莫能辨，皆有歡喜之容，如獲異物。遂掘一坑而寘之，亦來看守之。信宿之後，遂攀緣躍出其坑，逕尋舊路而竄。纔跳入船，大人已逐而及之矣。便以巨手攀其船舷，于是揮劍，斷下三指，指粗于今槌帛棒。大人失指而退，遂解纜。舟中水盡糧竭，經月無食，以身上衣服，囓而啗之。後得達北岸，遂進其三指，漆而藏于內庫。洎拜主軍，寧以金玉遺人，平生不以飲饌食客，爲省其絶糧之難也。（中華書局版汪紹楹點校本《太平廣記》卷四八一《蠻夷二》引《玉堂閑話》）

按：《廣記》所引，《新羅》是總名，凡引《紀聞》等書六則，此則今擬題《新羅大人》。《紀聞》二條亦載新羅長人事。

西門思恭是宦官。《舊唐書》卷一九下《僖宗紀》：「（乾符三年七月）左軍擗仗使、左監門衛上將軍西門思恭爲右威衛上將軍。」

海上蔬圃

廣州番禺縣，常有部民諜訴〔一〕云：「前夜亡失蔬圃，今認得在于某處，請縣宰判狀往取之。」有北客駭其説，因詰之，民云：「海之淺水中有藻荇之屬，被風吹，沙與藻荇相雜。其根既浮，其沙或厚三五尺處，可以耕墾，或灌爲〔二〕圃故也。夜則被盜者盜之〔三〕百餘里外，若桴筏〔四〕之乘流也。」以是植〔五〕蔬者，海上往往有之。（中華書局版汪紹楹點校本《太平廣記》卷四八三《蠻夷四》引《玉堂閑話》）

〔一〕常有部民諜訴　「常」南宋吴曾《能改齋漫録》卷一四《訴失蔬圃》引國初范質（按：作者誤）《玉堂閑話》作「曾」。常，通「曾」。「諜」《能改齋漫録》作「牒」。「諜」通「牒」，諜訴即訴訟。《宋史》卷二九三《張詠傳》：「民有諜訴者，詠灼見情僞，立爲判決，人皆厭服。」

〔二〕爲　原作「或」，據《能改齋漫録》改。

〔三〕之　《能改齋漫録》作「至」。

〔四〕筏　原作「蔑」，當譌。據孫校本及《能改齋漫録》改。

〔五〕植　《能改齋漫録》作「殖」。

按：《廣記》原題《番禺》，今改作《海上蔬圃》。

南州

王蜀有劉隱者，善于篇章。嘗説，少年賫益部監軍使書，索〔一〕于黔巫之南，謂之南州。州多山險，路細不通乘騎，貴賤皆策杖而行，其囊橐悉皆差夫背負。夫役不到處，便遣縣令、主簿自荷而行。將至南州，州牧差人致書迓之。至則有一二人背籠而前，將〔二〕隱入籠内，掉手而行。凡登山入谷，皆絶高絶深者，日至百所，皆用指爪攀緣，寸寸而進。在于籠中，必與負荷者相背而坐，此即彼中車馬也。洎至近州，州牧亦坐籠而迓于郊。其郡在桑林之間，茅屋數間而已。牧守皆華人，甚有心義。翌日，牧曰：「須略謁諸大將乎〔三〕？」遂差人引之衙院。衙院〔四〕各相去十餘里，亦在林木之下，一茅齋。大校三五人，逢迎極至。于是烹一犢兒，乃先取犢兒結腸中細糞，置在盤筵，以筯和調在醯中，方餐犢肉。彼人謂細糞爲聖虀，若無此一味者，即不成局筵矣。諸味將半，然後下麻蟲裹蒸。裹蒸乃取麻蕨蔓上蟲，如今之刺猱者是也，以荷葉裹而蒸之。隱勉强餐之，明日所遺甚多〔五〕。（中華書局版汪紹楹點校本《太平廣記》卷四八三《蠻夷四》引《玉堂閑話》）

〔一〕索　談本原作「案」，點校本據明鈔本改。張國風《太平廣記會校》無校記。索，求索錢帛。

〔二〕將　孫校本作「撮」。

〔三〕乎　明鈔本作「軍」。

〔四〕院　此字原無，據孫校本補。

〔五〕明日所遺甚多　孫校本作「行日所遺甚廣」。

按：《十國春秋》卷四二《前蜀·劉隱》採入此事。

玉堂閑話卷十

馮宿

馮宿，文宗朝揚歷中外，甚有美譽，垂入相者數矣。又能曲事北司權貴，咸得其懽心焉。一日晚際，中尉封一合送與之，開之，有烏巾〔一〕二頂，暨甲煎面藥之屬。時班行結中貴者，將大拜，則必先遺此以爲信。馮大喜，遂以先呈相國楊嗣復，蓋常佐其幕也。馮又性好華楚鮮潔，自夕達曙，重衣數襲，選駿足數疋，鞍韉照地，無與比。馮以既有的信，即不宜序班，欲窮極稱愜之事，遂修容易服而入。至幕次，吏報有按，則僞爲不知。比就，果有按，謁者捧麻，必相也。將宣，則謁者向殿，執敕罄折，朗呼所除拜大僚之姓名。既而大呼曰：「蕭倣。」馮乃驚仆于地，扶而歸第，得疾而卒。蓋其夕擬狀，將付學士院之時，文宗謂近臣曰：「馮宿之爲人，似非沉静。蕭倣方判鹽鐵，朕察之，頗得大臣之體。」遂以易之。（中華書局版汪紹楹點校本《太平廣記》卷四九八《雜録六》引《玉堂閑話》）

〔一〕烏巾　談本「烏」字空闕，點校本據陳校本補，《筆記小說大觀》本同。黄校本、《四庫》本作「結巾」。

按：馮宿，《舊唐書》卷一六八、《新唐書》卷一七七有傳。馮宿大和四年（八三〇）入爲工部侍郎，六年遷刑部侍郎、兵部侍郎，九年出爲劍南東川節度使、檢校禮部尚書。開成元年（八三六）十二月卒，贈吏部尚書。蕭倣，《舊唐書》卷一七二、《新唐書》卷一〇一有傳。蕭倣懿宗咸通末以兵部尚書平章事，此云文宗時拜相，乃傳聞不實。

孟乙

徐之蕭縣，有田民孟乙者，善網狐狢，百無一失。偶乘暇，持矟行曠野。會日將夕，見道左數百步，荒冢巋然，草間細逕，若有人跡。遂入之，以矟于黑闇之處攪之，若有人捉拽〔一〕之，不得動〔二〕，問曰〔三〕：「爾鬼耶人耶？怪耶魅耶？何故執吾矟而不置？」闇中應曰：「吾人也。」乃命出之，具以誠告云：「我姓李。昨爲盜，被繫兗州軍候獄。五木備體，捶楚之處，瘡痏徧身。因伺隙踰獄垣，亡命之〔四〕此，死生唯命焉。」孟哀而將歸，置于複壁中。後經赦乃出。孟氏以善獵知名，飛走之屬，無得脱者。一旦荒塚之中

而得叛獄囚以歸，聞者皆大笑之。（中華書局版汪紹楹點校本《太平廣記》卷五〇〇《雜録八》引《玉堂閑話》）

〔一〕拽　陳校本作「索」。

〔二〕動　陳校本作「遂」，連下讀。

〔三〕曰　此字原無，據明鈔本、陳校本補。

〔四〕之　陳校本作「至」。

振武角抵人

光啓年中，左神策軍四軍軍使王卞出鎮振武，置宴。樂戲既畢，乃命角抵。有一夫甚魁岸，自隣州來此較力。軍中十數輩軀貌膂力，悉不能敵〔一〕。主帥亦壯之，遂選三人，相次而敵之，魁岸者俱勝。帥及座客，稱善久之。時有一秀才，坐于席上〔二〕，忽起，告主帥曰：「某撲得此人。」主帥頗駭其言，所請既堅，遂許之。秀才降階，先入厨，少頃而出。遂掩縮衣服，握左拳而前。魁梧〔三〕者微笑曰：「此一指必倒矣。」及漸相逼，急展左手示之，魁岸者懵然而倒，合座大笑。秀才徐步而出，盥手而登席焉。主帥詰之：「何術也？」對曰：「頃年客遊，曾于道店逢此人，纔近食桉，踉蹌而倒。有同伴曰：『怕醬，見之輒倒。』某聞而志〔四〕之。適詣設厨，求得少醬，握在手中，此人見之果自倒。聊助宴設之歡笑耳。」有邊岫判官，目覩其事。（中華書局版汪紹楹點校本《太平廣記》卷五〇〇《雜録八》引《玉堂閑話》）

〔一〕敵　陳校本作「偕」。

〔二〕上　陳校本作「末」。

〔三〕魁梧　陳校本作「膂力」。

〔四〕志　陳校本作「識」。志、識音義皆同，記也。

薛昌緒

岐王李茂貞覇秦隴也，涇州書記薛昌緒爲人迂僻，禀自天性，飛文染翰，即不可得之矣。與妻相見亦有時，必有禮容。先命女僕通轉〔一〕，往來數四，可之，然後秉燭造室。至于高談虚論，茶果而退。或欲詣幃房，其禮亦然。嘗曰：「某以繼嗣事重，輒欲卜其嘉會，必候請而可之。」及從涇帥統衆于天水，與蜀人相拒于青泥嶺。岐衆迫于輦運，又聞梁人入境，遂潛師宵遁，頗懼蜀人之掩襲。涇帥臨行，攀鞍忽記曰：「傳語書記，速請上馬。」連促之。薛方〔二〕在草庵下藏身，曰：「傳語太師，但請先行，今晨是某不樂日。」戎帥怒，使人提〔三〕上鞍轎，捶其馬而逐之。尚以物蒙其面，云：「忌日禮不見客。」此蓋人妖也，秦隴人皆知之。（中華書局版汪紹楹點校本《太平廣記》卷五〇〇《雜録八》引《玉堂閑話》）

〔一〕轉　明鈔本、陳校本作「傳」。

〔二〕方　此字原無，據陳校本補。

〔三〕提　陳校本作「捉之」。

康義誠

後唐長興中，侍〔一〕衛使康義誠，常軍中差人于私宅充院子，亦曾小有笞責。忽一日，憐其老而詢其姓氏，則曰姓康。別詰其鄉土親族息胤，方知是父，遂相持而泣。聞者莫不驚異。（中華書局版汪紹楹點校本《太平廣記》卷五〇〇《雜録八》引《玉堂閑話》）

〔一〕侍　原作「待」，據明鈔本、《四庫》本、《筆記小説大觀》本及《古今合璧事類備要》外集卷一九《院子笞責》、《天中記》卷一七《笞父》、《舊五代史》卷六六《唐書·康義誠傳》注引《玉堂閑話》改。按：《舊五代史》本傳載：「明宗幸汴，平朱守殷，改侍衛馬軍都指揮使，領江西節度使。車駕歸洛，授侍衛馬步軍都指揮使、河陽節度使。」

按：此與同卷引《王氏見聞》姜太師事相類。

㩧揖

以肩揖人曰㩧，音巴講反〔一〕，輕脱之態也。（《景印文淵閣四庫全書》本南宋朱勝非《紺珠集》卷一二王仁裕《玉堂閑話》）

〔一〕音巴講反　明天順刻本無此四字。按：此當爲文中夾注。

按：本事不詳。陳輯本未輯。

驢馬駒

范丞相質常言，驢馬駒子行有先後。屬詰廄吏，言俱可驗。蓋上旬驥駒生者，行在母前，中旬生者行與母並，下旬生者行在母後。每驗之皆不繆。質曰：「是含靈之類，悉稟五行之氣。馴致之道，得于自然。至于魚龍異淵沼，虎兕居藪穴，分行列於鴻雁，辨尊卑于蠭螘，蠢動猶然，而況于人乎？其有逆天之理，矯性之分，其大者則爲亂臣賊子，曾禽獸之不如。」（上海涵芬樓排印本元陶宗儀《説郛》卷九宋李畋《該聞録》）

按：《紺珠集》天順刊本《玉堂閑話》題作《鈎隨母》，「鈎」爲「駒」字形譌，《四庫》本作《隨母》。《類説》天啓刊本卷五四題《驢爲駒》，「爲」乃「馬」之譌，明嘉靖伯玉翁舊鈔本卷四六作「馬」。《紺珠集》、《類説》皆爲節録。伯玉翁舊鈔本曰：「驢馬駒子隨母行，有在前者，有與母並者，有隨後者。此生時年月，初生者在前，月半生者處中，月末生者居後。」《紺珠集》本作：「范質言，驢馬隨母，月初生者在前，中旬在傍，下旬在後。驗之不差。」

南宋葉廷珪《海録碎事》卷二二上馬驢門《駒隨母》引《玉堂閑話》：「范質言，驢馬駒隨母，月初生者在前，中在旁，下旬在後。數驗不差。」

北宋陸佃《埤雅》卷九《鴇》引《玉堂閑話》云：「驢馬駒隨母行，有在前者，有與母並者，有隨後者。此由生時爾，月初生者在前，月半生者處中，月末生者居後。嘗驗問數輩，亦不謬爾。始知含靈之類，皆禀四時五行之氣也。」

李畋《該聞録》所載無出處，而文字頗詳，當取自王仁裕書，故而據輯。

醉入塚中

兖州有民家葬父母，外姻咸至。有女壻乘醉隨柩入塚中，地主不知，即掩塞之而去。翌日，主人復墓，隱隱聞塚内呼叫之聲，發而出之，云：「酒醒後，覺身在暗室，舉手捫壁，方寤在塚中。忽聞一丈夫、一老嫗私語云：『久在逆旅，今喜安居。』如相賀之意。有云：『何得有生人氣？』取火照，乃有火炬出柩旁，照見某，則云：『燒，燒。』則火炬交至鬚鬢，俱焦落。燒人肌膚，不得甚痛楚。少頃方止。」（明天啓六年刊本南宋曾慥《類説》卷五四《玉堂閑話》）

御史臺故事

御史臺故事，御史上事日〔一〕，吏人条謁，亦無通贊。忽於堦下齊拜，默默而退，謂之「鬼条」。又判案三道，判云「記資」二字，亦不曉其義，亦不知所出。（明嘉靖伯玉翁舊鈔本南宋曾慥《類説》卷四六《玉堂閑話》）

〔一〕日　伯玉翁舊鈔本作「曰」，天啓本作「凡」，並譌，據《海録碎事》卷一一下臺官門《鬼參》（無出處）改。

中鱉毒

有人於河下，獲鱉十數頭，甚肥嫩，烹而臛之，舉族共食。是夕俱斃，無一人免者，蓋中鱉毒耳。水族而處於陸地，固可疑也，君子飲食宜慎之。（明天啓六年刊本南宋曾慥《類説》卷五四《玉堂閑話》）

芋牆

南中有閤皁山，山形如閤，山色如皁，故號閤皁山。乃葛仙翁得道之所，七十二福地。閤皁山一寺僧，甚專力種芋，歲收極多。杵之如泥，造墼爲牆。後遇大飢，獨此寺四十餘僧食芋牆，以度凶歲。（上海古籍出版社版南宋吴曾《能改齋漫録》卷九《地理・閤皁山》引《玉堂閑話》及明嘉靖伯玉翁舊鈔本南宋曾慥《類説》卷四六《玉堂閑話》）

按：「南中有閤皁山」至「七十二福地」，爲《能改齋漫録》所引，後半爲《類説》。二者内容不同，然顯爲一條，今合之。

占水旱

上元夜，竪一丈竿於庭中候月午，其影七尺大稔，六尺[一]小稔，九尺、一丈有水，五尺歲旱，三尺大旱。又正月一日，於牛屋下驗牛，俱卧則五穀難立苗，半卧半起，歲中

平。牛若俱立，則五穀熟。春甲子雨多旱，秋甲子雨多水。（明天啓六年刊本南宋曾慥《類說》卷五四《玉堂閑話》）

〔一〕六尺　元陰勁弦、陰復春《韻府群玉》卷一二上聲二十三梗《竿影》引《玉堂閑話》作「六尺六寸」。

張守中詩

王著僑居相國寺，忽遇故人張守中。著謂守中曰：「去年卷内《題胡蝶》末句云：『今夜若棲〔一〕芳草徑，爲傳幽意達王孫。』又曰：『薄命蘇秦頻去國，多情潘岳旋興悲〔二〕。』可謂體格清奇。」守中曰：「不足見稱。」去後，因詢他人，云守中亡已累月。（明嘉靖二十七年崇文書堂刻本南宋陳應行《陳學士吟窓雜録》卷四七《高逸》引王仁裕曰）

〔一〕棲　《類説》伯玉翁舊鈔本作「游」，天啓刊本作「棲」。

〔二〕興悲　《類説》作「悲秋」。《全唐詩》卷八六七同《吟窗雜録》。

按：《類説》卷五四《玉堂閑話》，題《張守中詩》，只録兩聯詩。

此處與幞頭分界

閩帥王審知猶子，善談咲。有書生色頗黑，因醉卧，王以朱筆題額曰：「此〔一〕與幞頭分界。」（明天啓六年刊本南宋曾慥《類説》卷五四《玉堂閑話》）

〔一〕此　《四庫》本下有「處」字。

按：《舊五代史》卷一三四《僭僞列傳·王審知傳》：「唐末，爲威武軍節度、福建觀察使，累遷檢校太保，封琅邪郡王。梁朝開國，累加中書令，封閩王。」

劫鼠食倉

天復中，隴右大飢。其年秋，稼甚豐，將刈〔一〕之間，太半〔二〕無穗。有人就田破鼠穴而求〔三〕，所獲甚多。於是家家窮穴，有獲五七斛者，相傳謂之劫鼠倉。民間〔四〕皆出田中求食，濟活甚衆。（明天啓六年刊本南宋曾慥《類説》卷五四《玉堂閑話》）

〔一〕刈　《天中記》卷五四《掘鼠得粟》（無出處）作「穫」。

〔二〕太半　《四庫》本及《天中記》作「大半」，義同。

〔三〕就田破鼠穴而求　《天中記》及南宋魯應龍《閑窗括異志》作「就田畔斸鼠穴求之」。

〔四〕民間　《天中記》及《閑窗括異志》作「飢民」。

火精

梁朝翰林學士任贊，居職數年，猶着朱紱。於案上題詩，梁主知之，命賜紫袍金章。詩曰：「數年叨内署，衫色儼然傾。任贊字希度，知君是火精。」（明天啓六年刊本南宋曾慥《類説》卷五四《玉堂閑話》）

蛇菌

湖南百姓郊外得一菌，甚大，獻於府主。有僧曰：「此物甚毒，慎勿入口。」乃於所獲之處掘之，有蟄蛇千餘條。（明天啓六年刊本南宋曾慥《類説》卷五四《玉堂閑話》）

假對

張傑滑稽，能爲假對。嘗與三人鼎坐，吟曰：「三人鐺脚坐，一夜掉頭吟。」又曰：「皁角樹頭懸拍板，葫蘆架上釣茶搥。」嘗取怒一武弁，傑曰：「大夫既欲行拳，小子不任憂惕。」（明天啓六年刊本南宋曾慥《類説》卷五四《玉堂閑話》）

按：南宋邵博《邵氏聞見後録》卷一七云：「唐詩家有假對律，曰『牀頭兩甕地黄酒，架上一封天子書』。又『三人鐺脚坐，一夜掉頭吟』。又『鬢欲需青女，官猶佐子男』等句是也。」「三人」聯即出本條。

廣王朱全昱

骰子數匝，廣王全昱忽駐不擲，顧而白梁祖，再呼朱三，梁祖動容。廣王曰：「你愛它爾許大官職，久遠家族，得安否？」於是大怒，擲戲具於階下，抵其盆而碎之。喑嗚眦睚，數日不止。（上海古籍出版社一九八七年影印清嘉慶胡克家刊本北宋司馬光撰元胡三省音註《資治通鑑》卷二六六《後梁紀一・太祖紀上》開平元年四月《考異》引王仁裕《玉堂閑話》）

按：《通鑑》所載與此異，乃據王禹偁《五代史闕文》，云：「帝復與宗戚飲博於宫中。酒酣，朱全昱忽以投瓊擊盆中迸散，睨帝曰：『朱三，汝本碭山一民也，從黄巢爲盜。天子用汝爲四鎮節度使，富貴極矣。柰何一旦滅唐家三百年社稷，自稱帝王？行當族滅，奚以博爲？』帝不懌而罷。」事在開平元年（九〇七）四月。全昱乃朱温（唐僖宗賜名全忠，即位後改名晃）兄。

葛黨刀

唐詩多用吴鈎者，刀名也，刃〔一〕彎。今南蠻名之曰葛黨刀。（中華書局版李之亮校點南宋葉廷珪《海録碎事》卷一四百工醫技部刀劍門《葛黨刀》引《玉堂閑話》）

〔一〕刃 《四庫》本作「刀」。

按：北宋沈括《夢溪筆談》卷一九《器用》亦載，文曰：「唐人詩多有言吴鈎者，吴鈎，刀名也，刃彎。今南蠻用之，謂之葛黨刀。」

隗囂宫詩

秦川城北絶頂之上有隗囂宫，宫頗宏敞壯麗，今爲壽山寺。寺有三門，門限琢青石爲之，瑩徹如琉璃色。余嘗待月納涼，夕處朝遊，不離於是。爾後入蜀，蜀有道士謂余曰：「隗宫石門限下詩記之乎？」余曰：「余爲孩童，迨乎壯年，遊處於此，未嘗見有詩。」道士微哂曰：「子若復遊，但於石門限下土際求之。」丙戌歲，蜀破還秦，至則訪求之，果得一絶云[一]：「清溪道士人不識，上天下天鶴一隻。洞門深鎖玉窗閒，滴露研朱點《周易》。」詳觀此篇，飄飄然有神仙體裁。遠近詞人競來諷味，那知道士非控鯉駕鶴之流乎？奇哉！奇哉！（中華書局版常振國、絳雲點校南宋何汶《竹莊詩話》卷二一《方外·絶句》引《玉堂閑話》）

〔一〕果得一絶云　「云」原作「云云」，詩附末。今改置「云」下，删一「云」字。

按：王仁裕入蜀在王衍乾德五年（九二三）。「丙戌歲蜀破還秦」，丙戌歲乃後唐明宗天成元年（九二六），上年（同光三年）破蜀。秦川即秦州。

蕃中六畜

後唐甲午、乙未之歲，西距吐蕃，東連獫狁。一二年間，其蕃中馳馬牛羊無巨細，皆頭南而卧。乃有新産者，目未開，口未乳，便南其頭。戎人大惡之，云：「我蕃中以此爲盛衰則候，六畜頭南者，北地將飢饉，賤貨牛馬，索食于漢家矣。」則競加箠撻，牽而向北，旋又向南。其華髮者歎曰：「不惟西蕃飢歉，抑東夷亦有荐食中國之兆。蓋自數百年來，相傳有准，必恐鮮卑入華矣。」至甲辰、乙巳之歲，果西蕃大飢，地無寸草，皆南奔，賤貨畜馬，携挈老幼，丐食於秦隴之間，殍踣者甚衆。中國爲鬼方荐食，蓋六畜先南其首，爲北戎之弊兆明矣。（韓國金長焕等編韓國首爾學古房影印朝鮮成任編《太平廣記詳節》卷一○《徵應二》引《玉堂閑話》）

按：後唐甲午、乙未之歲，乃清泰元年（九三四）、二年。甲辰、乙巳之歲，乃後晉開運元年（九四四）、二年。

耶孤兒

晉石高祖，父事戎王，禮分甚至。此則以羅紈、玉帛、瑞錦、明珠，竭中華之膏血以奉之，彼則以貂皮、獸鞹、瘦馬、疲牛爲酬酢。庚子歲，遣使獻異獸十數頭，巨於貆，小於貉，兔頭狐尾，猱顙犺掌，其名「耶孤兒」。北方異類，華夏所無。其肉鮮肥，可登鼎俎。晉祖不忍炮燔，勑使寘於沙臺院，穴而畜之，仍令山僧豢養。自後蕃衍，其數漸多。沙臺爲其穿穴，迨將半矣。都下往而觀者，冠盖相望。

司封郎中王仁裕爲其不祥之物，因著歌行一篇，題于沙臺院西垣以誌之。其歌曰：「北方有獸生寒磧，怪質奇形狀不得。如貆如貉不貆貉，犺指兔頭猴顙額。善挐攫，能跳躑，中華有眼未曾識。天矯貴族用充庖，鳳髓龍肝何所直。彼中君長重歡盟，藉手將通兩國情。方木匣身皮鏁項，萬里迢迢歸帝城。黄龍殿前初放出，乍對天威爭股慄。形軀無復望生全，相顧皆爲机上物。懼鼎俎，畏犧牲，天子仁慈不忍烹。送在沙臺深穴裏，永教閑處放生長。郊外野僧諳物情，朝晡豢養遵明聖。澤廣羅踈天地寬，從此不憂傷性命。同華夷，共胡越，粒食陶居何快活。雖感君王有密恩，言語不通無所説。鑿垣墻，寘陵闕，生子生孫更無歇。如是孳蕃歲月多，兼恐中原揔爲穴。耶孤兒，耶孤兒，語淺義深安得知。」

愚嘗竊議之曰：耶者，胡王也。兒者，晉主也。言耶孤兒，乃父辜其子也。其後戎王犯闕，劫晉主，據神州，四海百郡，皆爲犬戎之窟穴。耶孤兒先兆，可謂明矣。（韓國金長焕等編韓國首爾學古房影印朝鮮成任編《太平廣記詳節》卷一〇《徵應二》引《玉堂閑話》）

按：庚子歲乃後晉天福五年（九四〇），時王仁裕爲司封郎中。開運三年（九四六）十二月，契丹入汴京，晉亡。明年正月，少帝（又稱出帝）被擄北行。

胡王

丙午歲十二月，戎師犯闕，明年三月十七日，胡王自汴而北。是日，路次於赤岡。日過晡，忽於胡王廬帳之中，有聲殷殷然，若雷起於地下，有頃乃止。胡王懼，召術數者，占其吉凶。占者紿曰：「此土地神所作。」乃命祭禱焉。四月中，過邢州，胡王遇疾。嘗一日向夕，有大星墜於穹廬之中，胡王見而惡之，但唾呪而已。藩漢從官，無不覩其異。十六日，行次欒城，其疾遂亟，二十一日乃殂。訪其所殂之地，則曰殺胡林也。初，胡王之將南也，下令陳、鄭間數州，悉使藏冰。至是嬰疾熱作，不勝其苦，命近州輸冰。於手足心腋之間，皆多置冰，已至於絶。及其殂也，左右破其腹，損其腸胃，用盐數㪷以內之，載而北去。漢人目之爲帝羓〔一〕焉。

嘗試論之曰：夷狄異類，一氣所生。歷代以來，互興迭盛。故周文王之時，西有昆夷之患，北有獫狁之難。秦、項之後，匈奴始强，控絃百萬，抗衡中國。後漢中葉，患在諸羌，桓、靈之衰，二虜尤熾。魏、晉已降，喪乱弘多。竊命盜國，盖非一焉。周、隋之間，吐渾爲暴。大業之後，突厥稱制。皇唐受命，頗患諸戎。貞觀之初，延陁内侮。天后之際，奚、霫犯邊，次則吐蕃大興，後則回紇作孽。黄、蔡之末，沙陁得志。爰及後世，契丹最雄。自非明主賢君，神功聖德，則不能攘猾夏亂華之類，拯横流熾爨之災。觀夫契丹，自數十年以來，頗有陵跨之意，吞併諸國，奄有疆土。清泰之末，横行中原，興晉滅唐，假號稱帝。幽、燕、雲、朔，盡入提封；玉帛綺紈，悉盈沙漠。石氏失馭，奸臣賣國，雄師毅卒，束手送降。赤子蒼生，連頸受戮，君父失守，將相爲俘〔二〕。荆棘鞠於宫庭，狐兔遊於寢廟。雲昏日慘，鬼哭神悲。開闢已還，未有若此之亂也。豈非時鍾剥道，天産奸雄？不然，則安得鉤爪鋸牙，恣行吞噬，氊裘左袵，專爲桀驁？且夫一女銜冤，三年赤地；一夫仰訴，五月嚴霜。豈有百萬黎庶膏鋒血刃，而蕩蕩上帝竟無意於覆燾乎？物不可以終否，道不可以終窮。天方啓漢，真人掘起，渠魁殞斃，腥穢自除。詳其殷雷之怪，藏冰之兆，殺胡之讖，星墜之妖，則胡王之死也，豈偶然哉！豈偶然哉！（韓國金長焕等編韓國首爾學古房影印朝鮮成任編《太平廣記詳節》卷一〇《徵應二》引《玉堂閑話》）

〔一〕羓　原譌作「羘」，據《廣記》卷五〇〇《帝羓》引《玉堂閑話》改。羓，乾肉也。

〔一一〕連頸受戮，君父失守，將相爲俘　原「受戮」二字倒置。按：《晉書》卷五《孝愍帝紀》史臣曰：「然而擾天下如驅群羊，舉二都如拾遺芥。將相王侯連頸以受戮，后嬪妃主虜辱於戎卒，豈不哀哉！」據改。《舊五代史》卷八五《晉書・少帝紀》載，開運三年（九四六）十二月，降將相州節度使張彦澤引契丹騎兵入京城，少帝奉表出降。

按：《廣記》卷五〇〇《帝羓》引曰：「晉開運末，契丹主耶律德光自汴歸國，殂于趙之欒城。國人破其腹，盡（陳校本作取）出五臟。納鹽石許，載之以歸，時人謂之帝羓。」即本條之節録。丙午歲即晉開運末（三年，九四六）。明年即天福十二年，當遼大同元年。胡王即遼太宗耶律德光。

帝羓事又載於《舊五代史》卷一三七《外國列傳・契丹》、《新五代史》卷七二《四夷附録一・契丹》、《資治通鑑》卷二八六天福十二年、南宋葉隆禮《契丹國志》卷三《太宗嗣聖皇帝下》。《舊五代史》最詳，云：

十七日，德光北還，發離東京。宿于赤崗，有大聲如雷，起于牙帳之下。契丹自黎陽濟河，次湯陰縣界，有一崗，土人謂之愁死崗。德光憩于其上，謂宣徽使高勳曰：「我在上國，以打圍食肉爲樂。自及漢地，每每不快。我若得歸本土，死亦無恨。」勳退而謂人曰：「其語偷，殆將死矣。」時賊帥梁暉據相州，德光親率諸部以攻之。四月四日，屠其城而去。德光聞河陽軍亂，謂蕃漢臣寮曰：「我有三失：殺上國兵士，打草穀，一失也；天下括錢，二失也；不尋遣節度使歸藩，三失也。」十六日，次于欒城縣殺胡林之側，時德光已得寒熱疾數日矣，命胡人賫酒脯禱于得疾之地。十八日晡時，有大星落于穹廬之前，若迸火而散。德光見之，西望而唾，連呼曰：「劉知遠滅！劉知遠滅！」是月二十一日卒，時年四十六，主契丹凡二十二年。契丹人破其屍，摘去腸，以鹽沃之，載而北去。漢人目之謂帝羓焉。